Hey, met mij!

Sarah Mlynowski

HEY, MET MIJ!

Uit het Engels vertaald door Era Gordeau

Van Goor

ISBN 978 90 475 0378 1
NUR 284
© 2010 Uitgeverij Van Goor
Unieboek BV, postbus 97, 3990 DB Houten

oorspronkelijke titel *Gimme a Call*
oorspronkelijke uitgave © 2010 Delacorte Press, New York

www.van-goor.nl
www.unieboek.nl

tekst Sarah Mlynowski
vertaling Era Gordeau
omslagfoto's Marja Flick-Buijs en Corbis
omslagontwerp Marieke Oele
zetwerk binnenwerk Mat-Zet BV, Soest

I

Vrijdag 23 mei

Ik zit bij de cirkelvormige fontein in winkelcentrum Stonybrook en wil opstaan om Bryans horloge te ruilen en daarna naar huis te gaan, maar in plaats daarvan zit ik naar de etalage van Zonneschijn Huid- en Bruiningssalon te staren, met daarin een poster van een rimpelvrije vrouw en de leus 'Ga terug in de tijd'.

Klinkt goed. Er zijn heel wat dingen die ik mijn jongere ik zou willen vertellen. Inclusief, maar niet beperkt tot:

1. In de brugklas: sta niet toe dat Karin Ferris je krullen afknipt. Je voormalige beste vriendin is geen kapster. Ze knipt je haar per ongeluk te kort. En ongelijk. Je moet de rest van het jaar een groene baret dragen die je hoofdpijn bezorgt.

2. In de derde klas: stop geen marshmallows in de oven, ook al lijkt het een goed idee. Warm! Verrukkelijk! Jammie! Nee. Als ze opzwellen, kust de punt van een van de marshmallows de brander; de oven vliegt in de fik en je familie vertelt de rest van je leven hoe je bijna het huis had laten afbranden.

3. Vierde klas: laat je beugel niet in een servet achter in de kantine. Tenzij je door drie met spaghetti-en-gehaktbal gevulde vuilnisbakken wilt wroeten om hem terug te vinden.

4. Vier maanden geleden: koop de Dollyspijkerbroek die je zo mooi vindt niet in maat 34 in de overtuiging dat hij wijder zal worden. Dat wordt hij niet.

5. Twee weken geleden: koop voor hem geen zilveren horloge als

verrassingscadeau voor zijn eindexamen, want dan breng je je laatste schooldag door in het winkelcentrum om het te ruilen. Wat me bij het belangrijkste punt brengt.

6. Bryan.

Als ik terug in de tijd kon gaan, is dat het allerbelangrijkste wat ik mezelf zou willen vertellen: val nóóit voor Bryan. Ik zou mijn jongere ik om te beginnen waarschuwen om nooit met hem uit te gaan. Of beter nog: ik wilde dat het feest waarop we elkaar officieel leerden kennen nooit had plaatsgevonden. Oké, het feest had waarschijnlijk wel plaatsgevonden, maar toen hij me naderhand belde en me mee uit vroeg, had ik nee moeten zeggen. Aardig dat je me vraagt, maar ik heb geen belangstelling. Dank je, maar nee, bedankt. Nog een fijn leven verder. Misschien zou ik haar wel adviseren om helemaal niet naar het feest te gaan. Ik zou haar aanraden thuis te blijven en haar klerenkast op te ruimen.

Stel je voor: met mijn veertienjarige ik praten. Kon dat maar.

Mijn oog valt op Veronica's gebleekte blonde haar in Boetiek Bella, direct naast de Zonneschijn Huid- en Bruiningssalon. Ze zwaait. Ik zwaai terug.

'Devi! Kom even naar onze nieuwe collectie kijken!' roept ze. 'Hij is heel erg hip!'

Niet dat ik naar haar luister. Zij is degene die me bezwoer dat mijn spijkerbroek wel wijder zou worden. 'Ik geef je de werknemerskorting!' biedt ze aan, hoewel ik sinds afgelopen zomer nog geen dag gewerkt heb.

'Ik kom zo kijken,' roep ik terug. Ik rommel in mijn tas, zoek mijn telefoon en luister mijn voicemail af. Ik wil het bericht horen dat hij vanmorgen heeft ingesproken. Opnieuw. Ik heb het nog maar één keer gehoord. Goed dan, zeven keer. Ik weet het: heel zielig. Maar ik blijf hopen dat het deze keer anders is.

'Hoi, Devi, ik ben het.' Bryans stem is laag en hees, alsof hij rookt. We hebben één keer samen gerookt, op het uitzichtpunt Morgan van de berg Woodrove, toen we in de vierde zaten. Maar toen we daarna zoenden, smaakte hij naar een vuile sok en dat betekende het einde van ons rookavontuur.

Snik.

Alles gaat in rook op.

'Waarom neem je niet op?' gaat zijn stem verder. 'Je neemt altijd op.' Korte stilte, alsof hij op een antwoord wacht. 'Het spijt me. Echt, het spijt me verschrikkelijk. Ik wilde je geen pijn doen.'

Het bericht gaat nog verder, maar ik kan het bijna niet meer horen, omdat ik inmiddels in tranen ben. Mijn wangen zijn helemaal nat en mijn hand is helemaal nat en hoe kan hij nu beweren dat hij van me houdt terwijl dat overduidelijk niet waar is en…

Plons!

Als een stuk zeep onder de douche is mijn mobieltje door mijn vingers geglibberd en in de fontein gevallen.

Fantastisch. Nog iets om mijn (twee seconden) jongere ik te vertellen: laat je mobiele telefoon niet in een levensgroot bord met groen chloorwater vallen. Ik tuur in het water. Er twinkelt een zilveren glans naar me. Is dat mijn telefoon? Nee, het is een muntje. Behalve mijn telefoon liggen er ook nog talloze muntjes in het water. Bestaan er werkelijk mensen die geloven dat hun wensen uitkomen als ze een muntje in het water gooien?

Aha! Ik zie hem, ik zie hem! Ik steek mijn hand uit om hem te pakken, maar hij ligt iets te ver weg. Ik ga op mijn buik liggen en steek mijn hand opnieuw uit. Nog iets verder… ben er bijna…

De telefoon wordt verder bij me vandaan getrokken door de wervelende waterstralen van de fontein. Ah, shit, ik zal erin moeten klimmen.

Gelukkig heb ik teenslippers aan. Ik kijk rond om te zien of er geen veiligheidsmensen op me letten, ga op het bankje staan, rol de pijpen van mijn veel te strakke spijkerbroek op en stap in het water.

Koud. Slijmerig. Het kriebelt!

Brr. Als ik naar beneden kijk, lijken mijn tenen opgezwollen en groen. Misschien is het water wel radioactief en verander ik in de Hulk.

Uit mijn ooghoek zie ik Mike Travis, Scott Puttin en Frank Kellerman door het winkelcentrum paraderen alsof zij er de eigenaren van zijn. Mike – absoluut een van de knapste jongens in onze klas – heeft donker haar, een gespierd lijf en een oogverblindende glimlach. Ik durf te wedden dat hij zijn tanden bleekt. Scott ziet er ook wel leuk uit – als je houdt van het kakkerige altijd-met-de-kraag-omhoogtype. En Kellerman – iedereen noemt hem gewoon 'Kellerman' – ziet eruit of hij al bij een studentendispuut zit. Hij heeft altijd de hoed van zijn oudere broer op met daarop de letters Pi Labda Phi, en volgens mij heb ik hem nog nooit zonder trainingsbroek gezien.

Ik buk om te voorkomen dat het eindexamentrio me ziet. Als dat gebeurde zou mijn dag pas echt perfect zijn. De knie van mijn spijkerbroek raakt doorweekt. Shit, shit, shit! Als ze de hoek om zijn, krabbel ik overeind en probeer mijn telefoon te lokaliseren. En daar is hij weer! Joepie! Hij balanceert boven op een stapel muntjes. Hebbes. Yes!

Nu moet ik alleen nog heelhuids de kant zien te bereiken…

Plons. De wervelingen in het water brengen me uit mijn evenwicht en voor ik het weet, zit ik op mijn achterwerk. Geweldig. Echt geweldig. Tranen branden achter mijn ogen.

Moeizaam krabbel ik overeind en als ik op de rand klim, laat ik een spoor van glanzende groene druppels achter.

Ik negeer mijn drijfnatte spijkerbroek – misschien zorgen de chemicaliën ervoor dat hij oprekt? – en wrijf met mijn shirt mijn telefoon droog, alsof dat helpt. Alsjeblieft, wees niet kapot, alsjeblieft, alsjeblieft, alsjeblieft. Ik druk op de AAN-knop.

Stilte. Geen geluid. Geen verbinding. Niets.

Mijn blik valt op Veronica, die naar me staat te staren. 'Gaat het?' roept ze.

Eh, nee?

'Prima!' schreeuw ik en dan wijd ik me weer aan mijn telefoon. Ik druk opnieuw op de AAN-knop. Nog steeds niets. Ik druk op de één. Niets. De twee. Niets. Drie, vier, vijf: allemaal niets. Zes, zeven, acht, negen, de verzendknop, de knop met het sterretje, de volumeknop: niets, niets, níéts. Ik stampvoet. Mijn teenslipper maakt een soppend geluid.

Ik sla op de AAN-knop. Nog eens. Niets.

Ik sla op de negen, de acht, de zeven, de zes, de vijf, de vier, de drie, de twee, de één, de knop met het sterretje, de volumeknop. Helemaal niets.

Dan druk ik opnieuw op de verzendknop.

De telefoon gaat over.

2

Vrijdag 9 september

De eerste keer dat ze belt, zit ik naast Karin en tegenover Joëlle Caldwell en Tash Havens aan onze tafel in de kantine, de tafel naast de afvalbak. Niet ideaal, want het ruikt er behoorlijk naar zure melk, maar als derdeklassers mogen we van geluk spreken dat we überhaupt een tafel hebben kunnen bemachtigen.

Mijn twee weken oude mobiele telefoon trilt naast mijn half opgegeten, verbrande cheeseburger en mijn slappe frietjes. Op school zijn geen ringtones of liedjes toegestaan, daarom is de trilstand het hoogst haalbare voor de leerlingen van Florence West. Er wordt zo veel getrild dat je zou denken dat de school boven een metrolijn gebouwd is. Uiteraard is dat niet het geval. In Florence, New York, zijn geen metro's. Wel de krant *Metro*, op elk station, maar ondergronds vervoer? Vergeet het maar.

'Is dat je zus?' vraagt Karin, terwijl ze van haar chocolademelk slurpt. 'Doe haar de groeten.'

Ik weet zeker dat het Maya is. Wie anders zou me tussen de middag bellen? Alle andere mensen met wie ik wel eens praat, zijn hier op school. 'Hey Maya!' zeg ik. Daarbij probeer ik mijn mond niet al te ver open te doen, want ik heb het sterke vermoeden dat er een groot stuk kaas in mijn beugel zit. Ik haat dat ding. Nee, ik heb gelukkig geen slotjes, dus geen mond vol metaal, alleen een metalen draadje, maar toch zitten er, sinds ik die beugel vorige week kreeg, telkens etensresten tussen. Muesli, gebakken kaas, ongare frietjes... als het op mijn bord ligt, zit het ongetwijfeld ook in mijn beugel. 'Hoi!'

'Hallo?'

'Hèhè, eindelijk! Ik heb deze week al twee keer je voicemail ingesproken! Ik weet dat er met Los Angeles drie uur tijdsverschil is, maar een meesterbrein als het jouwe kan toch wel uitvogelen wanneer je me kunt bereiken,' zeg ik tegen haar.

'Pardon?' zegt de stem van een meisje. Een meisje, maar niet Maya.

Oeps. Ik heb geen idee wie ik aan de lijn heb. Maar haar stem klinkt bekend, dus misschien kom ik er nog op. Het is alsof ik naar een spelshow zit te kijken en het antwoord weet, echt waar, het ligt op het puntje van mijn tong, maar ik krijg het er niet af. 'Met wie spreek ik?'

'Sorry, ik heb het verkeerde nummer gebeld,' zegt het meisje.

'Geeft niet,' zeg ik en ik hang op. Ik ga weer verder met mijn kaasburger.

'Wat gaan jullie dit weekend doen?' vraagt Karin.

'Niks,' zegt Joëlle met een zucht. Ze zet haar superhippe, lichtgevend groene leggingbenen naast elkaar en trekt vervolgens haar korte spijkerrokje en haar wijde bloes goed. 'Er is niets te doen. Misschien kunnen we naar de stad.'

'Buffalo?' vraagt Tash.

'Neeee, Buffalo is suf. Ik bedoel Manhattan.'

'Gaan we op onze vliegende fietsen?' vraagt Tash en ze rolt met haar groene ogen achter haar bril. Ik heb geen idee waarom ze geen contactlenzen neemt: ze heeft de mooiste ogen die ik ken. Ze zit bovendien als een zoutzak. Het liefst zou ik tegen haar zeggen dat ze rechtop moet zitten en dat haar lichaam eruitziet als dat van een topmodel, maar daarvoor ken ik haar nog niet goed genoeg.

'Ik wou dat we niet zo ver van alles af woonden,' klaagt Joëlle.

'Het bestaat niet dat je je verveelt als je pas één week op school zit,' zegt Karin tegen haar.

'Het bestaat, want ik verveel me,' antwoordt Joëlle. 'Ik denk erover om mee te gaan werken aan het jaarboek. Wil er iemand met me meedoen?'

Geen van ons reageert.

'Jullie zijn allemaal stom. Ik zoek wel uit of er dit weekend ergens een feest is. Eens zien wat mijn toekomstige echtgenoot, meneer Jeremy

Cohen, gaat doen.' Ze trekt haar wenkbrauw-met-piercing op.

Ik zou er geen bezwaar tegen hebben om naar een feest met leuke jongens te gaan. Sinds het schooljaar is begonnen, heb ik amper jongens leren kennen.

Er zitten een paar leuke jongens bij me in de klas. Mike Travis bijvoorbeeld, die de allermooiste glimlach heeft die ik ooit heb gezien. Hij zou in elke willekeurige soap de *hunk* kunnen spelen. En Scott Puttin, die superlange wimpers heeft en er altijd uitziet of hij zich zal kwalificeren voor het tennisteam. O, en dan heb je Joëlles Jeremy Cohen, die duidelijk nooit Joëlles echtgenoot zal worden, maar die er aantrekkelijk uitziet in zijn lage spijkerbroek en zijn t-shirts met bands uit de jaren tachtig erop. En dan is er nog een jongen die ik een paar keer in de gang ben tegengekomen, maar van wie ik de naam niet weet. Meestal blijft hij tijdens de lunch niet op school en ik heb geen lessen met hem, maar hij heeft schattig stekeltjeshaar en een brede glimlach. Hij heeft mij nog nooit zo'n glimlach geschonken, maar daar werk ik aan.

Mijn telefoon trilt opnieuw. Weer een verkeerd nummer?

Joëlle pakt hem en tuurt naar het nummer. 'Je belt jezelf,' zegt ze.

Ik begrijp niet wat ze bedoelt, tot ik op het scherm kijk en inderdaad mijn eigen nummer zie. Nou zeg, dat is raar.

'Hallo?' zeg ik weer.

'O, hoi,' zegt hetzelfde meisje van daarnet. 'Dat is gek. Ik probeer mijn voicemail te bellen. Ik begrijp niet waarom ik jou steeds krijg.'

'Dat begrijp ik ook niet,' zeg ik. Ik hang weer op en neem nog een hap van mijn burger.

De telefoon trilt weer.

Joëlle buigt zich over de tafel. 'Wie is het?'

Ik kijk en zie opnieuw mijn eigen nummer. 'Ik weer,' zeg ik. Ik voel dat er nog steeds kaas tussen mijn beugel zit, dus ik neem snel een slokje appelsap in een poging om het te verwijderen, maar dat lukt niet.

'Er is iets aan de hand met mijn telefoon,' zegt de bekende maar nog niet thuisgebrachte stem. 'Ik probeer mijn moeder op haar werk te bellen, en ik krijg jou weer aan de lijn. Kun je me zeggen met wie ik spreek?'

'Devorah Banks,' zeg ik met de beleefde stem die ik gebruik voor leraren, onbekende mensen en honden. Ik weet eigenlijk niet waarom ik hem ook bij honden gebruik. Misschien omdat hun grote bek en scherpe vampiertanden me angst inboezemen en ik hoop dat ze mijn beleefde toon zullen interpreteren als een vredesvoorstel.

'O gelukkig, je kent me,' zegt ze.

'O ja?' vraag ik.

'Je noemde mijn naam toch?'

Ik druk de telefoon stevig tegen mijn oor en probeer de chaotische geluiden in de kantine te negeren. Heb ik iets gemist? 'Waar heb je het over?'

'Met wie spreek ik?' vraagt ze weer.

'Met Devorah Ban...' Midden in mijn naam houd ik mijn mond. Waarom geef ik persoonlijke informatie aan een wildvreemde? 'Sorry, met wie spreek ík?'

'Luister,' blaft ze. 'Mijn spijkerbroek is drijfnat en zit vol met groene smurrie en ik heb vandaag absoluut mijn dag niet. Kun je me alsjeblieft gewoon vertellen met wie ik spreek?'

'Eh...' zeg ik en dan begin ik te giechelen.

Ik giechel heel vaak. Als ik zenuwachtig ben, als ik gelukkig ben, als ik in de buurt van jongens ben, als ik les heb. Ik meen het. Maandag was ik bij Karin thuis. Toen ik haar cassetterecorder aanzette – ze neemt alle lessen op, ook Amerikaanse geschiedenis, een van de twee vakken die ik samen met haar heb, ze is wat dat betreft een beetje perfectionistisch – hoorde ik meteen mijn gegiechel door de slaapkamer galmen. Net een hyena. He-he-he-he-he-he. Afschuwelijk. Giechelen onder Amerikaanse geschiedenis! Er is werkelijk niets grappigs aan de geschiedenislessen van mevrouw Fungas. Behalve haar naam dan, die is om te gillen. Fungas! Ha!

'Je kent me blijkbaar, want je zei zojuist mijn naam,' zegt het meisje aan de telefoon bits. 'Ga je me nog vertellen wie je bent?'

Eh, is dit een list? Een Tel Sell-verkoper die probeert informatie van me los te peuteren, zodat ze mijn identiteit kan stelen en met Thanksgiving met de gegevens van mijn creditcard een reisje naar Panama kan boeken? 'Kun je me vertellen welk nummer je probeert te bellen?'

'Ik probeer mijn moeder op haar werk te bellen! En daarvóór belde ik mijn voicemail! En dáárvoor drukte ik op VERZENDEN,' zegt ze en haar stem klinkt geërgerd. 'Maar er verschijnen telkens van die rare symbolen op mijn scherm!'

'Tja, je hebt mij gebeld,' zeg ik en ik begin geïrriteerd te raken.

Joëlle trekt van de overkant van de tafel mijn aandacht. 'Weet je al wie het is?'

Ik haal mijn schouders op. 'Geen idee.'

'Hang op, dan,' beveelt ze. 'Je verspilt je belminuten.'

'Ik denk dat het een grap is,' fluister ik terug. Ik neem nog een slokje sap om mijn beugel te reinigen.

'Zal ik tegen hem zeggen dat hij op moet houden?' vraagt Joëlle.

'Haar,' verbeter ik en ik reik haar over de tafel de telefoon aan. Als iemand de controle over deze situatie wil overnemen, vind ik het prima.

'Pas op je friet,' waarschuwt Tash, maar haar stem is te zacht en ik hoor haar bijna niet.

'Wat?'

'Ik zei pas op je... friet.'

Te laat. Ik ben zojuist met mijn beige mouw door de ketchup gegaan. Ik trek mijn arm en de telefoon terug... met een dreun tegen mijn flesje appelsap. Het flesje wankelt – niet omvallen, niet omvallen! – maar besluit dan: waarom niet, kiept om en het sap gutst over de tafel.

'Oeps!' Fantastisch. Ik moet ook niet proberen om meer dingen tegelijk te doen. Telefoneren terwijl ik mijn tanden poets? Ik dacht het niet. Huiswerk en tv-kijken? Dan schrijf ik zes keer dezelfde zin op zonder het te merken. Ken je dat spelletje waarbij je met één hand op je hoofd moet kloppen, met je andere over je buik moet wrijven, met je tong moet klikken en tegelijkertijd 'eeeeeh' moet zeggen? Als ik dat zou proberen, zou ik zonder twijfel op de eerste hulp terechtkomen.

'Sorry! Ik moet ophangen,' zeg ik tegen de vreemdeling.

Ik hang op en ren naar het buffet, op zoek naar servetten.

Als ik aan het eind van de dag de school uit loop, trilt ergens in mijn rugzak mijn telefoon. Ik grabbel in mijn tas, maar mijn mobiel is op de een of andere manier op de bodem terechtgekomen, begraven onder zevenhonderd losse papiertjes, mijn Franse boek, *Jane Eyre* en mijn map voor Amerikaanse geschiedenis.

'Klaar?' vraagt Karin. Ze wacht op me bij de buitendeur.

De telefoon trilt opnieuw. Ik haal mijn hand open aan een potlood, maar vind hem uiteindelijk. Maya? Ik kijk naar het nummer.

Het is mijn nummer. Mijn nummer belt me alwéér. Wat is er aan de hand? Ik druk op OK. 'Hallo?'

'Jij bent het weer,' zegt het meisje van daarstraks. 'Mooi zo. Ik heb je vanmorgen waarschijnlijk verkeerd begrepen. Toen jij zei "Met Devorah Banks" bedoelde je míj, toch? Dat ik Devorah Banks ben? Herkende je mijn stem?'

Waar heeft ze het over? 'Ik ben Devorah,' zeg ik. 'Ik. Ik ben Devorah. Wie ben jij?'

'Ík ben Devorah Banks!' gilt ze. 'Ik ben Devorah Banks. Vertel me nu gewoon met wie ik spreek!'

Vanuit mijn nek kruipt een vuurrode kleur omhoog naar mijn wangen, alsof ik uitslag heb. 'Ik ben Devorah Banks.'

'Dat is onmogelijk,' zegt ze. 'Dat bestaat niet! Ik hang op!' De telefoon wordt stil. Een seconde later trilt hij weer. Opnieuw mijn eigen nummer.

'Ik ben het nog steeds,' zing ik.

'Je bent gek!' schreeuwt ze.

'Best.' Ik druk op UIT, zet dan de telefoon helemaal uit en gooi hem weer in mijn tas. Wat dacht je, ik laat me toch niet door een of andere idioot uitschelden? Ik dacht het niet. Mijn nek begint te tintelen en ik probeer het gevoel weg te wrijven, terwijl ik me haast om Karin in te halen. 'Sorry,' zeg ik.

De septemberlucht koelt me af als een glas koud water. Of als het dragen van natte katoen, wat ik al doe sinds de lunch, toen ik zonder succes de ketchup uit mijn shirt probeerde te spoelen.

Ons oog valt op een groep leerlingen die aan het softballen is op het basketbalveld en we blijven even bij het hek staan kijken.

'Try-outs,' zegt Karin en ze wijst naar het scorebord. 'Vandaag honkbal, basketbal en voetbal, maandag cheerleading, zwemmen en turnen. Ik ben ontzettend zenuwachtig.'

'Niet nodig, je komt absoluut in het turnteam.'

'Misschien, misschien niet.' Ze speelt met een lok van haar blonde haar.

'O, alsjeblieft zeg, jouw kostje is gekocht. Je zit al sinds je zesde op turnen. Het gaat je heus wel lukken.'

'Jij zou ook moeten proberen om ergens bij te komen,' zegt Karin tegen me.

'Tuurlijk,' zeg ik. 'Misschien cheerleading.'

'Dat past wel bij je,' zegt ze serieus.

Ik barst in lachen uit. 'Hou op, dat is helemaal niet zo. Ik ben de meest onlenige figuur in de geschiedenis van de mensheid. Bovendien ben ik te klein. Al die meisjes zijn net gazellen. Wees jij nu maar de atleet, dan ben ik wel de...' Mijn stem sterft weg. Ik weet niet wat ik dan moet zijn.

'Waarom probeer jij niet bij de cheerleaders te komen?'

'Ja, lachen.'

'Waarom niet?' vraag ik.

'Ten eerste omdat je volgens mij niet in het turnteam en bij de cheerleaders tegelijk kunt zitten. Bij beide moet je veel reizen. En ten tweede... ben ik niet mooi genoeg om cheerleader te worden.'

'Echt wel!'

'Nietes.' Ze schudt met haar krullen.

Karin wil niet inzien dat ze knap is, hoewel ze dat wel is. Ze zegt altijd: 'Mijn neus is te groot en te hoekig' of: 'Mijn ogen staan te ver uit elkaar' of: 'Ik heb geen borsten', hoewel er niets mis is met haar neus, haar ogen op een normale afstand van elkaar staan en maat 70B niet niets is. Zelf heb ik ook 70B, als je het weten wilt.

'Welles,' zeg ik.

'Jij bent wél mooi,' zegt ze.

'Natuurlijk ben ik dat,' zeg ik en ik werp mijn haar naar achteren. Dan giechel ik. Ik vind mezelf heus niet fantastisch of zo, maar ik voel me niet onzeker. Ik ben best tevreden met mijn uiterlijk. Of liever: dat word ik als mijn beugel eruit is. Ik wijs naar het hek. 'Zullen we even blijven kijken?' Misschien wordt ze wel vrolijk van het kijken naar leuke jongens. Ik word er meestal wél vrolijk van.

'Eventjes dan. Maar dan moet ik gaan shoppen. Ik heb nieuwe gympen nodig. Heb je zin om mee te gaan? Dan trakteer ik je op gevulde aardappelen.'

Stukjes spek zullen er extra leuk uitzien als ze in mijn beugel vastzitten, maar je denkt toch niet dat ik hier in mijn eentje blijf zitten? 'Best.'

Karin wijst naar Celia King. 'Joëlle heeft het voor elkaar gekregen dat we allemaal zijn uitgenodigd voor haar feestje, vanavond.'

'Echt waar?' vraag ik onder de indruk.

'Yep.'

'Celia glinstert helemaal,' zeg ik. 'Net of ze in de glitters in bad gaat.'

'Wisselen!' roept de scheidsrechter en iedereen die buiten het veld stond, komt er nu in.

Karin grijpt het hek vast en leunt achterover. 'Heb je zin om naar haar feest te gaan?'

'Natuurlijk,' zeg ik. 'Fijn dat jouw ouders bevriend zijn met die van Joëlle, want zij heeft een groot netwerk.'

'Ik weet dat ze een beetje bazig kan zijn, maar ze bedoelt het goed.'

'Ik vind haar wel aardig,' zeg ik. 'En Tash ook. Eerst dacht ik dat ze een beetje arrogant was, maar volgens mij is ze alleen verlegen.'

'Klopt. Dat komt omdat ze zo knap is. Met een beetje styling...'

'Ik verbied je om haar haar te knippen.'

Karin grijnst. 'Dat zal ik niet doen. Beloofd. Wist je dat Tash een scheikundewonder schijnt te zijn?'

'Meen je dat? Ik heb scheikunde met haar. Ze heeft nog niet veel gezegd.'

'Als ik jou was, zou ik haar als mijn practicummaatje kiezen. Joëlle heeft me verteld dat haar moeder, toen Tash nog op de basisschool zat, aan leukemie is overleden en nu wil ze later oncoloog worden, zodat ze kanker kan genezen.'

'Dat is... wauw,' zeg ik. Heel wat beter dan mijn doel in het leven... namelijk leuke jongens leren kennen en voorkomen dat er stukjes spek in mijn beugel vast komen te zitten.

'Dus vanavond,' gaat Karin verder, 'heb ik om acht uur bij Tash afgesproken en dan lopen we er samen naartoe. Celia woont in Mount Woodrove.'

17

'Chic.' Mount Woodrove is een van de duurste wijken van de stad.

Op het veld zien we een gigantische jongen met een geitenbaardje de bal een mep verkopen en hem het veld uit slaan. Wacht eens! De leuke jongen met het stekeltjeshaar en de prachtige glimlach probeert de bal te vangen. Hij heeft een zwart-met-rood honkbalshirt aan en loopt achteruit, zijn handschoen boven zijn hoofd.

Hij heeft hem, hij heeft hem, hij heeft hem... hij springt en probeert hem te vangen... hij heeft hem niet.

De bal zeilt ver over hem heen, mijlen over hem heen. Hij springt wel, maar is, net als ik, aan de verkeerde kant van de één meter zestig en hij struikelt en valt op zijn achterwerk. Au. Stekeltjeshaar springt onmiddellijk overeind, rent naar de bal toe, pakt hem op en werpt hem naar het tweede honk, maar hij is veel te laat.

'In!' gilt de scheidsrechter.

De jongen met de stekeltjes schudt teleurgesteld zijn hoofd maar glimlacht wel. Een grote, brede, hartveroverende glimlach met kuiltjes.

'Gaat het?' vraagt de man op het derde honk, Jeremy Cohen, aan hem. In plaats van sportkleding draagt hij een *Guns and Roses*-shirt en een gescheurde spijkerbroek.

Stekeltjeshaar salueert. 'Ik heb de hele week op die actie geoefend.'

Cohen lacht.

'Weet je wie dat is?' vraag ik aan Karin. De trainingsbroek van de jongen zit vol modder, zijn shirt is helemaal gekreukt, maar zijn wangen zijn rood en hij lacht.

'Jeremy Cohen,' zegt Karin. 'Dat is de jongen op wie Joëlle verliefd is.'

'Nee, dié ken ik wel. Ik heb wiskunde met hem. Ik bedoel de jongen die de bal liet vallen.'

'Ryan. Hij heeft op Carter gezeten. Nee, sorry, hij heet Bryan. Bryan Sanderson.'

Dus. Ik vind hem leuk.

3

Vrijdag 23 mei

Aan het eind van mijn waardeloze winkeldag smijt ik mijn kapotte mobieltje op mijn nachtkastje, knoop mijn belachelijk oncomfortabele en naar chloor ruikende spijkerbroek open, gooi hem op de vloer en trek een joggingbroek aan. Ik wip mijn vaders kantoor aan huis binnen om te melden dat ik thuis ben. 'Hoi, pap.'

Hij zit in zijn bruine ochtendjas, zijn voeten met slippers liggen op het bureau. Het zijn Mickey Mouse-slippers. Toen ik vijf was, zijn we naar Disneyland geweest. Niet dat ik me die laatste gezinsvakantie nog kan herinneren, maar ik ken de foto die op de schoorsteenmantel in de woonkamer staat. 'Dag schat,' zegt hij, terwijl hij op zijn overwegend grijze hoofd krabt. 'Hoe was je snipperdag?'

Die was leuker geweest als ik iemand gehad had om mee te snipperen. 'Saai. Hoe was jouw dag?'

'Prima.'

Hij ziet er niet prima uit. Hij ziet eruit of hij wel wat kleur kan gebruiken. En een bezoekje aan de sportschool. Er ligt een lege chipszak op zijn bureau. 'Hoe laat komt mama thuis?'

'Laat,' zegt hij. Hij kijkt me niet aan.

'Nog banen?' vraag ik en ik tuur naar het schaakbord op zijn scherm. 'Vandaag niet.'

Ik keer terug naar mijn kamer, sluit de deur en besluit dat het tijd is om alle Bryandingen weg te gooien, te beginnen met zijn foto's in de lijstjes. Ik ga ze in mijn prullenbak gooien, één voor één, als bij een duiveluitdrijving. Het zijn toch maar goedkope plastic lijstjes. Ik haal diep

19

adem. Daar gaan ze. Bryan en ik bij de Chinees op zijn vijftiende verjaardag. Plof. Bryan en ik in het reuzenrad op de kermis in Florence. Plof. Ik op Bryans schoot op mijn zestiende verjaardag. Plof. Bryan op een schommel. Plof. Bryan en ik, voor Halloween verkleed als vampiers. Dat was pas zeven maanden geleden. We waren niet van plan om verkleed te gaan, maar toen zagen we die belachelijke tanden bij de drogist en voilà! We smeerden dikke lagen witte schmink op ons gezicht, reden naar het huis van Bryans neefjes en boden aan om met hen langs de deuren te gaan. Ze aten veel te veel snoep en gaven over op de achterbank van Bryans blauwe Jetta.

Misschien laat ik die foto nog even staan, omdat hij me aan kots doet denken.

Wat heeft Bryan me nog meer gegeven?

Mijn tv. Hij heeft die aan mij gegeven toen hij van zijn vader een nieuwe kreeg als verjaarscadeau, omdat die zich niet gerealiseerd had dat hij er het jaar daarvoor een van zijn moeder had gekregen. De tv kan ik niet weggooien.

Ik speel met de gouden armband die hij me gegeven heeft toen we één jaar verkering hadden. Vijf gouden hartjes hangen aan een tere gouden ketting. Dat jaar heb ik hem een digitale camera gegeven, een camera die nu kapot is. Net als wij. Ik kan een 14-karaats armband toch niet weggooien? Misschien moet ik hem verkopen. In elk geval moet ik hem afdoen. Ik pruts aan de sluiting, maar die geeft niet mee. Fantastisch. Ik heb een vriendin nodig die me hiermee helpt. Ik moet naar het huis van een vriendin of haar zo ver krijgen dat ze met me gaat winkelen of dat ze hier komt om droevige films met me te kijken, maar... ik heb geen vriendinnen.

Vroeger wel, maar nu niet meer. Ik heb vandaag met niemand gepraat, behalve met mijn vorige bazin en mijn vader. O, en met dat dwarse jonge meisje dat denkt dat ze mij is.

Waarom zou iemand beweren dat ze mij is? Mijn leven is waardeloos. Of heet ze echt Devorah Banks? Misschien is er nog een en raakten onze lijnen verward toen ik mijn telefoon in de fontein liet vallen. Ja. Dat moet het zijn. Ik ga achter mijn computer zitten en google mijn eigen naam. Er zijn 2480 hits. Consultant Devorah Banks. Advocaat Devorah Banks. Wie had dat gedacht? Mijn lijn is in de war geraakt met een andere Devorah Banks. Zie je wel? Probleem opgelost. Ik rijd mijn stoel bij het bureau vandaan.

Dan gaan mijn nekharen overeind staan. Toch wel toevallig dat mijn lijn verward raakt met die van een andere Devorah Banks, vind je niet? En dan is er nog iets: het meisje aan de andere kant van de lijn klonk heel bekend.

Ze klonk als ik.

Ha! Alsof dat kan. Misschien werkte het als een wens: nadat ik mijn telefoon in de fontein liet vallen, belde ik misschien wel met mijn veertienjarige ik.

Ik draai op mijn stoel heen en weer. Dat kan niet. Toch? Het bestaat niet dat je je telefoon in een fontein gooit en daarna met je jongere zelf kunt bellen. Dat is belachelijk.

Ik pak mijn mobieltje en bekijk het achterdochtig. Natuurlijk is het een andere Devorah Banks. Iemand die ergens anders woont. In een andere staat. In een ander land. Ja, de andere Devorah Banks woont ongetwijfeld op een ongelooflijke plek. Bijvoorbeeld in het echte Florence.

Ik druk op VERZENDEN. Hij gaat over en schakelt daarna door naar de voicemail.

'Hai, dit is Devi. Ik ben er niet en kan de telefoon niet opnemen. Sorry! Spreek je nummer in, dan bel ik je zo snel mogelijk terug. Doei!'

Tuut.

Maf. Heel maf.

Iemand houdt me voor de gek. Houdt iemand me voor de gek? Ik drukte alleen maar op VERZENDEN. Maar de stem op de voicemail klinkt als mijn stem, het is alleen niet de voicemail die ik op mijn telefoon heb ingesproken. Mijn boodschap is een opname van Bart Simpson die zegt dat ik niet aan de telefoon kan komen.

Bryan is gék op *The Simpsons*.

Misschien heeft iemand mijn telefoon gehackt en er een nieuwe voicemail op gezet?

Er loopt een rilling over mijn rug. Wacht eens, ik heb die voicemail zelf opgenomen op mijn mobieltje. Toen ik in de derde zat.

Het klinkt als een eenvoudige voicemail om op te nemen, hè? Maar dat was het niet. Ik moest het vijf keer opnemen voordat ik niet meer klonk als een giechelende idioot. Oké, acht keer.

Ik liet Karin naar mijn voicemail bellen en zij zei dat hij heel goed klonk.

Het bestaat niet dat dit mijn derde-klasvoicemail is. Zou die nog steeds op mijn telefoon staan?

Ik spring op uit mijn stoel. Ik moet iets eten: mijn hersenen zijn duidelijk ondervoed. Ik haast me naar de open keuken en rommel in de koelkast. Een halfvolle fles melk. Plakjes kaas. Appels die betere tijden gekend hebben. Geen wonder dat mijn vader chips onder handbereik heeft. In de kast vind ik een blikje warme cola en een enigszins muf pak cornflakes, waarmee ik me op de groezelige bank in de woonkamer neervlij.

Terwijl ik krakend mijn cornflakes verorber, probeer ik een antwoord te vinden op het telefoonprobleem. Waarschijnlijk zijn al mijn uitgaande berichten gewist toen mijn telefoon in het water viel. En… en nu speelt hij steeds het bericht af van toen ik hem net gekocht had. Mysterie opgelost: dat moet het zijn.

Ik slurp van de cola en knoei per ongeluk een paar druppels op het pluizige vloerkleed. Oeps. Niet dat het iemand op zal vallen. Ik pak de afstandsbediening van de tv en druk op de AAN-knop. Dat doet me weer denken aan mijn telefoon. Hmm. Mijn theorie verklaart de voicemail wel, maar hoe verklaar ik het meisje dat steeds de telefoon beantwoordt en zegt dat ze mij is?

Ha – misschien heb ik per ongeluk mijn derde-klaszelf gebeld. Ja, tuurlijk. Onmogelijk.

Hoewel, misschien heb ik een minder goed inzicht in wat mogelijk is en wat niet. Ik had het nooit voor mogelijk gehouden dat het uit zou raken tussen Bryan en mij.

Dus wie weet wat er allemaal mogelijk is? Misschien heb ik wél een wens gedaan en misschien is die uitgekomen! Misschien heb ik mezelf van vroeger gebeld. Misschien kan ik dat wel blijven doen. Ik neem nog een slok van mijn cola. Misschien word ik wel gek.

4

Vrijdag 9 september

Ik ben met mijn moeder in de keuken en vertel haar over mijn dag. Ze rommelt in de koelkast, op zoek naar ingrediënten, terwijl ik de tafel dek. Ze maakt haar befaamde citroenkip, mijn lievelingseten.

'Hoe ging het vandaag met scheikunde?' vraagt ze. 'Ben je weer de weg kwijtgeraakt?'

'Niet zo erg.' De gangen van de school zijn net een doolhof, maar ze heeft het niet over de vraag of ik de weg kon vinden. Ik haal drie borden uit de kast.

'Twee maar,' zegt mijn moeder, en ze legt twee kippenborsten op de snijplank. 'Papa zit nog op kantoor. Ik warm zijn eten straks op.'

Verrassing. Ik zet een van de borden terug.

'Ik was ook niet goed in de exacte vakken,' gaat mijn moeder verder. 'Misschien kan papa je helpen.'

'Misschien, als hij ooit thuiskomt,' mompel ik.

Ze zucht. 'Begin daar nu niet weer over. Hij heeft het druk op zijn werk.'

'Dat zal wel,' zeg ik. 'Laat maar. Je wordt toch nooit boos op hem.'

'Dat word ik wel!'

'Mam, hij heeft het reisje naar Mexico voor jullie trouwdag afgezegd – het reisje waar je al sinds januari plannen voor aan het maken was – tien dagen voor het gedenkwaardige weekend! Hij zou nog steeds op de bank moeten slapen!'

Mijn moeder lacht. 'Neem me niet kwalijk, relatie-expert!'

'Ik heb heus wel relaties gehad,' zeg ik beledigd. 'Herinner je je Jared

Morgan nog? We hebben vorig jaar vier maanden verkering gehad, dat staat gelijk aan vier jaar voor volwassenen. En daarvoor was het Anthony Flare. We waren...' Mijn stem sterft weg.

'Wat waren jullie?'

'Laat maar.' Ik moet niet aan Anthony Flare denken. Zijn naam klinkt net zoals hij is. Ik had nooit verkering met hem moeten krijgen. Karin was verliefd op hem, maar dat had ze me niet verteld. En toen heeft ze de volle twee maanden dat Anthony en ik verkering hadden raar tegen me gedaan.

'Heb je gezien dat ik de foto uit Cancun eindelijk heb laten afdrukken?' vraagt mijn moeder. 'Ik heb hem op de schoorsteenmantel gezet.'

Ik leg het servet neer dat ik aan het opvouwen ben, en bekijk de foto van twintig bij vijfentwintig in de glimmende zilveren lijst naast de Disneyfoto en een verzameling foto's van mij en Maya. Maya en ik in bad. Maya en ik in dezelfde paarse stippenjurkjes. Maya en ik die elkaar knuffelen met een wollen trui van mijn vader aan. Op de foto in Cancun lachen mijn ouders allebei, ze zien er tamelijk gelukkig uit. Mijn vader ziet wat bleek en mager, maar mijn moeder ziet er fantastisch uit, in een diep uitgesneden zwart jurkje. Ik hoop dat ik er ook nog zo goed uitzie als ik zo oud ben. Ze heeft maatje 36. 'Heel sexy,' zeg ik. Toen zij weg waren, hebben Maya en ik het gehad over een feest, maar in plaats daarvan hebben we ongeveer 72 uur films gekeken.

Mijn moeder legt een stuk kip op de snijplank en snijdt er een randje vet af. 'Heb je leuk gewinkeld?' vraagt ze. 'Heb je iets gekocht?'

'Nieuwe nagellak. Paars. Leuk hè?' Ik haal het uit het tasje en laat het haar zien. 'En wat heb jij vandaag gedaan?'

Hak, hak. 'Heeft Karin schoenen gekocht?'

'Ja. Weet je mam, ik liep langs het reisbureau en toen zag ik dat er een briefje op de ruit hing met de mededeling dat ze hulp zoeken. Jij vond het toch zo leuk om die reis naar Mexico te organiseren? Misschien moet je een opleiding voor reisagent gaan volgen.'

'Zal ik iets lekkers voor je maken?'

'Ik zoek zelf wel iets,' zeg ik en ik doe de kast open.

'Geen marshmallows,' grapt ze.

'Ha, ha. Hebben we cornflakes?'

'Waarom neem je niet wat druiven? Ik heb ze net gewassen.'

Ik open de koelkast en pak een schaal met blauwe druiven zonder steeltjes. Er is hier iemand die tijd over heeft. 'Nog even over de mogelijkheid om reisagent te worden...'

Ze lacht weer. 'Devi, ik heb geen tijd om reisagent te worden.'

'Dat heb je wel. Sinds Maya het huis uit is, heb je veel te veel tijd. Ik begrijp wel dat je thuis wilde blijven toen wij klein waren, maar nu ben alleen ik er nog en ik zorg behoorlijk goed voor mezelf. Papa is er nooit, dus die heeft ook niet veel verzorging nodig. Je moet een baantje zoeken. Of op zijn minst wat hobby's. Waarom word je geen reisagent?'

'Omdat ik geen reisagent wil worden,' zegt mijn moeder gespannen. 'En ik heb al een hobby. Ik kook.'

'Afgezien van koken,' zeg ik. Ik plof op de bank neer, pak mijn nieuwe nagellak en zet de tv aan.

Mijn mobiel gaat. Ik zet het nog ongeopende flesje nagellak weer neer en kijk op het scherm.

'Je gaat toch geen nagellak op doen terwijl je op de nieuwe bank zit, hè?'

Betrapt. 'Eh...'

De telefoon gaat weer. En nog eens.

'Waarom neem je niet op? Misschien is het Maya wel!'

Op het scherm kan ik zien dat het Maya niet is. Ik moet het Gekke Stalkende Meisje vertellen dat ze moet ophouden me lastig te vallen. 'Ja?'

'Devi,' zegt het meisje, 'hang niet op!'

'Wacht even,' zeg ik. Ik pak snel mijn flesje nagellak, haast me naar mijn kamer en sluit de deur. 'Wat wil je?'

'Ik ben in de war,' zegt ze, 'en ik hoop dat jij me iets kunt uitleggen. De boodschap op je mobiel – je voicemail – dat was mijn voicemail!'

'Hè?' Het Gekke Bozige Stalkende Meisje praat onzin. Ik ga aan mijn bureau zitten, klem de telefoon tussen mijn oor en mijn schouder, open mijn nieuwe flesje nagellak en spreid mijn linkerhand.

'De boodschap die je op je voicemail hebt gezet! "Hey, dit is Devi!"' Ze gebruikt haar stem wat hoger, naar ik aanneem om meer zoals ik te klinken. Hoewel – oké, vreemd genoeg klinkt ze al zoals ik. 'Dat was mijn bericht!'

Hè? 'Had jij hetzelfde bericht op je voicemail?'

'Dat klopt. Drieënhalf jaar geleden.'

'Eh... oké.' Mijn nek begint te tintelen. Ik negeer het en breng paarse nagellak op mijn pinknagel aan.

'Je moet me de waarheid vertellen,' dringt het meisje aan. 'Ben jij écht Devi Banks?'

'Já!'

'En zit je in de derde?'

'Ja.' Volgende vinger.

'Op Florence West?'

'Ja.' Ik krijg een raar gevoel in mijn maag. Die meid is gek. Hartstikke gek.

'Dit is gek. Hartstikke gek,' zegt ze.

Nu tintelt mijn hand. 'Mag ik ophangen?' mompel ik. Ik heb zojuist nagellak op mijn vinger geknoeid. Het Gekke Meisje verstoort mijn concentratie.

'Nee! Hoe laat is het daar? Zeven uur?'

Ik draai voorzichtig mijn hals om op mijn wekker te kijken zonder mijn wiebelende telefoon te laten vallen. 'Ja. Vier over zeven.'

'Hier ook. Dit is echt gek! En hoe laat was het toen ik je vandaag voor het eerst belde?'

'Eh, lunchtijd?'

'Van dezelfde dag?'

Dit wordt me te veel. 'Juist. Ik moet gaan.'

'Nee! Wacht! Oké, ik weet dat het idioot klinkt, maar... Devi?'

'Ja,' zeg ik. Idioot? Deze meid spoort niet. 'Dat is nog steeds mijn naam.'

'O ja. Weet je, ik was aan het winkelen en toen liet ik mijn telefoon in de fontein vallen, op het moment dat ik liep te denken aan alle dingen die ik mezelf zou vertellen als ik mezelf zou kunnen bellen toen ik veertien was. En nu praat ik met jou.'

'Waar heb je het over?' zeg ik langzaam. Ik zou wel willen ophangen, ik moet eigenlijk ook ophangen, maar ze klinkt zo bekend.

'Snap je het niet?' zegt ze opgetogen. 'Ik ben er tamelijk zeker van dat ik jou ben. In de toekomst.'

5

Vrijdag 23 mei

Weet je hoe vreemd dit is?

Ik spring van mijn bed af en begin over mijn vloerbedekking te ijsberen. 'Derde-klas-ik, ben je daar nog?' Waarom zegt ze niks? 'We moeten dit uittesten,' zeg ik. 'Misschien moet je een stukje van het behang afscheuren of zo, zodat ik het kan zien. Of een briefje voor me neerleggen. Natuurlijk bestaat de mogelijkheid dat ik het mis heb, maar dat denk ik niet.'

Geen antwoord.

'Hallo?' zeg ik.

'Shit,' zegt ze. 'Mijn nagellak is omgevallen op mijn vloerbedekking.'

'Echt?' vraag ik. 'Waar?'

'Bij mijn bureau,' zucht ze. 'Mijn moeder vermoordt me.'

Ik ga op mijn knieën zitten en bestudeer het gebied rond de poten van mijn bureau. O, nee toch, er zit een vlek in de vorm van een zandloper op het kleed! Een vlek die er nog niet zat! Ze is echt mij! 'Ik zie hem!' gil ik. 'Ik zie de vlek! Hij is bruin. Jij hebt met nagellak geknoeid en ik kan het zien!' Ze is het! Ze is het echt! Ik bedoel: ik ben het! Ik ben het echt! Mijn hoofd tolt. Niet alleen heb ik mezelf in het verleden gebeld, maar als ik de geknoeide nagellak kan zien, betekent dat dat een verandering in het verleden mijn toekomst kan beïnvloeden. 'Besef je wat dit betekent?'

Stilte.

'Hallo?' vraag ik. 'Ben je er nog?'

'Ik ben er nog,' zegt ze.

'Je gelooft me toch wel?'

'Natuurlijk,' zegt ze. 'Hoe ben ik in de toekomst? Ben ik miljonair?'

'Ik ben zo blij dat je me gelooft!' roep ik. 'Ik wist niet precies hoe jij – ik bedoel ik – zou reageren, maar ik ben zo blij dat je het begrijpt. Ik weet dat het belachelijk klinkt, maar hoe kun je dit anders verklaren? Je zult moeten toegeven dat onze stemmen precies hetzelfde klinken. Nou ja, niet helemaal, want de mijne is volwassener, maar ze lijken erg op elkaar. Ik bedoel: als ik iets als dit kan geloven, kun jij dat ook, want je bént mij. Hoera. Maar om je vraag te beantwoorden: ik ben – ik bedoel wij zijn – geen miljonair. Ik zit pas in de examenklas. Wat voor dag is het daar?'

'Het is vrijdag. Negen september,' zegt ze hees.

'Meen je dat? Ongelooflijk. Negen september in de derde?'

'Eh, ja.'

Als je het hebt over *Freaky Friday*… Het is hier ook vrijdag. Eind mei.'

'Natuurlijk!' zegt ze iets te opgewekt. 'Waar is hier ook alweer?'

Voor haar moet het ook verwarrend zijn. 'Vier jaar later! Om precies te zijn drie jaar en acht maanden. Ik zit in de examenklas.'

'Juist ja.'

'Hmm, ik vraag me af waarom ik je op vrijdag negen…' Mijn handen worden klam. Niet te geloven, ik weet wat er vandaag is. 'Vanavond is Celia's feest, hè?'

Ze zwijgt even. Dan zegt ze: 'Ken je Celia?'

'Natuurlijk! Ik zit nog steeds bij haar in de klas. Helaas. Vanavond is haar feest, hè? Toch?'

'Ja… klopt.'

Ongelooflijk. Ik weet precies hoe ik dit écht kan uittesten. Ik weet wat ik moet doen: ik ga het verleden veranderen. Ik ga alle problemen oplossen. 'Oké, luister goed,' zeg ik voorzichtig, terwijl ik op mijn bureaustoel ga zitten. 'Ga er niet heen.' Ik heb een plan. Voor de eerste keer in vier jaar heb ik een plán. Een briljant plan!

'Pardon?'

'Ga er niet heen,' herhaal ik. 'Blijf thuis. Kijk tv. Ruim je kast op. Je gaat alles voor ons veranderen!'

'Tuurlijk. Geen probleem.' Ik hoor bij haar een piepje, wat betekent dat iemand anders haar probeert te bellen. 'Ik moet ophangen,' zegt ze. 'Andere lijn.'

Hè? We zitten midden in een belangrijk gesprek! Waarom wil ze in vredesnaam dat andere telefoontje aannemen? Welk gesprek kan er nu belangrijker zijn dan een gesprek met je toekomstige ik? 'Wie is het?' vraag ik ongelovig.

'Mijn zus,' zegt ze.

'Maya?' vraag ik. 'Echt waar?'

'Hoe weet je de naam van mijn zus?'

Ik lach. Maya is aan de telefoon! Een jongere Maya, uiteraard. Het moet wel een jongere Maya zijn, want de laatste keer dat ze mij belde, was ongeveer vier jaar geleden. Nou ja, dat is niet helemaal waar, maar zo voelt het wel. 'Oké, neem haar maar op,' zeg ik, 'nu het nog kan. Ik bel je nog wel.'

Derde-klas-ik antwoordt niet, maar dat geeft niet. Ze neemt alles in zich op. Zodra het tot haar doorgedrongen is, zal ze veel vragen voor me hebben.

Dat is een goede zaak, want ik heb alle antwoorden.

6

Vrijdag 9 september

Ik. In de toekomst. Is dat het meest belachelijke idee voor een fopgesprek ooit, of niet?

Wat is dat voor een vreselijke meid, die een ander meisje belt en haar vertelt dat ze thuis moet blijven en huiswerk moet maken in plaats van naar een feest te gaan? Wat gemeen! Zodat iedereen op het feest me uit kan lachen omdat ik een nerd ben?

Het moet wel iemand van Carter zijn. Niemand die bij mij in de eerste en tweede klas zat, zou zoiets doen. Niet met mij. Ik ben namelijk nooit een loser geweest. Ik was zelfs vrij populair. Iedereen mocht me. Hoewel ik niet sportief ben, werd ik bij gym altijd vrij snel in een team gekozen. Ik werd altijd uitgenodigd voor party's en slaapfeestjes. Dus wat gebeurt hier? Ben ik ineens onder aan de sociale ladder beland, nu ik naar Florence West ga? Nu ik een beugel heb?

Of misschien heeft Celia besloten dat ze niemand op haar feest wil die op Wagar gezeten heeft? Zou kunnen. Wagar staat niet bepaald bekend als een van de meest trendy onderbouwlocaties. Misschien heeft ze besloten dat ze niemand wil die op die school gezeten heeft en is ze me nu aan het pesten om er zeker van te zijn dat ik niet kom opdagen. Ja, dat kon het wel eens zijn. Ik ben gewoon niet glitterig genoeg.

Volgens mij heb ik een hekel aan Celia.

Jemig, wat als ze mij op de luidspreker had staan en een groep meisjes van Carter mij uit zit te lachen? Ik krijg tranen in mijn ogen bij het idee.

Ik knipper ze weg. Joëlle en Tash laten dat vast niet gebeuren. Zij zijn mijn vriendinnen. Toch?

Ik duw de gedachten weg en schakel door naar Maya. 'Hoi,' zeg ik en mijn stem klinkt beverig.

'Hallo,' zegt ze. 'Wat is er aan de hand? Je klinkt zo eigenaardig.'

Ik sta op, probeer de paarse rommel op de vloer te omzeilen en loop naar de muur. 'Nou, ik heb net nagellak op mijn vloerbedekking geknoeid.'

Ze lacht. 'Mam vermoordt je.'

'Precies. En ik word gepest.'

'Door wie?'

'Ik weet het niet! Een meisje dat beweert dat ze mij is in de toekomst. Ik heb vanavond een feestje en zij zegt dat ik thuis moet blijven.'

Maya lacht en ik begin te giechelen. Als ik samen met mijn zus ben, giechel ik nog meer dan normaal. Zij brengt de sukkel in mij naar boven. 'Vertel eens,' zeg ik. 'Wat maakt me tot onderwerp van spot?'

'Je onweerstaanbare blauwe ogen?'

'Dat moet het zijn!'

'Waarschijnlijk is het iemand die niet uitgenodigd is voor het feestje en die niet de enige wil zijn die thuis zit.'

'Misschien,' zeg ik, 'maar ik vind het griezelig. Wat als het níét iemand van school is? Wat als het een psychopaat is die mij voortdurend in de gaten houdt en me met een vleesmes aanvalt als ik toch het huis verlaat?'

'Waarom ben jij zo geobsedeerd door vleesmessen?'

'Omdat ik er een bloedhekel aan heb. Weet je hoe vaak ik mijn vinger aan zo'n ding heb opengehaald? Miljoenen keren. Of misschien honderd keer. Nou, in elk geval vijf. Bijna net zo vaak als ik met de kaasschaaf een plakje van mijn duim geschaafd heb.'

'Die kaasschaaf is pas een gevaarlijk wapen.'

Ik druk mijn gezicht tegen het raam en tuur naar de dreigende duisternis. Om precies te zijn: ik kijk naar binnen in de geheel blauw-groene woonkamer van de buren, wat nog steeds tamelijk bedreigend is. Er moet toch wel iets mis zijn met je, als je complete woonkamer blauwgroen is? 'Dus jij vindt dat ik gewoon naar het feestje moet gaan?'

'Ja. En neem je telefoon niet meer op.'

'Goed idee. Daarom ben jij de slimste van ons tweeën,' zeg ik.

'Ik ben niet de slimste! Jij bent net zo slim als ik. Je moet je alleen wat meer focussen op je schoolwerk, in plaats van alleen op de jongens.'

Nu snuif ik. Maya is de slimste en ik ben de mooiste. Zij lijkt op mijn vader, ik lijk op mijn moeder. Niet dat ik de mooiste ben als je op Florence West College rondkijkt, maar wel als je je tot de familie Banks beperkt. 'Hoe dan ook,' zeg ik, 'waar heb je gezeten? Ik heb je wel een miljoen sms'jes gestuurd!'

'Sorry, sorry,' zegt Maya. 'Studeren is ontzettend tijdrovend, daar heb je geen idee van. Ik heb zo veel fantastische mensen ontmoet. Mijn kamergenote is geweldig. Ze komt uit Atlanta en is ongelooflijk leuk. Onze kamer is om te zoenen. Hij is klein, maar ontzettend schattig. We hebben een mooi uitzicht op de binnenplaats. Ik stuur je wel een foto.'

Ik krijg ineens buikpijn. 'Wanneer kom je eens een weekend thuis?'

'Nu al? Ik ben hier net!'

'Maar ik mis je! Pap en mam zingen sinds jij weg bent geen rare zelfverzonnen teksten meer op bestaande melodieën, die ze altijd zo hard als ze konden in de achtertuin voor me ten gehore brachten.'

'Mam zou dat best voor je kunnen doen. Wat heeft ze anders omhanden?'

'Ja, dat is zo.'

'Kom dan naar míj toe. Heb je zin om het weekend van Columbusdag te komen? Het schijnt dat ons huis dan allerlei idiote feesten geeft, die een geweldige reputatie hebben.'

'Yes!' gil ik.

'Oké, dan gaan we op zoek naar tickets.'

Mijn andere lijn piept.

'Is dat je pester weer?' vraagt mijn zus.

Ik kijk naar het nummer. 'Nee, het is Karin. Ze wil dat ik naar haar kom om ons samen voor te bereiden op het feest. Maakt niet uit, ik bel haar zo wel terug. Wat ga je vanavond doen?'

'Feest van het huis,' zegt ze en ik voel me opgelucht. Maya heeft nooit zo makkelijk vrienden gemaakt. Of vriendjes gekregen. Vorig jaar heb ik in haar dagboek gegluurd – had ze het maar niet onder haar matras moeten laten liggen – en toen ontdekte ik dat ze nog nooit een jongen op de mond had gezoend.

Terwijl ik al twee jongens op de mond gezoend had.

Misschien vindt Maya wel een vriendje op het feest. Misschien vind ik wel een vriendje op het feest. Misschien is Bryan Sanderson wel op het feest.

We praten nog een paar minuten, tot Maya weg moet. 'De douches zijn een schimmelkwekerij als je er op vrijdagavond te laat onder gaat. Spreek je later!'

'Stuur me een foto van je kamer,' zeg ik, maar ze heeft al opgehangen.

7

Vrijdag 23 mei

Ongeveer een uur nadat ik mijn gesprek met Derde-klas-ik beëindigd heb, klopt mijn moeder op mijn deur en doet hem daarna open. 'Hoe gaat het?' vraagt ze bezorgd. Ze heeft haar werkkleren nog aan – zwarte broek en een witte bloes – maar de bovenste knoop van haar broek – maat 42 – is al open. Dat is het eerste wat ze doet als ze thuiskomt. Dat en de restjes van mijn vaders pizza opeten.

'Ik ben aan het opruimen,' lieg ik. Mijn moeder vindt het fijn als ik opruim. Helaas is dat niet een van mijn sterkste kanten.

'Hoe voel je je?'

Niet slecht, dank je. Ik kan met mezelf in het verleden praten. Nee, dat kan ik maar beter niet ter sprake brengen. Dan zou ze pas echt denken dat het slecht met me gaat. Ook al wilde ik haar gisteravond niet vertellen wat er aan de hand was, ze heeft mijn betraande gezicht wel gezien. 'Het gaat wel,' zeg ik.

'Heb je al met Bryan gepraat?' vraagt ze.

Mijn schouders verstrakken. 'Nee, mam, hij heeft het uitgemaakt, weet je nog?'

'Ik weet het, schat, en ik vind het heel erg. Maar misschien…'

Ik open mijn kast en doe of ik iets zoek. 'Ik heb het nogal druk,' zeg ik.

Mijn moeder zucht. 'Nou, als je erover wilt praten, kun je me in de kamer vinden.' Vertaling: ze plof op de bank neer en gaat zoals altijd de rest van de avond naar kookprogramma's kijken.

Ongeveer tien minuten later gaat de huistelefoon en ik hoor dat mijn moeder opneemt. Een paar minuten later roept ze naar boven: 'Devi! Telefoon voor je!'

Mijn hart staat stil. Voor mij? Mijn mobiel is kapot… zou het…

'Wie is het?' vraag ik en ik ga overeind zitten.

'Maya!'

O. Maya. Ik heb haar in geen eeuwen gesproken en kijk aan: ze belt me twee keer achter elkaar. Hoewel de telefoontjes technisch gezien drieënhalf jaar uit elkaar liggen. Mam heeft haar ongetwijfeld over Bryan verteld. Ik weet zeker dat ze nu haar gelijk wil halen – ze had gelijk: mijn hele leven moest ook niet om Bryan draaien, bla, bla, bla. Ik neem het toestel in mijn kamer op. 'Hoi.'

'Ik hoorde het nieuws,' zegt Maya. 'Hoe voel je je?' Haar stem klinkt laag en bezorgd, wat me alleen maar ergert.

'Hoe denk je dat ik me voel?' mompel ik.

'Ik denk dat je van streek bent.'

'Wauw, je bent een genie. Daarom krijg je zulke grote studiebeurzen.'

'Je hoeft me niet aan te vallen,' bijt ze me toe. 'Ik wilde je alleen vertellen dat het waarschijnlijk maar het beste is.'

Ik rol met mijn ogen. 'Dank je, Maya. Dat had ik net nodig.'

'Ik meen het, Dev. Het is goed dat je een poosje alleen bent. Je bent veel te jong om al een serieuze relatie met een jongen te hebben.'

'Bedankt voor het advies,' zeg ik en ik rol opnieuw met mijn ogen.

Geen zorgen, Maya. Over een paar minuten heeft de verkering met Bryan vanwege mijn briljante plan nooit bestaan.

Denk ik. Ik weet niet zeker hoe dit precies werkt. Als Derde-klas-ik niet naar het feest gaat, ontstaat er geen goed gesprek met Bryan en krijgen ze ook geen verkering. Maar betekent dat ook dat ze volgende week geen date heeft met Bryan? Of de week daarna? Het kan zijn dat ze uiteindelijk toch iets met hem krijgt. En trouwens, als zij niets met hem krijgt, betekent dat dan automatisch ook dat ik niets met hem gekregen zou hebben? Ik kijk naar de vlek in mijn vloerbedekking.

Ja. Ik denk het wel.

'Je moet je opties onderzoeken,' gaat Maya verder.

'Ik wist niet dat je een verkeringsexpert was,' zeg ik.

'Ik zeg niet dat ik een expert ben, ik zeg alleen…'

'Wat?'

'Laat maar. Als je tegen me gaat schreeuwen, kun je me mam dan nog even geven?'

'Ik schreeuw niet,' zeg ik overdreven rustig.

We zeggen geen van beiden iets. Wanneer is het tussen ons zo misgegaan?

'Ben je al aan het inpakken?' vraag ik, in een poging van onderwerp te veranderen. 'Heb je zin in de reis?'

'Ik heb er heel veel zin in. Ik maak me wel zorgen over mijn studie, maar ik vind het geweldig dat ik tijd heb om wat rond te reizen. Wat zijn jouw plannen voor de zomer? Heb je soms zin om samen met mij door Europa te trekken, nu je toch geen verkering meer hebt?'

Vergis ik me, of klinkt haar stem een beetje onzeker als ze me dat vraagt? Ze wordt er toch niet nerveus van als ze me dat vraagt… of wel?

Natuurlijk niet. Ze meent het waarschijnlijk niet eens.

'Ja, goed idee,' zeg ik. 'Alsof pap en mam het goed zouden vinden dat ik met een rugzak op stap ga.'

'Ze zouden het wel goed vinden als je met mij meeging. Misschien niet de hele zomer, maar wel voor een paar weken. We zouden elkaar in Italië kunnen ontmoeten. Samen het echte Florence leren kennen.'

Stel je voor, Maya en ik samen met de trein door Europa, laat opblijven in jeugdherbergen, liedjes verzinnen en die zo hard mogelijk zingen in vreemde landen… Hoewel ze me waarschijnlijk de helft van de tijd de les zou lezen, omdat ik te veel met jongens aan het flirten was en me te weinig interesseerde voor musea. 'Ik weet het niet.' Een paar weken alleen met mijn zus? Waarschijnlijk zouden we elkaar op den duur willen wurgen. 'Ik had plannen om…' Met Bryan dingen te doen. Af en toe diensten te draaien bij Boetiek Bella. 'Te gaan werken.'

'Ben je aan het sparen om op kamers te kunnen gaan?'

'We waren…' Midden in mijn zin houd ik mijn mond. Bryan en ik hadden het plan om woonruimte buiten de campus te zoeken. 'Misschien,' zeg ik ten slotte.

'Je zou het geweldig vinden in een studentenhuis,' zegt Maya. 'Ik heb in mijn eerste studiejaar ontzettend veel plezier gehad.'

'Ja, maar ik weet niet of de studentenhuizen op Stulen wel zo geweldig zijn.'

'Je kunt altijd overstappen, als je iets harder gaat werken en hogere cijfers haalt. Nu Bryan niet meer in beeld is...'

'Bedankt, mam,' zeg ik. Niet dat mijn moeder me ooit lastigvalt over mijn cijfers, dat doet alleen Maya. Ik doe mijn ogen dicht. 'Zeg, ik moet gaan.' Ik heb geen zin om het komende uur les te krijgen over alle manieren waarop ik mijn eigen toekomst aan het bederven ben. Vooral niet, omdat het me met mijn briljante plan allemaal prima gaat lukken.

'Oké. Probeer je er niet te veel mee te zitten dat Bryan het uitgemaakt heeft?'

'Dat is goed,' beloof ik. Ik zit er meer mee hoe ik het met hém uit kan maken.

8

Vrijdag 9 september

'Lachen!' beveelt Joëlle, terwijl ze de camera voor zich houdt en probeert Tash, mij, Karin en zichzelf in beeld te krijgen. 'Oké, we gaan,' zegt ze als het apparaat geflitst heeft. Ze loopt met grote stappen naar de voordeur van Celia's giganorme huis.

'Wacht!' roept Karin en ze pakt me bij mijn arm. 'Zit mijn make-up goed?'

'Perfect,' zeg ik. 'Hoe zit de mijne?'

'Fantastico. Mijn moeders lippenstift staat je goed.'

Ik schenk haar een grote nepglimlach. 'Wordt mijn beugel er opvallender door of juist minder opvallend?'

'Minder. Absoluut. Hoe is mijn adem?' Ze ademt uit onder mijn neus.

'Ruikt naar pepermunt. En de mijne?' Ik adem uit.

'Als een frisse herfstdag.'

'Doen jullie altijd zo idioot voor een feestje?' vraagt Tash, terwijl ze haar bril rechtzet. Ze draagt hetzelfde als wat ze vandaag naar school aanhad: een spijkerbroek en een zwart truitje.

'Yep,' antwoorden we tegelijk en we houden elkaar stevig bij de arm.

Joëlle recht haar schouders, neemt in haar rode mini-jurkje een ik-ben-hot-pose aan en drukt op de bel. Persoonlijk ben ik niet zo'n fan van rood voor mezelf. Het doet me denken aan de keren dat ik me met de kaasschaaf sneed. Ieks, liever niet. Maar Joëlle staat het prima.

'Wil jij ook een ademtest?' vraagt Karin aan Tash als we op een kluitje bij de voordeur staan.

'Ik laat mijn beurt voorbijgaan,' zegt Tash.

Als er niet wordt opengedaan, duwt Joëlle de klink van de deur naar beneden. De deur zwaait open naar een marmeren hal die vol staat met leerlingen van Florence West, van wie ik sommige herken, maar de meeste niet. Mike Travis en Scott Puttin staan bij elkaar onder aan de trap. Mike schenkt me een grote glimlach. Absoluut leuk. Scott zet zijn kraag omhoog.

Ik tuur de hal rond en vraag me af of Bryan er is.

'Hoi Joëlle en Tash,' zegt Celia, die naar ons toe komt glijden in een laaggesneden spijkerbroek en een zwart, strapless hemdje. 'Joëlle, je ziet eruit of je hier voor een kerstdiner komt. Schattig. En Tash! Ik ben zo blij dat je er bent. Mijn ouders bewaren de drank boven de koelkast en niemand hier is lang genoeg om erbij te kunnen.'

'Hoi, Celia,' zegt Tash droogjes. 'Ken je Karin en Devi?'

Celia fronst haar wenkbrauwen. 'Debbie?'

'Devi,' zeg ik.

'Is dat een naam?'

'Het is de afkorting van Devorah,' leg ik met rode wangen uit.

'Schattig,' zegt Celia, terwijl ze staat te draaien en te glinsteren. Ze heeft glitter op haar schouders, dat weet ik zeker. Dan wendt ze zich tot Karin. 'Je hebt fantastisch haar. Ik wed dat het er geweldig uit zou zien als je het steil zou dragen.'

'O, eh... bedankt?' antwoordt Karin onzeker.

Celia blaast een kus in onze richting en verdwijnt vervolgens in de woonkamer.

'Krult mijn haar te veel?' fluistert Karin met een bezorgd gezicht tegen me.

'Niet op letten,' zegt Tash en ze sluit de deur achter ons. De verlichting is gedempt, de R & B davert en ik weet tamelijk zeker dat het hier veertig graden is. Ik trek mijn trui uit en prop hem in mijn tas. Ik hoop dat ik te midden van alle gekte van vanmiddag eraan gedacht heb om deodorant op te doen.

Ik zit op de bank bij Celia mezelf te vermaken met lachen, giechelen en van alles en nog wat, en ik sta op het punt om een tortillachip met een klodder salsa in mijn mond te stoppen, als ik hoor: 'Hoi, Sands!'

Bryan Sanderson, de gepassioneerde maar toch middelmatige honkbalspeler met het rechtopstaande haar en de betoverende glimlach staat in de deuropening van de woonkamer. Hij heeft een vale spijkerbroek en een zachtblauw T-shirt over een grijs T-shirt met lange mouwen aan.

Terwijl mijn maag een kleine salto maakt, weet mijn tortillachipje zich uit mijn vingers te bevrijden, tussen mijn benen door te glippen en op Celia's bank te belanden.

Celia's witte suède bank.

Splet! Jemig. Waarom serveert iemand die in het bezit is van een witte suède bank in vredesnaam salsa? Als ik een witte suède bank had, dan zou ik alleen witte hapjes serveren, zoals dipsaus van uitjes of bloemkool of melk. Of nog beter: witte marshmallows in miniatuuruitvoering. Vraag je met salsa niet om problemen? Waarom zou iemand trouwens een witte bank willen hebben? Wat als je vuil op je spijkerbroek hebt? Of een pen in je broekzak? Wat dan?

Nee, nee, nee. Ik moet het slachtoffer – in dit geval de bank – niet de schuld geven van mijn onvermogen om tegelijkertijd te eten en een leuke jongen in het oog te krijgen.

Wat moet ik doen, wat moet ik doen, wat moet ik doen?

Ik sluit mijn benen, terwijl ik ze omhooghoud – om te voorkomen dat ik de vlek verder uitsmeer – en denk na over de volgende stap. Opspringen en de vlek proberen te verwijderen? Me van de domme houden? Het aan Celia opbiechten?

Diep ademhalen. Dieieieieieiep aaaaaaaademhaaaalen. Eerst moet ik de schade in ogenschouw nemen. Misschien heb ik het me allemaal verbeeld. Misschien heb ik de chip gewoon opgegeten, maar is me dat niet opgevallen omdat de salsa zo mild van smaak was. Ja!

Ik open mijn benen en tuur ertussendoor. Nee! De chip steekt als een vlag uit het kussen van de bank. Ik reik o zo terloops tussen mijn benen en ruk hem eruit, hopend dat hij geen salsavlek heeft achtergelaten. Is dat gelukt?

Er zit een rode vlek in de vorm van een gelukskoekje op de bank.

Shit.

Ik kijk op om te zien of iemand anders de ramp heeft gadegeslagen.

'Is het niet belachelijk?' vraagt Joëlle met wapperende armen. Karin lacht en Tash zit rustig op een wortel te kauwen.

Waarom heb ik geen wortel genomen?

Niemand besteedt ook maar enige aandacht aan mij. Geen van de miljoenen andere mensen hier heeft me zo te zien opgemerkt. Misschien geeft mijn beugel me superkracht en maakt hij me onzichtbaar.

'Karin,' fluister ik, maar ze lijkt me niet te horen.

Geweldig. Gewoon geweldig. Ik wilde niet op deze manier zijn aandacht op me vestigen. Maar Bryan Sanderson... schattige, sportieve Bryan Sanderson... staat naar me te kijken. Hij kijkt me recht aan en grijnst. Fantastisch. Ik heb hem nog niet eens leren kennen en ben er nu al in geslaagd om hem van me te laten walgen.

'Dat zag ik,' mimet hij.

Ik weet tamelijk zeker dat mijn wangen de kleur van de salsa hebben, maar ik mime terug: 'Wat moet ik doen?'

Hij steekt zijn wijsvinger op. 'Blijf daar,' fluistert hij en hij zet koers naar de keuken.

Ik durf te wedden dat het een dure bank is. Het hele huis is ingericht met chroom en marmeren vloeren en glimmende kandelaars. De familie King heeft deze bank niet bij de Wal-Mart gevonden, dat verzeker ik je. Ik durf te wedden dat hij uit San Francisco of Frankrijk of Afrika of zo geïmporteerd is.

Wat moet ik als de vlek er niet uit wil? Moet ik dan betalen voor een nieuwe bank? Of moeten, aangezien ik over nul geld beschik, mijn ouders een nieuwe bank betalen? Moet ik de komende twintig jaar werken om dit af te betalen? Moet ik afzien van studeren en na de middelbare school meteen aan het werk bij de Subway?

Komt Bryan terug? Ik hoop dat hij terugkomt. Niet alleen omdat hij eruitzag alsof hij van plan was om me te helpen, maar ook omdat hij zo leuk is.

Ik wacht op hem, terwijl ik ondertussen blijf zitten waar ik zit, doodsbang om me te bewegen en op die manier nog meer schade aan te richten. Even later komt hij terug met een fles water, die hij als een trofee in zijn hand houdt. Hij glimlacht en zegt: 'Schuif eens op.'

Het enige positieve aan deze situatie? Omdat de salsa mijn mond nooit heeft bereikt, ben ik er absoluut zeker van dat er niets in mijn beugel is blijven zitten.

Ik ga voorzichtig staan, schuifel een stukje naar links en ga weer zitten, ervoor zorgend dat ik niet op de vlek beland. Bryan ploft rechts van me neer. Hij ruikt schoon en shampooachtig, naar doucheschuim waarvan beweerd wordt dat het geurloos is.

'Ben je er klaar voor?' vraagt hij vanuit zijn mondhoek, alsof hij een buikspreker is.

'Wat heb je daar?'

'Crystal Clear koolzuurhoudend water met sinaasappelsmaak. En zout. Verstopt in een servet.'

'Koolzuurhoudend water met sinaasappelsmaak?' Waarom helpt deze Aanbiddelijke Jongen met het Rechtopstaande Haar me? Hij kent me niet eens.

Bryan haalt verontschuldigend zijn schouders op. 'De familie King heeft geen Spa.'

'Maar waarom met sinaasappelsmaak? Hebben ze geen watermeloen meer?'

Hij lacht.

Hoera, ik heb hem aan het lachen gemaakt! 'Dit is niet om te lachen,' zeg ik en dan giechel ik. Alweer. Mijn schattige-jongensgiechel is nog erger dan mijn maffe-zussengiechel.

'Ben je er klaar voor?' vraagt hij opnieuw.

'Wat ben je precies van plan?'

'Ik maak nooit plannen, ik dóé gewoon, Devi,' zegt hij plagerig.

Kent Bryan mijn naam? 'Weet je hoe ik heet?' Dat laatste had er niet zo hard uit moeten komen.

'Ik raad er gewoon naar. Eerst wilde ik Karin proberen, maar je ziet er meer uit als een Devi. Een Devi Banks.'

Ik geef hem een – speelse – tik op zijn arm. Zijn gespierde arm. Hallo, gespierde arm. Ik moet stoppen met naar zijn gespierde arm staren.

Moet ook mijn hand van zijn gespierde arm halen.

'Ik ga het volgende doen,' zegt hij. 'Ik ga de vlek natmaken...'

Ik maan hem tot stilte. 'Gebruik het v-woord niet.'

Hij lacht alweer. Ik giechel opnieuw.

'Ik ga de Verkleuring natmaken met het koolzuurhoudende water en doe er vervolgens Verlossend zout bij.'

'Dat is alweer een v-woord,' fluister ik.

'Wil je dat laten Varen?'

'Weer een!'

'Ik zal Voorzichtiger zijn,' zegt hij met pretogen.

'Hou op met steeds van onderwerp te veranderen en vertel verder wat ik moet doen,' draag ik hem op.

'Best. Als het zout is opgedroogd, moet je het verwijderen, samen met de verkleuring.'

Aarzelend kijk ik naar de vlek – eh, de verkleuring. 'Weet je zeker dat het werkt?'

'Nee, maar ik heb het in een tv-programma gezien.'

'Als je het op tv gezien hebt, moet het wel waar zijn.'

Bryan lacht. Alweer.

Ik giechel. Alweer. 'Juist. Hoe pakken we dit zo aan dat niemand iets in de gaten heeft? Moet ik de kamer laten ontruimen? "Brand!" roepen?'

'Misschien probeer ik het in het Verborgene te doen. Oeps. Alweer een v-woord. Ik ben hier slecht in.'

'Ik vergeef het je. Opnieuw.'

'Je bent geweldig.'

Ooh! Mijn lichaam voelt opnieuw beverig, maar nu is het een goede soort beverigheid. Bryan draait de dop van de fles en zet die aan zijn lippen.

'Is het verfrissend?' vraag ik. Hij heeft mooie lippen. Lippen om te zoenen.

'Absoluut,' zegt hij. 'Celia serveert buiten pretzels en die zijn extra zout. Snap je? Daarom drink ik mineraalwater met watermeloensmaak.'

'Met sinaasappelsmaak,' corrigeer ik hem.

Als ze binnen ook pretzels had geserveerd in plaats van salsa, dan was ik niet in de problemen geraakt. Goed gedaan, Celia. Hoewel... dan had ik geen schoonmaakcontact opgebouwd met Bryan. Goed gedaan, Celia!

'Oké,' zegt hij. 'Het is jouw taak om met je gezicht naar me toe te zitten, zodat je knieën het zicht belemmeren.'

Met mijn gezicht naar hem toe? Dit wordt beter en beter. 'Zo.'

'Kijkt er iemand naar ons?'

Ik bekijk alle niet-op-ons-lettende gezichten. 'De kust is veilig.'

'Daar gaat-ie dan.' Hij haalt de fles over de plek en maakt die nat. Dan opent hij het servet en gooit het zout op de natte plek. 'Als het opgedroogd is, vegen we het zout eraf en dan is de vl... ik bedoel verkléúring hopelijk weg.'

'Beloofd?' Ik kan er niets aan doen dat ik moet lachen, maar ik probeer het te doen zonder mijn tanden te laten zien. Ik háát die beugel.

'Ik beloof niets waarvan ik niet weet of ik het waar kan maken. Maar er is hoop.'

'Sands!' roept een stem op gedempte. 'Kom eens hier!' Jeremy Cohen staat te zwaaien aan de andere kant van de glazen deuren die naar het terras leiden.

Ga niet weg, ga niet weg!

Hij trekt zijn wenkbrauwen op, alsof hij wil zeggen: red je verder, of moet ik in de buurt blijven?

'Ga je gang,' zeg ik. 'Heel erg bedankt voor je hulp.'

'Het duurt even voordat het droog is, maar dan moet je het zout er gewoon af vegen en dan zou de vlek ook weg moeten zijn. Maak je geen zorgen.'

'Reuze bedankt!' Is hij niet geweldig? Ontzettend geweldig. Verbijsterend geweldig. Uitzonderlijk geweldig. De allergeweldigste.

Hij gaat staan, strekt zijn armen boven zijn hoofd uit en schenkt me een van zijn prachtige glimlachen. Met twee kuiltjes en al. 'Tot ziens, Devi.'

Ik vind het fantastisch dat hij mijn naam kent. Ik glimlach terug, bedenk dan dat ik een beugel heb en sluit met een klap mijn mond. Dan glimlach ik opnieuw. Ach, wat maakt het ook uit.

Terwijl ik hem nakijk, gaat mijn telefoon. Ik zie mijn eigen nummer weer. Hou toch op! Wat wil ze nu weer, tegen me schreeuwen omdat ik toch naar het feest gegaan ben? Goed dat ze het salsafiasco op de bank niet ziet. Of weet ze daar al van? Ik zet de telefoon uit. Het kan me niet schelen wat de stalkster te vertellen heeft, ik sta niet toe dat ze mijn heerlijke, romantische en enigszins gekleurde avond bederft.

Bryan had gelijk. De vlek gaat er tegelijk met het zout uit. Ik wil hem ervoor bedanken, maar ik kan hem de rest van het feest nergens meer vinden. Waar is hij gebleven? En nu ik erover nadenk, waar was hij vanmiddag in de kantine? Ik had zijn hulp ook wel kunnen gebruiken met de ketchup.

Als ik eenmaal veilig op de achterbank zit van meneer Caldwells auto, zet ik mijn telefoon weer aan. Acht nieuwe berichten.

'Hoi! Ik ben het! Ik vroeg me af hoe het met je is. Bel me even terug.'

Ik krijg er weer tintelingen van in mijn nek.

De tweede keer heeft ze opgehangen.

De derde ook.

De vierde keer: 'Ik weet eigenlijk niet eens of je mij wel terug kunt bellen. Kun je me terugbellen? Ik bel later wel terug.'

De vijfde: 'Waarom neem je niet op? Waar ben je? We hadden een plan. Ik hoop dat je niet op het feest bent. Misschien zit je op de wc. Als je weer naar de wc gaat, neem dan je telefoon mee. Probeer terug te bellen. Anders bel ik jou wel weer. Over een minuut of tien.'

De zesde keer: 'Ik ben het! Ik moet je spreken! Het is dringend!'

'Hoeveel berichten heb je in vredesnaam?' vraagt Joëlle en ze draait zich om om me aan te kijken.

'Acht.'

'Jakkes. Ik hoop dat het je ouders niet zijn.'

Ik ben inmiddels zo ver dat ik liever had gehad dat het mijn ouders waren. Ik delete de rest van de berichten zonder ze af te luisteren.

'Dank u wel!' roep ik naar meneer Caldwell als hij voor mijn huis stopt. Terwijl ik de treden naar de voordeur op loop, gaat mijn telefoon. Het is mijn eigen nummer weer.

Nu is het genoeg! Dit moet nú stoppen. Ik druk op OK.

'Waar zat je?' vraagt ze.

'Wacht even,' zeg ik. Want meneer Caldwell staat te wachten. Ik open de voordeur, zwaai, ga naar binnen, wacht totdat ze weggereden zijn en ga dan weer buiten staan. 'Wat is er?' blaf ik.

'Je bent tóch naar dat feest gegaan, hè?' zegt het Rare-Chagrijnige-En-Mogelijk-Wrede-Stalkende-Meisje scherp.

Ik leun tegen de voordeur. 'Waarom blijf je me bellen?'

'Waarom ga je naar een feest als ik gezegd heb dat je dat niet moet doen? Wat mankeert je?'

'Hoe weet je dat ik naar het feest gegaan ben? Je was er toch niet? Ben je naar Carter geweest?'

'Ik zei dat je niet moest gaan, maar je hebt niet naar me geluisterd. Je móét naar me luisteren, begrijp je dat? Ik weet wat het beste voor je is!'

Ik ga rechtop staan, terwijl de rillingen over mijn rug lopen. Ik weet niet wat ik moet doen. De politie bellen? Hallo, agent? Een meisje zei dat ik niet naar Celia moest gaan en nu schreeuwt ze tegen me?

Ze slaakt een diepe zucht. 'Ik denk dat het geen zin heeft om nu van streek te raken. Wat gebeurd is, is gebeurd. Het is daar halftwaalf, net als hier, en dat betekent dat hij je zo gaat bellen. Als hij je mee uit vraagt, moet je nee zeggen.'

'Waar heb je het over?' Met mijn vrije hand wrijf ik over mijn slapen. Ik krijg een hevige migraineaanval van haar. 'Wil je alsjeblieft ophouden mij te bellen?'

'Nee! Dat móét ik doen! Ik heb een plan om ons te redden!'

Ik schud mijn hoofd. 'Wat is er met je aan de hand? Wie ben je eigenlijk?'

'Luister je niet naar me? Ik ben jou! In de toekomst!'

Ik ga door het lint. 'Dat is onmogelijk! Je bent niet mij in de toekomst. Dat ben je niet! Dat ben je niet!'

'Dat ben ik wel en hij gaat je zo bellen. Zodra je van het feest thuiskomt, belt hij je en vraagt je mee uit. Eerst vraagt hij of het gelukt is om de salsavlek te verwijderen en dan vraagt hij je om morgenavond met hem naar de film te gaan. En na de film gaan jullie bowlen. Hij is geobsedeerd door bowlen. Geloof me.'

Ze is knettergek en moet onmiddellijk opgenomen worden. 'Niemand belt me, behalve jij.'

'Bryan gaat je bellen! Ongeveer nu!'

'Bryan Sanderson? Die gaat me niet bellen. Hij heeft mijn nummer niet eens.' Wacht eens even. 'Hoe kan het dat jij op de hoogte bent van de salsavlek? Tash, ben jij dat?' Het lijkt alsof Tash altijd alles opmerkt, ook al wekt ze niet de indruk op te letten.

'Ik ben Tash niet! Ik ben het! Jij! Hij heeft je nummer van Joëlle gekregen.'

'Dat is belachelijk.'

'Devi, Bryan gaat je zo bellen. Geloof me, je bent net thuisgekomen, je bent op je kamer en Bryan staat op het punt je te bellen. Dat weet ik zeker.'

'Ik ben niet op mijn kamer! Ik sta voor mijn huis! Op de veranda! Zie je nu wel!'

Piep.

'Daar zul je hem hebben!' roept ze. 'Nu zie je het zelf!'

Dit is belachelijk. Bryan Sanderson belt me heus niet. 'Ik wil dat je weggaat. Voorgoed. Daag.' Ik schakel door naar de andere lijn. 'Hallo?'

'Devi? Hoi, met Bryan. Je weet wel, de jongen van' – hij lacht – 'de bank?'

Jemig, het is Bryan. Het is Bryan? Mijn hart begint in een onmenselijk en waarschijnlijk gevaarlijk tempo te bonken. 'Hoi.'

'Hallo, bel ik niet te laat?'

'Nee, eh, je belt niet te laat.' Bryan Sanderson belt me! Hoe wist het Gekke Stalkende Meisje dat?

'Hoe is het met de salsa afgelopen?' vraagt Bryan.

'Het heeft geholpen. Bedankt. Dank je.' Mijn hart maakt een salto. Ze wist het. Hoe kan ze dit geweten hebben?

'Goed zo. Fijn. Dank je. Mijn lift vertrok vanavond al vroeg, maar ik heb je nummer van Joëlle gekregen. Die meid kent iedereen, hè?'

Ik ben te geschokt om iets te zeggen. Ik grom. Erg damesachtig.

'Zeg, heb je morgenavond iets te doen? Heb je zin om naar die nieuwe film te gaan, *101 Possibilities*? Ze zeggen dat hij goed is.'

Een film. Hij wil met me naar de film. Morgen.

'Leuk,' zeg ik, zowel verbijsterd dat zij het wist als verbijsterd dat hij het vraagt. Bryan vraagt me mee uit! Voor morgenavond!

Piep.

'Geweldig,' zegt hij. 'Om een uur of acht? Waar woon je?'

Piep.

Dat is zij weer. Natuurlijk is zij het. 'Op Sheraton.' Natuurlijk wil ik weten hoe zij het wist, maar ik wil ook blijven praten met die leuke Bryan!

Piep.

'Ik weet waar dat is. Vlak bij Hedgemonds Park, toch?'

De telefoon houdt op met piepen, wat betekent dat hij is overgeschakeld op de voicemail.

'Klopt, ik woon op twee minuten lopen van het park.'

'De schommels daar zijn fantastisch,' zegt hij.

Ik giechel. 'Ben je een kenner?'

'Ik vind zelf van wel.'

Piep.

Jemig, ze blijft gewoon bellen tot ik opneem. En trouwens, ik wil graag weten hoe ze wist dat hij me zou gaan bellen. Misschien heeft hij het haar verteld? Misschien is ze jaloers? 'Bryan, het spijt me, maar ik moet de andere lijn nemen. Kan ik je morgenochtend terugbellen?'

'Tuurlijk. Bel maar,' zegt hij. 'Welterusten.'

'Welterusten,' zeg ik en ik probeer nonchalant te klinken. Daarna schakel ik over naar de andere lijn. 'Ben je soms verliefd op Bryan? Is dat het?' Ja, dat moet het zijn. Iemand heeft me vandaag bij honkbal naar Bryan zien staren, heeft geraden dat ik verliefd op hem ben en wil nu voorkomen dat we gaan daten.

'Ik ben niet verliefd op Bryan. Ik bedoel, ik wás verliefd op Bryan... maar nu niet meer. Wij zijn niet langer verliefd. Hij heeft ons leven verwoest. Maar daar gaat het niet om.' Ze slaakt een zucht. 'Heb je gezegd dat je met hem uit wilt?'

Ze denkt toch niet dat ik nee gezegd heb? 'Dat gaat je niks aan,' zeg ik beledigd.

Ze kreunt. 'Dat gaat het wel. Jij bent míj. Ik ben jóú. We zijn dezelfde persoon. Snap je het nog steeds niet?'

'Dat is onmogelijk!' Als ze niet verliefd is op Bryan, waarom belt ze me dan? Wie ís ze? Er landt een mug op mijn arm en ik wuif hem weg. 'Blijf je even hangen? Ik wil naar binnen. Je kunt me straks ook terugbellen. Of kan ik jou terugbellen?' Als het Gekke Stalkende Meisje mij haar nummer geeft, kan ik haar telefoontjes laten blokkeren.

'Ik denk niet dat dat werkt. Ik blijf wel hangen.'

Ik open de deur, schop mijn schoenen uit en loop op mijn tenen naar binnen. Ik blijf staan als ik zie dat het licht in de keuken aan is.

'Hallo?' zeg ik.

'Ik ben het,' zegt mijn vader en hij steekt zijn hoofd om de deur. 'Even iets eten.'

Hij draagt nog een pak en een stropdas en houdt een bord met citroenkip in zijn hand. Zijn ogen staan vermoeid, alsof hij de afgelopen vierentwintig uur achter een computer heeft doorgebracht. Zijn haar begint ook grijs te worden. Zijn baan wordt echt nog eens zijn dood. Hij heeft grote wallen onder zijn ogen en zijn pak slobbert om zijn lijf. Hij kan wel een paar borden citroenkip gebruiken.

'Lang doorgewerkt?' vraag ik.

Hij zucht. 'Ja.'

'Slaapt mam al?'

Hij knikt. 'Ik eet dit even op en dan ga ik ook naar bed. Ik moet morgen om acht uur weer op kantoor zijn.'

'Welterusten,' zeg ik en ik houd mijn telefoon tegen een stoel. Ik hoop dat ze dit niet gehoord heeft. Het Gekke Meisje hoeft niet nog meer details uit mijn leven te weten.

Als ik de deur van mijn kamer gesloten heb, breng ik de telefoon weer naar mijn oor en zeg: 'Ga door.'

'Wat klinkt pap moe,' zegt ze triest.

Ze is echt vreselijk. 'Niet "pap",' zeg ik. 'Mijn vader. De mijne.'

'Hij is ook mijn vader. Ik ben jou. Heb je niet opgelet? Ik kan het je bewijzen.'

Ik slik. 'Nee, dank je.'

'Ik weet alles van je. Je pincode is 1016, naar je moeders verjaardag.'

Dat klopt. Maar het kan zijn dat ze de datum van mijn moeders verjaardag weet. Mijn moeder houdt alleen het jaar geheim. Ik weet zeker dat ik niet het eerste meisje ben dat haar moeders verjaardag als pincode heeft. Toch?

'Je wachtwoord voor de computer is "Ivy0305". Dat is een combinatie van de naam die je graag van je ouders had willen krijgen, in plaats van naar je vaders overleden grootmoeder vernoemd te worden, en nul-drie-nul-vijf is de datum waarop je geboren had moeten worden, maar mam kreeg twee weken te vroeg weeën na het eten van twee kommen gekruide kippensoep van Peking Gardens.'

Mijn hele lichaam tintelt weer.

'Je bent dol op cornflakes, rechtstreeks uit het pak. Je eet je pizza het liefst op z'n kop, zodat je je gehemelte niet verbrandt. Je bent dol op extra scherpe cheddar, van die witte, ook al slaag je er altijd in om met de kaasschaaf in je duim te snijden. Je bent doodsbang voor honden. En voor vleesmessen. Als je op school naar de wc gaat, hang je boven de bril, omdat je bang bent dat je ziek wordt en soms plas je daarbij per ongeluk op de vloer.'

'Dat is maar één keer voorgekomen!' Twee. Vier keer, max.

'Vijf, om precies te zijn,' zegt ze.

'Oké, vijf.'

'De reden dat je in de tweede niet naar het vakantiefeest bent geweest was niet dat je hoge koorts had, zoals je je leuke-maar-domme ex-vriendje Jarred verteld hebt, maar omdat je je bovenlip verbrand had in een poging om die te bleken, waardoor je jezelf een rode snor bezorgd had. Maya vond het zielig voor je en is toen thuisgebleven om films met je te kijken. Je hebt zelfs Karin de waarheid niet verteld. Nu we het toch over Karin hebben, weet je nog dat je uitging met Anthony Flare, ook al wist je dat zij verliefd op hem was? Jazeker, dat wist je. Al heeft ze dat nooit aan je verteld, of aan iemand anders. Jij bent haar beste vriendin. En toch deed je het.'

Mijn handen trillen. Niemand, ik herhaal: niémand wist dat ik dat wist. Volgens mij heb ik dat zelfs niet aan mezelf toegegeven.

'Geloof je me nog steeds niet?' vraagt ze.

'Ik...' Straks ontploft mijn hoofd nog. Hoe is dit mogelijk. Het bestaat niet. Het bestaat gewoon niet.

'O, ik weet iets wat nog erger is! Toen je zes was – toen wíj zes waren – zijn we op onze kast geklommen en toen viel hij boven op ons en toen pap de klap hoorde, kwam hij aan gerend vanuit de wc en zijn broek was nog naar beneden en we konden álles zien!'

'Jakkes,' kreun ik en ik herinner het me weer.

Ze giechelt: 'Hè-hè-hè-hè-hè.'

Die giechel kan niemand nadoen.

Heilige salsavlek, ze is mij.

9

Vrijdag 23 mei

Eindelijk. Ik heb het haar aan haar verstand weten te brengen. Mij. Tjonge, wat verwarrend.

'Ik kan het niet geloven,' zegt ze met trillende stem.

'Dat begrijp ik!'

'Maar… maar… hoe heeft dit kunnen gebeuren?'

Ik ga op mijn lits-jumeaux liggen en vertel haar wat er vanmorgen op mijn laatste schooldag gebeurd is.

'Het is niet dat ik je niet geloof,' zegt ze als ik uitgepraat ben. 'Maar toch zou ik iets concreets willen zien. Als een soort bewijs, begrijp je.'

Ik kijk naar de vervagende bruinachtige vlek op mijn vloerbedekking. 'Het bewijs is de nagellak. En ik heb geprobeerd om het uit te testen,' help ik haar herinneren. 'Ik heb tegen je gezegd dat je niet naar het feestje moest gaan.'

'Nou, ik moet het eerst zeker weten, voor ik met mijn leven ga rommelen. Misschien moet ik iets doen en kun jij me dan vertellen wat ik heb gedaan. Omdat je het kunt zien. Of omdat je het zou kunnen zien als je echt mij bent in de toekomst.'

'Zoals wat?'

Ze giechelt. 'Als ik het je vertelde, was het geen verrassing meer.'

Ik weet niet zeker wat ik van verrassingen vind. 'Laten we vooraf even vaststellen dat we het eens zijn over wát je doet.'

'Zoals mijn haar afknippen,' zegt ze. 'Of een navelpiercing nemen.'

'Eh, nee,' zeg ik snel. 'Herinner je je de ramp met de krullen nog? En bovendien groeit haar weer aan in drieënhalf jaar. En ik krijg echt liever geen hepatitis.'

'Wat als ik iets in de muur kras?' vraagt ze.

Dat is een beter voorstel. 'Probeer maar. Maar gebruik wel een viltstift, want ik wil niet dat je in je vingers snijdt. En doe het ergens waar mam het niet kan zien.'

'Waar dan?'

Ik kijk mijn kamer rond, op zoek naar een geschikte plek. Mijn bureau, mijn spiegel, mijn kast… 'Achter de kast?'

'Dat is een goed idee,' zegt ze.

'Maar gooi hem niet om,' waarschuw ik. 'We willen niet dat pap weer naakt komt binnenrennen.'

We giechelen allebei.

'Oké, ik heb de kast verschoven. Nu ben ik iets aan het schrijven. Kun je het zien? Kun je het zien?'

'Wacht even, ik ben er nog niet.' Ik spring van mijn bed, ren naar de muur en schuif de kast naar voren. Ik hoop dat het er staat. Het móét er staan. Staat het er? Ik bekijk de muur van boven naar beneden. Ik zie het niet. Waarom zie ik het niet? Wacht! Ik zie het! Op de muur staan de woorden Devi Wuz here! Mijn brein wordt helemaal wazig, alsof ik te veel frisdrank heb gedronken. 'Devi wuz here! Ik zie het! Ik zie het! Dat is ontzettend cool! Het werkt echt! Jij bent echt mij!'

'Niet waar,' gilt ze. 'Niet waar!'

Ik spring op en neer van opwinding. 'Wel waar! Het staat er! Ik zie het!'

'Dus… wat ik in mijn leven doe, verandert jóúw leven?' vraagt ze. 'Wat, eh, eigenlijk míjn leven is, maar nu nog niet?'

'Ja!' De mogelijkheden zijn eindeloos.

'Wacht eens,' zegt ze, 'herinner je je dat je op de muur hebt geschreven?'

Hmm. Ik sluit mijn ogen en pijnig mijn hersens. Ik probeer me te herinneren dat ik een viltstift vasthield, of dat ik op de muur aan het schrijven was. Maar er komt niets. Noppes. Totaal niks. Ik vraag me af wat dat betekent. 'Nee,' zeg ik. 'Maar ik heb het blijkbaar wel gedaan. Het staat hier voor mijn neus.'

'Maar herinner je je dat je mij was? Ik bedoel: herinner je je dat je mij was en dat je met jezelf als examenleerling aan het praten was?'

'Nee. Ik herinner me wel dat ik in de derde zat, maar ik heb nooit met jou gesproken. Ik kan me in elk geval niet herinneren dat ik jou gesproken heb.' Ik wrijf over mijn slapen. Dat betekent dus dat mijn werkelijkheid verandert, maar mijn herinneringen niet. Geloof ik. 'Ik krijg hier hoofdpijn van.'

'Precies! Ik ook!'

'Schrijf nog eens iets,' beveel ik.

'Oké, wat moet ik schrijven?'

'Verras me maar weer.' Ik staar naar de muur.

'Oeps,' zegt ze.

'Wat is er gebeurd?'

'Ik heb op mijn duim geschreven,' jammert ze. 'Met onafwasbare stift.'

Ik steek mijn stiftloze hand omhoog. 'Niet echt onafwasbaar.'

'Gelukkig. Oké, wacht even.'

Eerst is de ruimte naast DEVI WUZ HERE nog leeg, maar ineens staat er: DIT IS VREEMD. 'Dit is vreemd! Ik kan het zien!'

'Is dat zo? Hoe kan dat nou? Ik heb alleen nog maar "dit" geschreven. Ik heb "is vreemd" nog niet opgeschreven.'

'Meen je dat?' zeg ik. 'Dát is pas vreemd.'

'Ik vraag me af hoe dat kan,' zegt ze en voor het eerst sinds ze dit… dit… nou ja, dit maffe telefoongesprek in de tijd geaccepteerd heeft, klinkt ze aarzelend. Ik wil niet dat ze aan me gaat twijfelen. Ik wil niet dat ze zich weer gaat afvragen of het wel waar is.

'Misschien verandert mijn heden wel op het moment dat jij in het verleden een andere richting op gaat. Jij wist zeker dat je "dit is vreemd" wilde gaan schrijven, daarom stond het er meteen.'

'Maar wat als ik van mening verander en iets anders wil opschrijven?'

'Nou… probeer maar, lijkt me.'

'Je moet het zeggen als je iets ziet,' zegt ze.

Terwijl ik naar de muur staar, veranderen de letters. Ze trillen of vervormen niet en er gebeurt niets geleidelijks. Ze veranderen gewoon, zoals wanneer je de tv op een ander kanaal zet. IS VREEMD is ineens IS COOL. 'DIT IS COOL. Ik zie het! Ik zie het!'

'Nu al? Ik heb alleen nog maar een C geschreven! Wacht eens even. Wat zie je nu?'

COOL verandert in CARAVAN. 'DIT IS CARAVAN?' zeg ik lachend. 'Wat betekent dat nu weer?'

'Ik heb geen idee! Maar ik had de C al opgeschreven, dus die moest ik wel gebruiken.'

'Maar nu staat er voor altijd DIT IS CARAVAN op onze slaapkamermuur.'

'Eh, is dat zo? Totdat ik het weer verander, natuurlijk.'

Wacht even, dat is veel te veel macht voor Derde-klas-ik. Ik schud mijn hoofd. 'Vanaf nu mag je niets meer doen zonder het vooraf met mij te bespreken.'

Ze giechelt. 'Ja, hoor.'

Eh, ik maakte echt geen grapje.

'Oké, ik geloof het nu echt,' zegt ze een beetje buiten adem. 'En ik wil echt alles weten. Hoe gaat het met mam? En met pap? En Maya? En Karin?'

Ik ga op mijn vloerbedekking zitten en strek mijn benen. 'Ik ben Karin vergeten.'

'Hoe kun je Karin nu vergeten zijn? Is ze niet langer mijn beste vriendin?'

'Niet echt, nee.' Ik kijk omhoog naar het plafond.

'Wat is er gebeurd? Gaat het goed met haar?'

'Het gaat prima met haar,' zeg ik snel en voeg er dan aan toe: 'Eerlijk gezegd heb ik gehoord dat ze een behoorlijk eetprobleem heeft.'

'Wat? Maar dat is vreselijk! Ze is altijd zo gezond! Ze probeert in het turnteam te komen en zo.'

'Klopt, maar de trainer schijnt een idioot te zijn die alle meisjes in het team vertelt dat ze 45 kilo moeten wegen.'

'Heb je haar niet kunnen helpen? Heb je haar niet verteld dat die trainer gek is?'

'Het is niet gebeurd in de tijd dat we nog vriendinnen waren.'

'Maar waarom zijn jullie dan geen vriendinnen meer?' vraagt ze geschokt.

'Dat is een lang verhaal.' Dat zie je vanzelf, voeg ik er bijna aan toe. Soms veranderen er dingen. Of je het nu wilt of niet.

'Ik vind het niet te geloven,' zegt ze. 'Wat ontzettend triest. En Joëlle en Tash? Ben ik met hen nog wel bevriend?'

'Niet echt,' geef ik toe.

'Maar wie zijn mijn vriendinnen dan?' vraagt ze, duidelijk in de war. 'Heb ik een vriend? Jemig… Bryan natuurlijk!'

Ik voel me plotseling misselijk. 'Wil je niet liever weten wat er in de wereld aan de hand is en zo?'

'Ja, natuurlijk! Zijn er in de toekomst vliegende auto's? Zijn we al op Mars geland?'

Tja, dat zou enorm cool zijn. 'Eh, nee. Ik lig maar drieënhalf jaar op je voor. Eigenlijk is er nog niet veel veranderd. We hebben nog steeds dezelfde president en we hebben nog steeds last van het broeikaseffect. Je hebt wel grotere borsten gekregen.'

'Echt waar?'

'Ja, 75c. Bovendien heb je een hele mooie huid gekregen.'

'Geen mee-eters meer?'

'Nauwelijks. En je krijgt alleen nog puistjes als je ongesteld bent. De rode T is weg.'

'Wat is de rode T?' vraagt ze.

'O, kom nou! Zo hebben we dat genoemd! Het is de rode streep puistjes op mijn voorhoofd en naar beneden via mijn neus naar mijn kin!'

'Ik heb geen idee waar je het over hebt.'

'Misschien heb ik die naam nog niet bedacht, dan.'

'Ik vind hem wel leuk,' zegt ze. 'Ik denk dat ik hem ga gebruiken.'

'Wat van mij is, is van jou,' zeg ik gul.

'En mijn beugel?' vraagt ze. 'Die mag er toch wel uit?'

'Aan het begin van de vierde.'

'Een heel jaar met dat ding? Ik haat die beugel,' jammert ze.

'Erg hè? Maar het is het waard,' beloof ik. Ik tuur in mijn grote spiegel en glimlach naar mijn perfecte gebit. 'Geloof me. O! Maar stop je beugeldoosje volgend jaar in de kantine níét in een servetje, oké?'

'Een servetje? Iedereen weet toch dat je dat niet moet doen.'

Bedankt, betweter. 'Gewoon niet doen.'

'Ik zal het niet doen.'

'Dat doe je wel,' houd ik vol. 'Tenzij je eraan denkt om het niet te doen.'

'Ik zal eraan denken.'

'Je hebt niet zo'n goed geheugen,' zeg ik. 'Misschien moet je een lijstje maken. In een schrift. Anders ga je van alles op stukjes papier schrijven, die we over vijf jaar pas terugvinden.'

'Goed punt,' zegt ze. 'Volgens mij heb ik hier ergens nog een extra schrift liggen.'

'Kijk op je plank,' zeg ik. 'Daar bewaar je ze altijd.'

'Ja, dat weet ik,' zegt ze en ze giechelt.

Ik hoor haar rommelen en wacht tot ze klaar is.

'Hebbes. Bladzijde één. Vierde klas: beugeldoos niet in servet doen.'

'Goed zo. Volgens mij verlies ik hem nog een keer, maar ik ben vergeten waar. Geen zorgen, ik kom er wel weer op. Waar ga je dat schrift neerleggen als je het niet gebruikt? We willen natuurlijk niet dat iemand anders het ziet.'

'In de la van mijn bureau?'

Ik open de la van mijn bureau en zie een groen schrift. Ik sla de eerste bladzij open en lees: Vierde klas: beugeldoos niet in servet doen. 'Perfect.'

'Super. Nu we het belangrijkste probleem in mijn toekomst opgelost hebben – het kwijtraken van mijn beugeldoos – kun je me nog meer vertellen? Zoals waarom ik niet langer bevriend ben met Karin, Tash en Joëlle?'

Ik masseer mijn slapen. 'Dat ben je gewoon niet meer.'

'Maar wie zijn dan mijn vriendinnen?'

'Je hebt geen echte vriendinnen meer.'

'Wat bedoel je? Hoe kan het dat ik helemaal geen vriendinnen meer heb?'

'Je… Karin is niet de enige met problemen.'

'Ik?' vraagt ze paniekerig. 'Heb ik problemen? Wat voor problemen? Wat gaat er gebeuren? Je moet het me vertellen!'

Ik weet niet zeker hoeveel ik moet onthullen. Het is mijn plicht om hier verantwoordelijk mee om te gaan. Ik wil niet een of andere tijd-reiswet overtreden door te veel narigheid te verklappen. En ik wil het niet verkeerd doen. Ik heb het geluk dat ik een tweede kans krijg, maar ik krijg vast geen derde.

'Je moet het me vertellen! Jemig. Ben ik dood? Ga ik dood?'

Ik rol met mijn ogen. 'Je gaat niet dood, suffie.'

'Pas op met wat je zegt! Als ik dom ben, dan ben jij dat ook. Beloof me dat ik niet dood ben.'

Ik sla met mijn hand tegen mijn voorhoofd. 'Ik praat toch tegen je?'

'Ben je een engel? Praat je met mij vanuit het graf? Word ik ziek?' Ze hapt naar adem. 'Word ik blind?'

'Je wordt níét blind. Er is niets met je aan de hand.'

'En pap en mam?' vraagt ze achterdochtig.

'Met hen gaat het ook goed. Het gaat met iedereen goed.' Ik doe de deur open en kijk de gang in. Ik een vaag schijnsel van de tv uit de kamer van mijn ouders en uit de studeerkamer komen. 'Mam kijkt naar een kookprogramma, zoals altijd. Als ze niet bij Intralearn is, staat de tv aan.'

'Wat is Intralearn?'

'Waar mam werkt.'

'Heeft mam een baan? Echt waar? Dat is geweldig! Waarom heeft ze besloten om weer te gaan werken?'

'O, eh…' Shit. Moet ik haar de waarheid vertellen? 'Dat komt omdat pap…'

'Pap, wat? O nee, is alles in orde met pap? Zeg dat het goed met hem gaat!'

'Doe eens wat rustiger,' zeg ik. 'Ik kan je niets vertellen als je de hele tijd zo paniekerig doet over de minder leuke dingen.'

'De minder leuke dingen? Hoeveel minder leuke dingen zijn er?'

Misschien moet ik haar niet alles vertellen. Ik wil haar niet overdonderen. 'Het gaat goed met pap. Het gaat goed met iedereen,' zeg ik. En dat is min of meer waar. Het gáát goed met iedereen. Met iedereen behalve met mij. Ik knipper een paar keer met mijn ogen.

'Wat zijn dan minder leuke dingen?'

Ik ga op mijn bed zitten. De breuk. De breuk die je hart breekt. Daar wil ik haar voor beschermen. Ik wil haar in een zachte deken van ontkenning wikkelen en haar beschermen. 'Je wordt verliefd op de verkeerde jongen,' zeg ik voorzichtig.

'Wie?'

'Bryan.'

'O. Oó.'

'Ja. Schrijf dat maar op.'

'Schrijf wat maar op?'

'Schrijf: "Ga niet uit met Bryan Sanderson."' Ik ben terug bij mijn plan. Steek die maar in je zak, Bryan. Jij hebt een plan waar ik niet in voorkom, nu heb ik een plan waar jij niet in voorkomt. En misschien luistert Derde-klas-ik nu wel naar me.

'Maar wat is er zo slecht aan Bryan?'

'Alles!' zeg ik dringend. 'Geloof me.'

'Maar ik vind Bryan leuk. Hij is… echt leuk.'

'Devi…'

'Hij is leuk!'

'Zo leuk is hij niet,' brom ik.

'Maar hoe werkt dit, trouwens? Als ik niet met Bryan date, betekent dat dan dat jij ook niet met hem uitgaat?'

'Ja. We zijn dezelfde persoon.'

'Misschien kan ik nu met hem uitgaan en het later met hem uitmaken of wat dan ook, voordat de minder leuke dingen gebeuren?' vraagt ze hoopvol.

'Nee.' Ik recht mijn rug. 'Je moet het afzeggen.'

Ze zucht. 'Mag ik daar nog even over nadenken?'

'Het is toch al te laat om nu nog te bellen. Je kunt hem morgenochtend wel bellen.'

'Goed, dan praten we er morgenochtend over.'

'Nee, je gaat morgenochtend béllen.' Ik bal mijn handen tot vuisten. 'Dat móét je doen. Dit is het allerbelangrijkste wat je kunt doen. Begrijp je dat?'

'Oké,' zegt ze tam.

Ja, die ken ik. 'Beloof je dat?'

'Ik beloof het.' Ze zucht. 'Ik zal het doen.'

10

Zaterdag 10 september

Begrijpelijkerwijs heb ik die nacht vreemde dromen. Om halfelf word ik wakker en ik controleer mijn muur om er zeker van te zijn dat ik niet alles gedroomd heb.

Nee. DEVI WUZ HERE en DIT IS CARAVAN staan nog vers op mijn muur geschreven. Dat betekent dat ik geacht word Bryan op te bellen om af te zeggen. Lieve, aantrekkelijke Bryan.

Terwijl ik onder de douche mijn haar sta te wassen, vraag ik me onwillekeurig af of ik wel echt moet afbellen. Het lijkt zo idioot. Als je serieuze plannen hebt met een jongen op wie je verliefd bent, ga je hem dan afzeggen? Nee, dat doe je niet. Hoewel... als je toekomstige ik je vertelt dat het verstandig is, dan kun je maar beter luisteren. En ik heb het haar beloofd. Technisch gezien heb ik Bryan ook beloofd om met hem naar de film te gaan. Maar ik denk dat een belofte aan je toekomstige zelf belangrijker is dan beloften aan een jongen die je pas twee keer gesproken heb.

Oké, oké, ik zeg wel af. Nadat ik iets gegeten heb.

Ik kijk of paps koffertje weg is. Ja, hij is naar zijn werk. Op zaterdag. Ik neem een handvol van mams mini-muffins mee naar de tafel op de veranda. Ik ga afzeggen. Echt. Zodra ik mijn eten op heb.

Als ik klaar ben, ga ik weer naar mijn kamer. Wat nu? Ik moet nu afzeggen. Ik moet. Maar eigenlijk wil ik dat niet. Ik vind Bryan leuk.

In plaats van Bryan bel ik Maya, om te horen hoe haar feest is geweest. Ze neemt niet op, daarom spreek ik een voicemail in.

Zodra ik ophang, gaat mijn telefoon. Helaas is het Maya niet.

'Halloooo?' zegt Senior-ik langzaam. 'Heb je het gedaan?'

Ik ga op mijn bed liggen. 'Mag ik niet één keer met hem uit? Eén keertje maar?'

'Nee!' roept ze. 'Absoluut niet. Je moet onmiddellijk afzeggen.'

'Maar hij is zo aardig. En zo schattig.'

'Je vindt wel iemand die aardiger is. En schattiger.'

'Wie dan?'

'Dat weet ik toch niet?'

'Ik begrijp niet wat er zo belangrijk aan is,' grom ik. 'Wat is er zo slecht aan Bryan Sanderson?'

Ze zucht. 'Het werkt gewoon niet, oké?'

Ik sla met mijn vuist op mijn matras. 'Maar wat betekent dat? Dat we niet gaan trouwen?'

'Natuurlijk ga je niet trouwen. Ik ben pas achttien!'

'Wat is er dan zo erg aan? Alleen omdat het uiteindelijk uit raakt, kan ik vanavond niet met hem op stap? Dat klinkt heel raar. Hoe lang blijven we trouwens samen?'

'De hele middelbareschooltijd. Je verspilt je hele middelbareschooltijd aan hem. Geloof me, het is echt beter om dit in de kiem te smoren. Waarom zou je met hem uit willen als je weet dat hij je pijn gaat doen? Ben je een masochist?'

'Natuurlijk niet,' zeg ik. 'Maar wat doet hij dan precies?'

'Hij doet heel slechte dingen!' zegt ze, en ik hoor tranen in haar stem.

'Wat dan?'

'Dingen!'

'Wat voor dingen? Ik moet alle details weten, voor ik het roer van mijn leven omgooi.'

'Hij maakt het uit, oké?' gilt ze.

Eh. 'Is dat alles?'

'Nee! Hij is ook de reden waarom je niet langer bevriend bent met Karin, Tash en Joëlle.'

'Heeft hij gezegd dat je niet langer met hen bevriend mag zijn?'

'Min of meer... Je brengt al je tijd met hem door en daardoor ben je al je vrienden kwijtgeraakt.'

'Nou, dat was dom van ons en niet echt zíjn schuld.'

'Dat is niet het enige.' Ze schraapt haar keel. 'Hij gaat vreemd.'

Mijn hart wordt zwaar. Dat is inderdaad niet zo aardig. 'Echt?'

'Ja.'

'Wat gebeurt er?'

'Wat maakt het uit? Het gebeurt. Meer dan eens.'

'O.'

'Ja,' zegt ze fel, 'dat zei ik toch? Hij deugt niet.'

Ik draai mijn haar in een knot. Ik kan niet geloven dat hij me dat aan zou doen. Niet dat ik hem erg goed ken. Ik heb één gesprekje met hem gehad. Maar toch. Ik had geen idee dat die lieve salsajongen het in zich had om zo'n mispunt te zijn. 'Ik doe het. Ik ga hem bellen. Wat moet ik hem precies vertellen?'

'Vertel hem dat je wel een betere jongen kunt krijgen dan zo'n mispunt als hij en dat hij in de hel mag rotten.'

Jakkes. 'Dat klinkt niet erg aardig!'

'Hij verdient het.' Ze schraapt opnieuw haar keel. 'Vertel hem dat je niet kunt. Dat je niet geïnteresseerd bent. Nu. Over vijf minuten bel ik je terug.' Ze hangt op.

Oké dan. Ik wil net in mijn oproepen gaan zoeken naar zijn nummer, als mijn telefoon gaat. Ik druk op OK. 'Dat waren geen vijf minuten,' zeg ik. 'Wacht even.'

'Waarop?' vraagt Karin.

'Hoi!'

'Hoi! Ik hoorde dat iemand om je nummer heeft gevraagd,' zingt ze. 'Vertel me alles! Heeft hij al gebeld? Heeft hij je mee uit gevraagd?'

'Ja!' roep ik. Hij heeft erom gevraagd! Hij vindt me echt leuk! 'Hoe weet je dat?'

'Hij belde Joëlle toen we nog in de auto zaten. Ik heb je twee minuten later gebeld en ik heb je voicemail ingesproken. Ik dacht dat je me wel terug zou bellen zodra je hem gesproken had.'

'Sorry,' zeg ik. 'Ik heb mijn voicemail niet afgeluisterd. En toen ik had opgehangen, was ik...' – te druk met op mijn muur schrijven om mijn toekomstige ik een plezier te doen – '...moe.'

'Vind je het niet geweldig?'

'Heel geweldig,' zeg ik. 'Maar ik kan niet.' Boehoe.

'Wat? Waarom niet?'

'Omdat...' Omdat mijn toekomstige ik het niet goedvindt dat ik met hem uitga. Dat klinkt misschien een beetje raar.

'Heeft hij afgezegd?'

'Niet precies.'

'Wat is het probleem dan? Vind je hem niet leuk? Je vindt hem toch leuk? Ik zag jullie gisteravond met elkaar praten.'

'Hij is wel aardig,' zeg ik. 'Ik denk alleen...' Dat ik niet uit wil met iemand die vreemdgaat? 'Ik denk alleen dat het me vanavond niet gaat lukken. Ik voel me niet goed.'

'Nee toch! Wat is er aan de hand?'

'Ik ben ziek. Echt ziek. Ik denk dat ik griep heb.'

'Ja, je wilt niet de hele tijd lopen niezen. Jakkie.'

'Precies.'

'Dan kun je morgen zeker ook niet met me gaan winkelen?'

'O, eh...' Boehoeoeoe. 'Ik denk het niet.'

'Het is waarschijnlijk beter dat je goed uitrust,' zegt ze.

Als we opgehangen hebben, vraag ik me af waarom ik zojuist tegen Karin gelogen heb. Is het einde van de vriendschap zo begonnen? Met een leugen? Zijn we daarom niet langer vrienden?

Ik haal diep adem voor ik Bryans nummer intoets. Laat het alsjeblieft zijn voicemail zijn. Laat het alsjeblieft zijn voicemail zijn. Als ik hem persoonlijk moet spreken, stort ik in.

'Hallo? Hallo?'

O, shit. Mijn hart begint te bonken. 'Hoi, Bryan...'

'Hallo? Hallo?'

'Bryan? Kun je me horen? Devi Banks hier...'

'Ik maak maar een grapje.' Ik realiseer me dat ik naar een opgenomen stem zit te luisteren. 'Laat een boodschap achter.' *Piep.*

Ha ha. O, shit. Ik moet iets zeggen. 'Leuke voicemail. O, Devi Banks hier. Weet je nog? Van de bank. Eh, luister. Het spijt me echt heel erg, maar ik kan vanavond niet. Ik ben ziek.' Ik hoest ter illustratie. En dan hoest ik nog eens. En dan nog eens. 'Het spijt me echt. Zie ik je op school weer?' Ik hoest nog eens en hang op.

Ik probeer mijn eigen nummer te bellen om te zien of de magische mobiele truc twee kanten op werkt, maar ik kom rechtstreeks bij mijn voicemail uit. Mijn derde-klasvoicemail.

Blijkbaar niet.

Ik laat mijn telefoon op mijn bureau liggen en loop naar beneden om een glas sinaasappelsap te halen. Mijn nepgriep vraagt om extra vitamine C. Of misschien voel ik me gewoon triest. Bryan is nog niet vreemdgegaan. Ik ken hem nauwelijks. En nu zal ik hem ook nooit leren kennen.

‖

Zaterdag 24 mei

'Hoe moet het nu met het examengala?' vraagt mijn moeder me vanaf haar plek op de bank.

Mijn rug verstrakt, als ik de kastdeur open. 'Ik ga niet.'

Ze zet het kookprogramma op pauze en draait zich om om me aan te kijken. 'Helemaal niet?'

'Helemaal niet,' zeg ik. In plaats van haar aan te kijken, pak ik een glas.

'Maar je jurk dan?' vraagt ze.

In mijn kast hangt een mooie rode galajurk. Bryan vond dat rood me prachtig stond. Volgens hem maakte de kleur me sexy. 'Ik weet het niet. Misschien kan ik hem terugbrengen.'

'Je kunt jurken voor een speciale gelegenheid niet terugbrengen,' zegt mijn moeder. 'Wil je niet gewoon als goede vrienden met Bryan naar het gala gaan?'

'Nee, dat wil ik niet. Hij kan niet zomaar mijn hart in miljoenen stukjes uiteen laten vallen en dan champagne met me drinken. Vergeet het maar. Laat hem maar thuis zitten en zich ellendig voelen. Net als ik.'

Mijn moeder trekt een triest gezicht en steekt haar armen naar me uit om me een knuffel te geven. 'O, schatje.'

'Het komt wel goed, mam.' Dat zou althans het geval zijn als Derde-klas-ik deed wat ze moest doen.

'Het gala is pas over twee weken. Kun je niet met iemand anders gaan? Of met een paar vriendinnen?'

Had ik maar iemand anders om mee naar het gala te gaan. Had ik maar andere vrienden. Hoewel, als ik andere vrienden had gehad, was ik nu bij hen geweest, in plaats van bij mijn moeder. 'Het maakt niet uit.' Ik draai de kraan open.

En op dat moment gebeurt het.

De gouden armband verdwijnt van mijn pols. Het ene moment zit hij nog op zijn gemakje om mijn arm en het volgende moment is hij… verdwenen.

'Mijn armband!' roep ik.

'Welke armband?' vraagt mijn moeder.

'Die ik van Bryan heb gekregen!' Is hij in de afvoer gevallen? Ik zet de kraan uit en kijk of ik hem ergens zie.

'Welke Bryan?' vraagt mijn moeder.

'Bryan-Bryan,' zeg ik en ik steek mijn vingers in het afvoerputje.

Mijn moeder komt naar me toe. 'Wie is Bryan? Ken ik hem?'

Mijn vingers verstarren. Hè? Weet mijn moeder niet wie Bryan is?

Wacht eens. De armband die ik van hem gekregen heb, is weg. Mijn moeder lijkt zijn bestaan te zijn vergeten. Betekent dit wat ik denk dat het betekent? Ik kijk mijn moeder aan. 'Weet je echt niet wie Bryan is?'

Er komt een frons op haar voorhoofd. 'Nee. Is hij een vriend van je?'

Jeetje. Derde-klas-ik heeft het gedaan. Ze heeft haar afspraak met Bryan afgezegd. Ze gaan vanavond niet uit. Ze gaan nooit meer uit. Wij gaan nooit meer uit. Er is geen armband meer. Mijn moeder weet niet wie Bryan is. 'Heb je hem nog nooit ontmoet?'

'Moet dat dan?' vraagt ze. 'Is hij de pizzajongen met wie je vader altijd hele gesprekken voert?'

Jeetjemineetje. 'Ik moet even bellen.' Ik haast me naar mijn kamer om Derde-klas-ik te bellen. Zodra ze opneemt, roep ik: 'Het is je gelukt! Je bent geweldig! Mijn armband is weg! En mijn moeder herinnert zich Bryan niet meer. Helemaal niet meer. Vind je dat niet gek? Ik herinner me hem nog, maar zij heeft geen idee!' Ik maak een rondedans, rond en rond en rond. Ik stop er pas mee als ik de foto in het oog krijg. De foto van Halloween. Of liever: het wás de foto van Halloween, want nu is het een close-up van Karin, Tash, Joëlle en mij – mét beugels – lachend. We staan op een oprit. Joëlle heeft haar armen gestrekt, alsof zij het was die de foto maakte. 'De laatste foto van Bryan is nu ook weg! Volgens mij is dit een foto van jullie, gisteravond bij Celia! Het werkt! Je hebt hem gedumpt!'

'Dus het is gelukt?' piept ze.

Ik bekijk de foto nog eens goed, om er zeker van te zijn. 'Ja – goed gedaan. Ik ben zo trots op je. Op ons. Het is ons gelukt! We zijn Bryan voor altijd kwijt!'

'Dat klinkt nogal lang.'

'Weg, baby, voor altijd weg! O, nee,' zeg ik, als ik de muur tegenover mijn bed zie. Mijn kale muur.

'Wat is er?' vraagt ze, met een sprankje hoop. 'Is hij er toch nog?'

'Nee, dat is het niet,' brom ik, 'het is mijn tv. Die is ook weg.'

'Welke tv? Die in de woonkamer?'

'Nee, de tv in mijn kamer.'

'Sinds wanneer hebben wij tv op onze kamer?'

'Laat maar, het is niet belangrijk. Het belangrijkste is dat we Bryan kwijt zijn.' Ik werp een blik op de foto. 'Wil je nog wat advies voor in je schrift? Zolang je die beugel hebt, moet je die lippenstift niet meer opdoen. Het ziet er belachelijk uit. Eigenlijk moet je helemaal geen lippenstift meer gebruiken. Als ik jou was, zou ik me richten op eyeliner. En ik bén jou.'

'Ik vond het wel leuk staan,' piept ze.

'Nou, dat is dus niet zo. Sorry, Derde-klas-ik.'

'Noem me alsjeblieft geen Derde-klas-ik meer. Ik raak ervan in de war. Noem me maar gewoon Devi.'

'Daar raak ík van in de war,' zeg ik tegen haar. 'Ik ben Devi. Als ik jou nu Devorah noem, dan kan ik Devi zijn.'

'Echt niet,' zegt ze. 'Ik wil geen Devorah zijn. Zo noemen pap en mam me als ze boos op me zijn.'

'Dan ben ik wel Senior en dan kun jij…'

'Junior zijn?'

'Ik wilde zeggen: Frosh.'

'Frosh,' herhaalt ze. 'Dat vind ik wel leuk. Maar ik vind Senior niks.'

'Seniorita?'

'Nee.'

'De Oudere?'

Ze lacht. 'Nee.'

'Genie?' vraag ik met een glimlach. 'O, ik weet het al. Ik wil wel Ivy heten.'

'Ik wil ook Ivy zijn!' antwoordt ze jaloers. 'Ik vind Ivy een prachtige naam!'

'Ik ook. Maar we kunnen niet allebei Ivy heten, daar gaat het juist om. En ik bedacht die naam het eerst.'

Technisch gezien doe ik alles het eerst. En weet ik alles het eerst. Ik weet alles wat er de komende vier jaar met haar gaat gebeuren. Ik weet wat er de komende vier jaar met iederéén gaat gebeuren.

Jemig. Als het me gelukt is om ervoor te zorgen dat Bryan en ik geen verkering meer hebben, dan kan ik ook andere dingen voorkomen. Ik kan de hele wereld repareren. Ik moet erover nadenken. Brainstormen. Een lijst maken. 'Frosh, ik bel je later terug,' zeg ik.

Zodra ik heb opgehangen, maak ik met bonzend hart een nieuwe map aan op mijn computer. Ik kan Frosh vertellen over alle slechte dingen die er gebeurd zijn sinds ik in de derde zat en dan kan zij voorkomen dat ze gebeuren. Zij kan ze herstellen. Ze kan de hele wereld herstellen. Ik ben een moderne superheld, die redding komt brengen! Ik ben Future Girl! Ik heb alleen nog een cape nodig.

Ik trommel met mijn vingers op het toetsenbord. Welke slechte dingen zijn er de afgelopen drieënhalf jaar allemaal gebeurd? Ik moet met de grote dingen beginnen, zoals oorlogen en hongersnoden en orkanen. En dan ga ik verder met meer specifieke slechte dingen. Zoals vorig jaar, toen het broertje van Janice Michael een stukje pinda at en een allergische reactie kreeg, waardoor hij in coma raakte. Of afgelopen zomer, toen die jongen die een klas hoger zat dan ik, Kyle Borster, dronken achter het stuur kroop, waardoor hij drie mensen het ziekenhuis in reed. Of toen Karin in de vierde haar krultang op haar dekbed liet liggen, waardoor het hele huis afbrandde.

Of toen mijn vader werd ontslagen en we niet langer tegen ziektekosten verzekerd waren, zodat Maya een baantje moest zoeken om haar opleiding te kunnen betalen, omdat haar beurs niet groot genoeg was en ik een parttimebaantje bij Bella nam en mijn moeder moest gaan werken bij Intralearn.

Het wordt een lange lijst.

De rest van de dag zit ik koortsachtig achter de computer te typen. Het is niet te geloven hoeveel nare dingen er de afgelopen drieënhalf jaar gebeurd zijn. Ik blijf typen tot mijn maag begint te rommelen. Ik strek mijn armen.

Glinster.

Hè? Ik pak mijn arm beet en staar ernaar. Ik heb de gouden armband weer om mijn pols. Hoe kan dat nu?

Ik schuif mijn stoel naar achteren en pak het fotolijstje. De mislukte lippenstift en de beugel – weg. Wat op zich niet zo erg zou zijn, maar Karin, Tash en Joëlle zijn ook weg. Bryan en ik zitten er weer in, in een Halloweenkostuum en met blikkerende tanden grijnzend naar de camera.

12

Zaterdag 10 september

Door het spionnetje zie ik Bryan in een vale spijkerbroek en met een groen shirt dat uit zijn broek hangt voor onze voordeur staan, met een bakje kippensoep in zijn handen.

Mijn hart maakt een sprongetje. O jee, daar is hij. Om mij te bezoeken. Met kippensoep. Is dat niet ontzettend lief? Ik trek de deur open. 'Hoi!'

'Hoi,' zegt hij en zijn wangen worden rood. 'Hoe voel je je?'

Juist ja. Ik hoest. Twee keer. 'Het gaat wel. Kom binnen!' Ik weet dat Senior-ik – eh, Ivy – wil dat ik hem meteen wegstuur, maar... hoe kan ik in vredesnaam een jongen wegsturen die me kippensoep komt brengen? Een léúke jongen die me kippensoep komt brengen.

Hij loopt achter me aan naar binnen en gaat naast me op de bank zitten. 'Ik heb dit voor je meegebracht.' Hij houdt het plastic bakje met soep omhoog. 'Stom van me, dat weet ik, maar het is belangrijk dat je je komend weekend beter voelt.'

'Dat is ontzettend aardig van je,' zeg ik. Hij had niet leuker kunnen zijn. Dat meen ik. Hij geeft me het bakje. Ik weet niet precies wat ik ermee moet, daarom zet ik het op een tijdschrift op de tafel.

'Kunnen we volgend weekend samen wat leuks gaan doen? Naar de film misschien?'

Ja! Ik bedoel: nee. 'Ja,' zeg ik. Absoluut ja. Ik kan Bryan niet afwijzen. Dat kan ik gewoon niet. Dat wil ik niet.

Hij schenkt me een brede glimlach, met kuiltjes. 'Fantastisch.'

In mijn slaapkamer begint mijn mobiele telefoon te rinkelen. Ik negeer hem. 'Heb je dit weekend al leuke dingen gedaan?' vraag ik. De telefoon gaat weer. En nog eens. La, la, la, ik hoor hem niet. Als hij eindelijk ophoudt, ontspannen mijn schouders zich.

'Niets bijzonders. Ik heb wat gevoetbald vandaag.'

Mijn mobiel begint weer te rinkelen. Probeert ze me gek te krijgen? Kan ze me niet vijf minuten alleen laten?

Dan hoor ik: 'Hallo, met Devi's telefoon.'

Jeetje, mijn moeder heeft mijn mobiel opgenomen. Mijn moeder heeft zojuist mijn mobiel opgenomen. 'Mam, niet doen!' gil ik, maar het is natuurlijk al te laat. Wat betekent het dat ze heeft opgenomen? Herkent ze mijn oudere stem?

'Devi,' zegt mijn moeder. Ze komt de trap af en geeft me met een verbaasde blik in haar ogen mijn mobiele telefoon aan. 'Het is iemand die... Ivy heet? Of Ivan misschien? Ik kon niet horen of het een jongen of een meisje was. Maar zij – of hij – zegt dat het dringend is. Vroeg of er een jongen bij je op bezoek was, maar ik zei dat dat niet zo was. O.' Als ze Bryan ziet, komt ze bij de bank tot stilstand. 'Ik wist niet dat je een vriend op bezoek had.'

Ik gris de telefoon uit haar hand en verberg hem achter mijn rug. 'Mam, dit is Bryan.'

Bryan gaat staan en steekt zijn hand uit. 'Prettig om met u kennis te maken, mevrouw Banks.'

Mijn moeder glimlacht en geeft hem een hand. 'Wil je iets eten of drinken? Ik heb net appelbrownies gemaakt.'

'Dat klinkt heerlijk. Graag.'

Mijn moeder verdwijnt in de keuken en ik breng de telefoon naar mijn oor. 'Kun je later terugbellen?' vraag ik. 'Ik ben even bezig.'

'Dat kun je wel zeggen,' blaft ze. 'Ik heb de armband weer om mijn pols. De foto zit weer in mijn lijstje. Je hebt alles verpest!'

Shit. 'Maar ik... ik...'

'Zeg tegen Bryan dat hij op moet hoepelen!'

'Maar dat wil ik niet.' Ik wil dat hij blijft. Ik wil met hem uit. Ik wil met hem naar de film!

'Zeg hem dat hij een mispunt is!' gilt ze in mijn oor.

Ik draai me om, zodat ik met mijn rug naar Bryan toe sta. 'Hij heeft kippensoep voor me meegebracht,' fluister ik.

'Gooi het over zijn hoofd!' gilt ze in mijn oor.

Ik druk de telefoon steviger tegen mijn oor, zodat hij het niet kan horen. 'Dat wil ik niet. Ik wil met hem uit,' fluister ik opnieuw.

'Frosh,' zegt ze en haar stem beeft. 'Je moet naar me luisteren. Vergooi geen drieënhalf jaar van je leven aan hem. Je moet ontzettend veel belangrijkere dingen doen met je tijd. Laat hem niet je leven verwoesten.'

'Maar...'

'Hij gaat je hart breken,' zegt Ivy dringend. 'Je moet me vertrouwen.'

Mijn ogen voelen heet. Ik wil Bryan niet wegsturen, maar wat kan ik doen? Hoe kan ik nu mijn toekomstige ik niet vertrouwen? 'Okééééé,' grom ik en dan hang ik op en gooi de telefoon op de tafel. Ik draai me om naar Bryan.

'Het spijt me enorm, Bryan.' Hoe nu verder? Ik haal diep adem. 'Ik ben niet echt ziek.'

Hij fronst verward. 'O nee?'

'Nee. Het is alleen...' Ik mag niet met je uit van mijn toekomstige ik? Eh, nee. 'Ik heb al een vriendje.' Daar kan hij niet over in discussie gaan en bovendien kwetst het zijn gevoelens niet.

Hij doet een stap achteruit. 'Dat wist ik niet.'

Ik krijg een knoop in mijn maag. Ik weet dat het me niets moet uitmaken hoe hij zich voelt, maar dat doet het wel. Ik wil dat hij weer glimlacht! Ik mis de glimlach met de kuiltjes! 'Ik had het je meteen moeten vertellen. Je overviel me toen je me mee uit vroeg en... tja... het spijt me.'

Mijn mobiel rinkelt weer. Ik negeer hem.

Hij houdt zijn hoofd schuin. 'Betekent dat dat je de soep niet wilt? Hij is niet zelfgemaakt of zo, maar wel lekker.'

'Ik ben blij dat hij niet zelfgemaakt is,' zeg ik. 'Dan zou ik me pas echt slecht voelen.'

Bryan lacht. 'In de winkel gekocht, ik zweer het.'

'Pfieuw,' grijns ik. 'Het spijt me echt.'

'Ik begrijp het. Geen probleem.' Bryan staat op en loopt naar de hal.

Mijn moeder steekt haar hoofd om de hoek van de koelkastdeur. 'Ga je alweer? Wil je geen appelbrownie?'

'Je moet wel een appelbrownie nemen,' zeg ik. Dat is het minste wat ik kan doen.

'In ruil voor de soep?' vraagt hij.

'Tuurlijk. Hij is zelfgemaakt,' zeg ik tegen hem. 'Mijn moeders geheime recept.'

'Dan graag, dank u. Maar ik moet wel gaan. Ik kwam maar even langs.' Hij wendt zich tot mij en bijt op zijn onderlip. 'Dus ik zie je weer op school?'

'Yep. Maandag.'

'Waar ga je naartoe?' vraagt mijn moeder.

Ja, Bryan, waar ga je naartoe?

'Naar de film,' zegt hij.

Mijn maag keert zich om. Met wie gaat hij naar de film? Gaat hij nu al vreemd?

'Dan pak ik er nog een voor je in voor onderweg,' zegt mijn moeder.

'Het kan zijn dat ik hem met mijn vrienden moet delen,' zegt Bryan.

O, gelukkig. Vrienden. Niet dat het iets uitmaakt.

Mijn moeder vult een plastic tasje met lekkere dingen, geeft het aan hem en knipoogt. 'Veel plezier.'

'Dank u. Dat gaat wel lukken. Veel plezier met de soep,' zegt hij tegen mij.

'Fijne avond,' zeg ik, terwijl ik de brok in mijn keel, ter grootte van een brownie, probeer weg te slikken. Als ik de deur achter hem heb dichtgedaan, begint mijn telefoon meteen weer te rinkelen. 'Hij is weg, oké?' bijt ik haar toe.

'Ja, ik weet het! De foto en de armband zijn ook weer weg. Heb je de soep in zijn gezicht gegooid?'

'Nee, dat heb ik niet gedaan. Mam heeft hem brownies meegegeven.' Ik zet het bakje met soep in de koelkast.

'Toch niet haar appelbrownies? Ik was dol op haar appelbrownies! Ze maakt ze nooit meer. Niet te geloven dat ze haar appelbrownies aan hem verspild heeft. Heb je er nog een voor mij?'

'Je laat me tien kilo aankomen.'

'Geloof me, ik laat het je wel weten als je tien kilo aankomt.'

'Heb je zin om een film met me te kijken?' vraagt mijn moeder.

'Ja,' antwoord ik. Dan gaap ik. Uitgebreid. Deze dag heeft me uitgeput. 'Ivy, vind je het goed dat ik ophang, nu de Bryan-kwestie is opgelost? Ik ben moe en ik kan niet tegelijkertijd een film kijken en praten.'

'Ja, ja, ga maar relaxen. Je verdient het. O, en Frosh, laat in de toekomst je telefoon niet meer rondslingeren. Ik moest met een andere stem spreken toen mam opnam, anders had ze ongetwijfeld begrepen dat er iets aan de hand was.'

'Je hebt gelijk. Het spijt me.'

'En niet aan mam over mij vertellen, hè? Je mag het aan niemand vertellen.'

'Waarom niet?' Ik heb het eigenlijk al aan Maya verteld. Niet dat ze me geloofde.

'Ik denk dat we het voorlopig beter HG kunnen houden, goed? Kijk maar hoe gek jij het zelf vond. Mijn wens was om met jou te kunnen praten, maar niet met iedereen uit het verleden. Ik wil niet het risico lopen dat ik dingen in de war schop.'

'Wacht! Wat is HG?'

'Meen je dat?'

'Is dat een nieuwe uitdrukking?'

'Het betekent "hoog geclassificeerd".'

'O. Cool.' Rode T, HG... Ik kan wel een woordenboek van de toekomst gaan schrijven.

'Vertel het aan niemand,' zegt ze, 'dan doe ik dat ook niet. Dan is het ons geheim.'

'Oké.' Ik verhuis de telefoon naar mijn andere oor. 'Hoe gaat het nu verder?'

'Hoe bedoel je?'

'Zal ik je nog vaker... spreken?'

Ze lacht. 'Ja, natuurlijk! Morgen. We moeten ervoor zorgen dat Bryan wegblijft. Hij is net een kakkerlak.'

Mijn hartslag versnelt. Dus voortaan wordt mijn leven gecontroleerd door de Bryan-politie? Grapje. Natuurlijk wil ik haar nog eens spreken. Zij is mij in de toekomst. Ik ben het gelukkigste meisje ter wereld. Toch?

'Ik bel je 's middags,' zegt ze. 'Ik heb een hele lijst met dingen die je moet doen. Jij gaat de wereld redden. Zorg dat je een goede nachtslaap krijgt – je zult je rust nodig hebben.'

'Geweldig,' zeg ik en dan hang ik op.

Ik ben blij dat zij blij is. Echt waar. En zij weet waarschijnlijk wat het beste voor me is. Dat moet wel. Toch?

Waarom voel ik me dan zo... koud? Ik leg een gebreide deken over mijn knieën en sla mijn armen eromheen. Het helpt niet.

'Wat is er, schat?' vraagt mijn moeder.

Ik weet waar ik weer warm van word. Ik werp de deken van me af. 'Ik heb zin in een kom soep.'

13

Maandag 26 mei

Wat een prachtige maandagmorgen.

Ik stap naar buiten en haal diep adem. De zon schijnt. De vogels kwinkeleren. De ex-vriend die mijn leven verpestte is mijn ex-vriend niet meer. Ik word nu het meisje dat ik altijd heb willen zijn – met de naam, Ivy, die ik altijd al wilde hebben. De mogelijkheden zijn legio. Ik hou van mijn leven!

Klopt, ik moet nu naar school lopen, want Bryan haalt me niet meer op. Maar wat maakt het uit, dat kan ik wel. En misschien moet ik in de kantine wel alleen zitten. Maar daar kan ik ook wel tegen. Ik kan overal tegen, want ik ben vrij! Vrij als een vogeltje in de lucht!

Gisteren zijn de foto van Halloween en de armband de hele dag niet meer teruggekomen. Het was een heerlijke Bryan-vrije dag. Het grootste deel heb ik doorgebracht met het doorgeven van een lijst met drieënzeventig dingen die Frosh kan doen om de wereld te verbeteren.

'Maar hoe kan ik voorkomen dat Kyle Borster dronken achter het stuur kruipt?' vroeg ze.

'Verstop zijn sleutels! Of vertel hem dat hij er spijt van krijgt als drie van zijn vrienden op de intensive care liggen, als hij tegen een bus is gereden.'

'Maar waarom zou hij naar me willen luisteren?' vroeg ze en ze klonk overdonderd.

'Je bedenkt wel iets,' heb ik tegen haar gezegd. 'Je hebt nog twee jaar de tijd.' Voor de meeste dingen heeft ze tijd genoeg, trouwens. We bedenken samen wel iets.

We hebben ook bedacht hoe Frosh met mij in contact kan komen, want de telefoon werkt maar één kant op. 'Je kunt me per mail bereiken,' heb ik haar uitgelegd. 'Schrijf een e-mail naar jezelf, verstuur hem, maar open hem niet.'

'Ik zet "Ivy" in de regel voor het onderwerp, dan weet je welke je moet openen,' zei ze. 'Oké, wacht even. Ik verstuur hem nu!' Een paar seconden later riep ze: 'Hij zit in mijn inbox!'

Ik keek in de inbox van mijn Gmail... ik moest heel wat pagina's doorzoeken... maar toen zag ik hem.

Re: Ivy

Ik klikte erop om mijn eerste intergalactische mail te openen. Er stond...

Hoi.

Dat was alles. Blijkbaar heeft Frosh niet zo veel fantasie.

Toet! Toet! Toet!

Verbaasd blijf ik staan. Bryan?

Het is een zilveren Honda Civic. Joëlle en Karin zitten voorin. Wat doen zij hier? Nemen ze iemand uit de buurt mee?

Toet! Toet! Toet!

Ik kijk rond om te zien of er iemand anders is naar wie ze zwaaien. Behalve een bejaarde die aan het grasmaaien is, ben ik de enige in de buurt. Ik kijk naar de auto. Het lijkt wel of ze naar mij toeteren en zwaaien.

Joëlle doet het raampje open. 'Hé! We moeten gaan. We moeten Tash ook nog halen en ik móét nog een Kogurtsapje hebben!'

Waarom komen ze me ophalen als we de afgelopen drieënhalf jaar nauwelijks een woord gewisseld hebben? En wat is een Kogurtsapje eigenlijk?

'Kom op, treuzeltante,' zegt Karin.

Jeetje. Betekent dit wat ik denk dat het betekent? Ik haast me naar de auto, open het achterportier en stap in. 'Hoi,' zeg ik en ik probeer mijn stem vast te laten klinken. Als ik nooit verkering heb gehad met Bryan, ben ik gewoon vrienden gebleven met Karin, Tash en Joëlle.

Het Beste Nieuws Ooit. Ik wil mijn armen om hen allebei heen slaan en ze een enorme knuffel geven. Maar ik houd me in.

Karin draait zich naar me om en glimlacht. 'Hoi!'

Ik probeer mijn schrik te verbergen. Hoewel ik Karin elke dag op school zie, ben ik niet meer zo dicht bij haar geweest sinds ze zo mager is geworden. Haar armen zijn net stokjes. Haar gezicht ziet er uitgemergeld uit. Toen we nog jonger waren, vond ik nooit dat haar neus te breed was, maar in haar nieuwe gezicht lijkt hij twee keer zo groot. Wat is dit triest.

'Wat is er met je telefoon aan de hand?' vraagt ze. 'Ik heb gisteren een miljoen keer geprobeerd je te bellen. Je hebt zelfs geen voicemail meer.'

'O. Er is mee... geknoeid.'

'Ben je nog aan het bijkomen van het weekend?' vraagt ze.

Misschien hebben ze gehoord dat mijn verkering uit is en proberen ze aardig voor me te zijn. 'Ik neem aan dat die rotzak iedereen heeft lopen vertellen dat hij het heeft uitgemaakt,' mompel ik.

Joëlle kijkt me in het achteruitkijkspiegeltje aan. 'Rotzak?' vraagt ze. 'Welke rotzak?'

'Dé rotzak! Bryan.' Wacht. Stop. Wat zeg ik nu? Als de foto en de armband weg zijn, dan heb ik geen verkering met hem gehad, en aangezien ik in Joëlles auto zit, heeft hij het waarschijnlijk ook niet uitgemaakt. De hele relatie – inclusief de finale – is nu waarschijnlijk letterlijk het product van mijn verbeelding. Dat moet ik onthouden. Dit is behoorlijk verwarrend.

Ze kijken me niet-begrijpend aan. 'Waar heeft ze het over?' vraagt Joëlle.

'Ik heb geen idee,' zegt Karin. 'Heb je het over Bryan Sanderson?'

'Laat maar,' zeg ik.

'Heb je je hoofd gestoten of zo?' vraagt Joëlle lachend. 'Wanneer heb jij verkering gehad met Karins ex?'

'Karins wat?' zeg ik geschrokken. Heeft Karin verkering gehad met Bryan Sanderson? Míjn Bryan? Pardon?

'Ik zou hem niet echt een ex willen noemen,' zegt Karin lachend. 'We hebben maar twee maanden verkering gehad.'

Ik probeer mijn geschoktheid te verbergen. Diep ademhalen. Diep ademhalen. Ze hebben dus kort iets gehad. Het maakt niet uit. Het is voorbij. Voor ons allebei.

'Misschien heb je vrijdagavond nog meer plezier gehad dan ik dacht,' zegt Joëlle. 'Ik weet dat je verkering hebt gekregen met Mike, maar van Bryan wist ik niets af…'

'Ik heb geen verkering met Bryan!' Mijn mond valt open. Mike wie? Mike… Travis? 'Wacht. Heb ik verkering gekregen met Mike Travis?'

Ze beginnen allebei te lachen. 'Was je dronken?' vraagt Karin. 'Ik had niet de indruk dat je dronken was. Ik had je geen verkering laten krijgen met een jongen als ik had vermoed dat je dronken was.'

Heb ik dit weekend verkering gekregen met Mike Travis? Daar kan ik me niets van herinneren. Ik was het hele weekend thuis om uit te proberen hoe ik mijn magische telefoon het beste kon gebruiken.

Tenminste… dat dacht ik.

Ik kan me niet voorstellen dat ik met een andere jongen heb ge-zoend, terwijl ik het net heb uitgemaakt met Bryan! Hoewel… Mike Travis is wel hot. De laatste keer dat ik hem zag, tenminste – vrijdag, toen ik me voor hem verstopte. Trouwens, ik heb het niet net uitge-maakt met Bryan. Technisch gezien is het meisje dat het uitgemaakt heeft met Bryan niet hetzelfde meisje dat verkering heeft gekregen met Mike. Het kan best zijn dat het meisje dat verkering heeft gekregen met Mike de afgelopen drieënhalf jaar verliefd op hem is geweest.

Hoe kom ik er ooit achter wat Frosh sinds de derde allemaal heeft uitgespookt, als ik alleen maar over mijn oorspronkelijke herinnerin-gen kan beschikken?

'Ik was niet dronken,' zeg ik uiteindelijk, 'ik maak maar een grapje! Ha, ha, een grap! Ik weet nog prima dat ik verkering heb gekregen met Mike.' Ja, echt wel. 'Maar ik heb nooit verkering gehad met Bryan. Nooit. Echt nooit.'

'Dat mag best, hoor,' zegt Karin. 'Echt, het maakt me niet uit. Je weet dat we maar een paar keer verkering gehad hebben.'

Ik slik mijn onpasselijkheid weg.

'Heb je hem nog gesproken?' vraagt Joëlle.

'Bryan?' vraag ik.

'Nee, Mike.'

Eh. 'Ik geloof het niet.' Of wel? Als mijn telefoon het gewoon deed, kon ik mijn ontvangen oproepen bekijken. Hoewel, als hij het gewoon had gedaan, had ik helemaal geen telefoontjes van Mike Travis gekregen. 'Ik heb altijd al willen weten hoe het zou zijn om met Mike te zoenen.'

Joëlle maakt een klikkend geluid met haar tong. 'Alsof het je eerste keer was.'

Dit wordt steeds beter. 'Was dat niet het geval?'

'Hallo?' roept Karin. 'Herinner je je Halloween niet meer?'

Ik herinner me dat ik met Bryans neefjes langs de deuren ben gegaan. Ik herinner me dat ze overgaven op de achterbank van Bryans nieuwe helderblauwe Jetta – weer een van die sorry-ik-woon-in-een-ander-landcadeaus van zijn vader. 'Natuurlijk wel. Maar vertel het nog maar eens – ik wil jouw versie graag horen.'

Karin lacht. 'Mijn versie van hoe jij en Mike tijdens het Halloweenfeest hebben zitten zoenen in de slaapkamer van Celia's ouders?'

Die meid geeft vaak feestjes, zijn haar ouders nooit thuis? Ik hoop dat ik deze keer niet op haar bank heb gezeten. 'Precies,' zeg ik. Dus iedereen heeft nieuwe herinneringen. Herinneringen aan de geüpdatete en verbeterde ik.

Ik laat mijn hoofd rusten tegen de hoofdsteun. Ik heb met Mike Travis gezoend. Twee keer. Voor zover ik weet.

'Jullie moeten deze week bij me langskomen,' zegt Joëlle, als ze de oprit van Tash' huis oprijdt. 'Mijn galajurk is af en ik wil weten wat jullie ervan vinden. Nu hoeft alleen Jeremy me nog maar te vragen en dan ben ik er helemaal klaar voor. Hebben jullie gezien hoe geweldig zijn show was, gisteravond? Ik zweer het je, hij wordt later beroemd.'

Ik krijg verkering met andere jongens, ik ben nooit uit geweest met Bryan, ik word uitgenodigd voor een modeshow bij Joëlle en Karin is nog steeds mijn beste vriendin.

We stoppen voor het huis van Tash.

En voor Tash.

Tash zwaait vanuit de deuropening naar ons en lijkt totaal niet verbaasd als ze mij ziet. 'Dag dames,' zegt ze, als ze het portier opent. Ze draagt hetzelfde uniform dat ik haar de laatste vier jaar heb zien dragen: een spijkerbroek en een zwart shirt. Ze wringt zich naast mij en geeft een klopje op mijn knie. 'Dus Mike en jij kunnen niet van elkaar afblijven?'

Karin lacht. 'Ze weet er niets meer van.'

'Ze moet wat extra tarwe in haar bananensmoothie doen,' zegt Joëlle en ze geeft gas.

'Op naar het Kogurtsap,' juich ik en ik probeer de beelden van Bryan en Karin te verdrijven. Ik moet me op de goede dingen focussen: een nieuw drankje, een nieuwe liefde, nieuwe – maak daar maar oude van – vrienden.

14

Maandag 12 september

Bryan kiest er vandaag voor om op school te lunchen. Stiekem kijk ik hoe hij met Jeremy Cohen naar buiten loopt en op de nieuwe houten bank gaat zitten.

'Ga je volgend weekend nu met hem uit?' vraagt Joëlle, terwijl ze gaat zitten. 'Hij is schattig.'

'Ik denk het niet. Hij is voor mij niet de ware,' zeg ik met meer overtuiging dan ik voel.

'Ieder het zijne,' zegt ze en ze neemt een hapje van haar kipnugget. 'Betekent dat dat jullie niet samen met mij en Jeremy uitgaan? Als Jeremy me ooit ziet staan, tenminste...'

'Ik weet zeker dat Jeremy je helemaal vanwege jezelf ziet staan. Ik denk niet dat er iemand is die je niét ziet staan met die waanzinnige kleren.' Vandaag draagt Joëlle hele lange laarzen en een blauw jurkje.

'Ik sterf van de honger,' zegt Karin, terwijl ze grote happen van haar broodje tonijn neemt.. 'Ik ben vroeg opgestaan om mijn voorwaartse salto te oefenen.'

'Waar moet je voorturnen?' vraagt Tash.

'In de gymzaal,' zegt Karin tussen twee happen door.

Ik kijk hoe ze slikt. Ik kijk hoezeer ze van haar broodje zit te genieten. Ik denk aan wat Ivy zei. Dat turnen haar een eetprobleem gaat opleveren.

Als ze niet in het turnteam komt, ontwikkelt ze geen eetprobleem.

Hoe kan ik hier rustig blijven zitten en zoiets akeligs laten gebeuren met mijn vriendin? Dat kan ik niet. Dat kan ik gewoon niet. Misschien zijn Ivy en Karin geen vriendinnen meer, maar Karin en ik zijn dat wel. Ik móét iets doen. Ik moet dit probleem zien te voorkomen. Anders krijgt zij letterlijk een knoop in haar maag.

'Weet je wel zeker dat je dit wilt?' flap ik eruit.

Ze staren me alle drie aan.

Karin neemt een grote slok van haar drinken. 'Ja, waarom niet?'

Omdat je er ziek van wordt. Omdat ik wel weet dat ik nog drieën-zeventig andere dingen moet doen om de wereld te redden, maar hier en nu een superheld wil zijn voor jou. 'Ik heb gehoord dat ze op onhandige tijdstippen trainen. En dat de coach vreselijk is.'

Karins ogen worden groot van schrik. 'Echt? Van wie?'

Oei. 'Van... Maya. Dat heeft ze verteld. Yep. Gisteravond heb ik haar gesproken en toen vroeg ze naar jou en ze vond het geen goed idee dat je op turnen wilt. Nee, dat vond ze geen goed idee.'

Karin laat haar schouders hangen. 'Dat wist ik niet. Kunnen we haar niet bellen? Ik wil haar graag naar de details vragen.'

'Dat kan wel, maar ze heeft het vandaag erg druk. De hele week eigen-lijk. Ze heeft ontzettend veel te doen. Ze zei dat ze in de bibliotheek aan het werk ging en dat haar telefoon niet aan zou staan.' Ik haal mijn schouders op. Als ze me nu belt, heb ik een serieus probleem. Maar ik heb haar gisteravond nog gesproken, dus dat doet ze waarschijnlijk niet.

Karin draait zich om naar Joëlle. 'Wat moet ik doen?'

'Ik heb inderdaad gehoord dat de coach een vreselijke vent is,' geeft Joëlle toe. 'En dat alle meisjes in zijn team anorexia hebben. Ik besloot er niets over te zeggen, omdat je zo graag bij het turnteam wilde, maar dat is wat er gezegd wordt.'

Yes! Ze heeft het genoemd! Het is dus helemaal niet zo HG. De turn-groep van Florence West heeft de reputatie dat er met de turnsters slecht wordt omgegaan.

Karin zucht. 'Ik moet er niet aan denken om dit jaar niet aan sport te doen. Ik heb vorige week de voetbalkeuring al gemist. Natuurlijk kan ik in het voorjaar gaan tennissen...'

'Je moet niets overhaasten,' zegt Tash. 'Waarom doe je niet gewoon wat try-outs en besluit je dan pas wat je doet? Meedoen aan een try-out betekent niet dat je per se in het team moet.'

Karin laat haar kin op haar hand rusten.'Misschien word ik niet eens toegelaten.'

Nee, nee, nee. 'Jij wordt wel toegelaten,' zeg ik. 'Wacht eens! Wat vind je van cheerleaden?'

Joëlle verslikt zich bijna in haar Kogurtsap. 'Wil je dat Karin cheerleader wordt?'

'Het is een sport,' zeg ik en ik word enthousiast bij het idee. 'En ze vindt cheerleading ontzettend leuk. Hoe vaak hebben wij niet gekeken naar *Bring it on*? En *Bring it on again*? En *Bring it on one more time*? Ze zou er echt goed in zijn. Ze is lenig en ze kan dansen en het zou heel leuk zijn. Waarom niet?'

Joëlle slaat haar armen over elkaar. 'Karin is veel te slim om cheerleader te worden.'

'En ik ben niet mooi genoeg,' voegt Karin eraan toe.

Ik schud mijn hoofd. 'Jij bent wél mooi genoeg. Je ziet er zeer aantrekkelijk uit. En zeggen dat alle cheerleaders dom zijn, is net zoiets als zeggen dat alle genieën nerds zijn. Kijk maar naar Tash!'

'Ik bén ook wel een beetje een nerd,' zegt Tash met het begin van een glimlach.

'Dat ben je niet! En trouwens, mijn zus was bevriend met tal van cheerleaders. Ze was dol op cheerleaders!' Oké, ik heb haar nooit over cheerleaders horen spreken in de jaren dat ze op de middelbare school zat, maar daar komen ze toch niet achter. 'Cheerleading is een geweldige manier om jongens te leren kennen. Je kunt het altijd proberen.'

'Met de kans dat ik vreselijk voor gek sta,' zegt Karin.

'Je zou heel goed kunnen worden,' zegt Tash.

Karin wendt zich tot Joëlle. 'Wat vind jij?'

Joëlle vernauwt haar ogen. 'Als je ons laat vallen voor je cheerleadersvriendinnen, word ik heel boos.'

Karin kijkt haar met grote ogen aan. 'Ik zou mijn vrienden nooit laten vallen!'

Ik weet dat ik hetzelfde tegen Ivy gezegd heb, maar dit is anders. Ik ben nu een andere persoon en Karin ook.

En dit is voor Karin het beste. Dat weet ik zeker.

15

Maandag 26 mei

'Ik zie jullie bij de lunch!' roept Karin voor de les naar me. Yes! Ik vermoed dat ik in het tijdperk na Bryan niet alleen hoef te zitten.

Tijdens het grootste deel van de Franse les zit ik te dagdromen. Op dit moment doen de lessen er toch niet toe. Stoelen State – oftewel Stulen State – heeft me al aangenomen. Niet dat dat een prestatie is, want ze nemen 100 procent van de aangemelde personen aan. En ik heb me nergens anders aangemeld.

Vóór vandaag bracht ik mijn lunches normaal gesproken door bij de Subway, waar Bryan en ik altijd aan het tafeltje bij het achterste raam zaten. Bryan bestelde extra mayo, ik extra mosterd en kreeg die meestal op mijn shirt. En op zijn shirt. Of we namen zijn auto naar de McDrive, kochten twee gewone hamburgers en deelden een portie friet. Met extra ketchup. Of soms, als mijn moeder de avond ervoor toevallig iets lekkers gemaakt had, wat tegenwoordig zelden meer voorkomt, pakte ik twee porties in en die aten we dan buiten op een bankje op. Ons bankje. Hij heeft in de derde klas zelfs onze namen erin gekerfd. BTS plus DAB. Hij zette onze tweede voorletter er altijd bij, omdat het anders zo kaal stond. De eerste jaren kwamen er vaak wat vrienden van hem bij ons zitten, maar vanaf de vijfde waren we altijd met z'n tweeën.

In de vierde moest Bryan eens met een keelontsteking thuisblijven. Toen heb ik op maandag en dinsdag bij Karin, Joëlle en Tash gezeten, maar dat werd zo ongemakkelijk dat ik op woensdag alleen in de bibliotheek ben gaan zitten.

Ik was zo'n sneu type.

Dat waren we allebei.

Afgelopen zomer dwong zijn moeder hem om mee te gaan op een tiendaagse cruise door Zuid-Amerika, ter gelegenheid van het vijftigjarige huwelijk van zijn grootouders, en alle neven en nichten en tantes en andere familieleden waren uitgenodigd. Echtgenotes en echtgenoten en verloofden, iedereen die een officiële status had. Behalve ik. Hij heeft de hele reis in de computerruimte doorgebracht om met mij te chatten. Achteraf zei Bryans moeder dat ze dit nooit meer zou doen. Dat hij de hele tijd als een zombie had rondgelopen. Ze zei dat ze, als ze weer met de familie op vakantie zouden gaan, óf mij mee zouden nemen óf hem thuis zouden laten. De bel gaat en ik sluit even mijn ogen. Ik neem aan dat hij daar nu overheen is. Ik wed dat hij in deze nieuwe realiteit een fantastische tijd heeft gehad op die cruise. Devi? Wie is dat?

Als de bel gaat, ruim ik mijn boeken op. Als ik langs de commissie loop die tickets verkoopt voor het 'Wild West Examengala – volgende week vrijdag!' kijk ik zo snel mogelijk de andere kant op. Maar dan kijk ik toch even. Ik weet dat ik niet met Bryan naar het gala ga… maar ga ik nu wel of niet? Misschien ga ik wel met iemand anders naar het gala. Met Mike misschien? Of misschien gaan we met de meiden samen? Vier beste vriendinnen in een limo? Zonder dates? Wie heeft er een date nodig? Hoe kom ik daarachter zonder de indruk te wekken dat ik de afgelopen drie maanden een black-out gehad heb? Ik moet een computer vinden, dan kan ik oude e-mails checken. Daar moet in elk geval enige informatie in te vinden zijn. Het gala is al over minder dan twee weken! Ik stop mijn boeken in mijn kluisje en zoek naar mijn portemonnee.

Zodra ik de kantine binnen kom, kijk ik rond, op zoek naar mijn vriendinnen, mijn nieuwe/oude bv's. Ik bots tegen Mike Travis op. Jeetje.

Hij ziet er nog net zo uit als ik me herinner. Vóórdat ik ontdekte dat we hebben zitten zoenen. Donker haar. Heel aantrekkelijk. Hij schenkt me een verblindende glimlach en legt vervolgens zijn hand op mijn rug, op een veel te amicale manier. 'Hoi, schat,' zegt hij.

Mike Travis zit aan mijn rug! Op school! In de kantine! 'H-hoi Mike.' Gaat hij me hier en nu zoenen? Jemig. Dat kan niet. Misschien ziet Bryan het. Niet dat het Bryan iets uitmaakt. Deze Bryan. De oude Bryan zou hem knock-out geslagen hebben.

Maar toch. Dit is gek. Echt gek! Waarom staat hij me midden in de kantine te betasten? Hij dringt mijn persoonlijke levenssfeer binnen. Jeetje, ik weet niet eens wat we gedaan hebben. Hebben we alleen gezoend? Zijn we verder gegaan dan dat? Zijn hand wrijft momenteel over mijn rug. Een rug die hij goed schijnt te kennen. Ik denk dat ik ga overgeven.

'Zullen we een stukje gaan rijden?'

'Eh... ik kan niet. Sorry! Ik moet weg, eerlijk gezegd,' mompel ik. Ik wurm me uit zijn greep en haast me diagonaal door de kantine naar buiten, de tuin in. Mijn oog valt op het houten bankje. Mijn bankje. Ons bankje.

Ik plof op het bankje neer en dat voelt – nog steeds – veilig. Veiliger dan de kantine, in elk geval. Mijn vingers betasten het hout om te voelen of Bryans letters er nog in staan, maar het bankje is glad. Ik slik de brok in mijn keel weg. Gaat dit ooit over? Wat heeft het voor zin om mijn relatie met Bryan helemaal te laten verdwijnen, als ik nog steeds het gevoel heb dat er een blok beton op mijn borstkas ligt?

Wat moet ik doen? Ik moet eigenlijk Frosh bellen. Ik heb tegen haar gezegd dat ik onder lunchtijd zou bellen. Ik draai mijn nummer, maar krijg direct de voicemail. Wat is er met haar aan de hand? Waarom neemt ze niet op? O shit, ze heeft lunch op de derdeklastijd en die is al voorbij. Nu is het lunchtijd voor de brugklassers en de bovenbouw. Ik doe ook níéts goed.

Ik vraag me af of ik haar kan sms'en. Ik haal mijn telefoon tevoorschijn en typ:

Hoi. Sorry dat ik te laat ben. Bel je na schooltijd. Kus en knuffel, ik.

Het is misschien vreemd om mezelf kussen en knuffels te sturen, maar ik kan wel wat liefde gebruiken. Wat niet-Mike-Travis-die-mijn-persoonlijke-levenssfeer-binnen-komtliefde.

'Hoi Dev,' hoor ik. Mijn hart staat stil. Bryan?

Ik kijk om. Het is Jeremy Cohen. Het is Jeremy Cohen maar.

'Hééééé, wat ben je aan het doehoeoeoen?' vraagt hij. Hij heeft een groen T-shirt aan van zijn band, The Spanks. Hij speelt basgitaar. Toen Bryan en ik verkering kregen – en Jeremy iets had met Joëlle – had hij drumles. Kennelijk heeft hij zich bedacht.

'Met wie ben je?' vraag ik snel.

'Met Sands.' Hij zwaait zijn lunchzakje in het rond op de maat van een liedje dat blijkbaar in zijn hoofd zit.

Ik spring van het bankje alsof het in brand staat. 'Ga rustig zitten, ik moet… weg. Doei.' Ik haast me weer naar binnen alsof ik de toelatingstest voor het hardloopteam doe. Ik zie dat Joëlle en Tash aan het tafeltje bij het raam zitten. Een prima tafel, al zeg ik het zelf. Niet slecht, meiden. Ik ga bij hen zitten. Ik ga zo wel iets te eten halen.

'Wat gebeurde er net?' vraagt Joëlle.

'Waarmee?'

'Met Mike? Ik zag net dat je hem afpoeierde.' Ze trekt haar gepiercete wenkbrauw op.

'Ik had even frisse lucht nodig,' zeg ik, maar ik kijk haar niet aan. In plaats daarvan kijk ik de kantine rond. 'Waar is Karin? Ze zei toch dat ze ons hier zou zien?'

'Ze heeft tijdens de lunch op maandag altijd cheerleading.'

'Is ze cheerleader?' vraag ik. 'Sinds wanneer?'

Ze kijken me allebei bevreemd aan. 'We zijn alleen maar bij al haar wedstrijden geweest,' zegt Joëlle.

'Is dat zo? Ik bedoel… Natuurlijk! Ik maakte maar een grapje. Ha ha.' Mijn hoofd tolt. Karin was geen cheerleader, dat was me zeker opgevallen. Deze verandering moet met Frosh te maken hebben, dat kan niet anders.

Mijn maag rommelt en ik bestel en eet een cheeseburger met friet, terwijl ik me afvraag wat Frosh gezegd heeft om dit in gang te zetten. We staan op het punt om op te breken en weer naar onze kluisjes te gaan, als ik Karin op ons af zie rennen, met wapperende krullen.

'Hoi,' tsjilpt ze. 'Ik wilde jullie nog even zien voordat de bel gaat.' Ze ploft naast me neer.

Ik staar haar aan. Ze ziet er… anders uit dan vanmorgen. Wat is er aan de hand?

Ze glimlacht en pakt een van mijn frietjes.

Eet ze friet?

Wat klopt er niet aan haar? Zit haar haar anders? Ik bekijk haar eens goed. Haar armen en benen zien er niet meer zo breekbaar uit. Er zit meer vlees op. Evenveel als toen we nog brugklassers waren. En ze zijn bruin. Heel bruin. Het is buiten weliswaar zonnig, maar niet zó zonnig. 'Hoe komt het dat je zo… bruin bent?' vraag ik.

'Dat ben ik helemaal niet,' zegt Karin en ze schudt haar hoofd. 'Ik bedacht net dat ik weer eens naar Zonneschijn moet. Heeft iemand zin om na schooltijd mee te gaan?'

'Ik niet,' zegt Joëlle. Tash en ik schudden ons hoofd.

Maar er is meer aan de hand. Karins gezicht ziet er anders uit. Ronder. Haar wangen zijn gevulder. Ze ziet er absoluut veel gezonder uit. Maar dat is het ook niet.

'Karin!' gil ik. 'Je neus!' Haar neus is volmaakt recht. Volmaakt. Recht. En smal. Wat is er met de bocht gebeurd? Wat is er met de breedte gebeurd?

Haar vingers fladderen naar haar gezicht. 'Is er tijdens het cheeren iets mee gebeurd? Zeg dat er niets gebeurd is!'

'Er is niets gebeurd,' zegt Joëlle. 'Hij ziet er prima uit.'

'Hij is alleen zo recht,' flap ik eruit. 'En smal.'

Karin haalt haar handen weg en lacht. 'Gelukkig. Het was niet goedkoop.'

Jemig. Ik dwing mijn handen om rustig op tafel te blijven liggen. 'Karin, help me even herinneren: wanneer heb je het laten doen?'

'Voor mijn zestiende verjaardag, weet je nog? Jij bracht taart voor me mee naar het ziekenhuis.'

'O ja,' zeg ik. Wat attent van me.

'Dokter Honing is de allerbeste,' zegt ze. 'We hebben hem ook voor mijn examencadeau geboekt.'

'Je wat?' Ik heb hier geen goed gevoel bij.

'Je weet wel,' zegt ze en dan vervolgt ze zacht: 'Mijn borsten.'

O nee. O jee. Ik vermoord haar!

'Ik moet even iets uit mijn kluisje halen,' stamel ik tegen de meiden en dan haast ik me de kantine uit. Bij mijn kluisje ga ik op de grond zitten, haal mijn telefoon tevoorschijn en bel mijn nummer.

De telefoon schakelt door naar de voicemail. Ik hang op en sms: Frosh! Wat heb je @#%* met Karin gedaan?

16

Maandag 12 september

Ik zit met Joëlle en Tash op de tribune te kijken hoe Karin auditie doet, als mijn telefoon gaat. Het is mijn nummer.

'Hallo!' zeg ik. 'Ik heb mijn telefoon net aangezet. Was je me tijdens de lunch vergeten?'

'Ik neem aan dat je niet...'

De rest van de zin wordt overstemd door de deelnemers aan de auditie, die zo hard mogelijk schreeuwen: '*Went down to the river! And I started to drown! And I thought about the Florence Fins! And I couldn't go down!*'

Karin doet het geweldig, ze wordt ongetwijfeld toegelaten tot het team. Ik ben een genie! 'Herhaal even wat je zei,' roep ik. 'Het is hier erg lawaaierig.'

'Ik...'

'*Said one, two, three, four, five, the Florence Fins don't take no jive, said six, seven, eight, nine, ten, let's start this cheer all over again!*'

Ik houd mijn vrije oor dicht. 'Sorry, ik kon het weer niet horen. Nog eens?'

'Waar ben je?'

'Bij de audities voor cheerleading!'

'Wat? Waarom?'

'Nou...'

'*Went down to the river! And I started to drown! And I thought about the Blue Hill Lions and I went straight down! Said one...*'

'Dit is belachelijk!' gilt ze. 'Ga ergens heen waar het rustig is!'

'Wacht even, bazig typje. Ik ben zo terug,' zeg ik tegen Tash en Joëlle. Ik wurm me van de tribunes en loop naar binnen. 'Wat is er? Waar ben je?'

'Ik loop naar huis en haal ondertussen een frisse neus,' bijt ze me toe. 'Ik ben niet met de toekomst aan het rotzooien, zoals jij.'

O jee. 'Wat bedoel je?'

'Heb je mijn sms'jes gelezen?'

'Kan ik jouw sms'jes ontvangen?'

'Ik weet het niet. Kan het?'

'Eén momentje.' Ik haal de telefoon van mijn oor en kijk op mijn scherm. Twee sms'jes. Het laatste is niet zo liefdevol als het eerste.

'Ik heb ze ontvangen,' zeg ik.

'Dus je kunt mijn sms'jes ontvangen. Mooi zo. Vertel me nu eens wat je met Karin gedaan hebt. En wat cheerleading ermee te maken heeft.'

'Ik heb niets gedaan,' zeg ik schaapachtig. 'Hoezo? Wat is er gebeurd? Is ze gewond geraakt bij het cheerleaden? Ze heeft toch geen been gebroken of zo?'

'Wat doe je eigenlijk bij de audities voor cheerleading?' vraagt ze. 'Ik begrijp niet wat er gebeurd is. Kun je bij het begin beginnen?'

Ik verhuis de telefoon naar mijn andere oor, haal diep adem en vertel haar alles wat er tussen de lunch en nu gebeurd is.

'Nou, dat is dan gelukt,' zegt Ivy als ik uitgepraat ben. 'Ze is nog steeds cheerleader.'

Het is gelukt! Het is gelukt! Hoezee! 'Dat is fantastisch! Heeft ze nog steeds een eetprobleem?'

'Nee.'

Hoera! Ik heb haar genezen! Ivy mag haar vrienden in de steek gelaten hebben, ík ben een goede vriendin. Een supervriendin. 'Wat is het probleem dan? Wacht. Heeft ze ons gedumpt? Is ze helemaal geobsedeerd geraakt door haar cheerleadersvriendinnen en ons vergeten?'

'Ook niet.'

'Waarom klink je dan zo geïrriteerd?'

Ze zucht. 'Ze heeft een neuscorrectie laten doen.'

Ik laat bijna mijn telefoon vallen. 'O.'

'Precies.'

'Maar waarom?'

'Ik weet het niet, maar ik denk dat het iets te maken heeft met het cheerleaden.'

'Maar ze heeft helemaal geen grote neus,' zeg ik vol ongeloof.

'Ze is er altijd van overtuigd geweest dat ze die wel had.'

'Maar het is niet zo!'

'Daar is het nu te laat voor!'

'Ik weet niet wat ik moet zeggen.' Ik kauw op mijn onderlip. 'Maar misschien is het nog niet te laat. Misschien kan ik er iets aan doen. Trouwens... een neusoperatie is toch beter dan een eetprobleem?'

'Dat wel,' zegt Ivy. 'Relatief gezonder. Haar lichaam ziet er absoluut gezonder uit. Maar haar huid niet. Die ziet eruit als leer.'

Ik zwijg even. 'Ik heb geen idee wat dat inhoudt.'

'Ze is bruin. Nepbruin. Alsof ze onder de zonnebank leeft.'

'Dat is nog altijd beter dan anorexia,' zeg ik. 'Ik heb haar wel geholpen. Toch?'

'Volgens mij niet. Raad eens wat ze van haar ouders krijgt als ze slaagt.'

'Een auto?' Dat zou geweldig zijn! Misschien krijgt ze dankzij mij ook nog een auto!

'Een borstvergroting.'

Die zag ik niet aankomen. 'Oeps.'

'Ja, oeps. Geweldig oeps.'

'Ik zweer je dat ik niet wist dat dat zou gaan gebeuren,' zeg ik.

'Dat geloof ik. En ik begrijp waarom je haar uit het turnteam wilde houden. Je wilt mensen redden, zoals ik je heb opgedragen. Maar ik denk dat we zojuist een lesje in tijdreizen hebben geleerd. Als we dingen proberen te herstellen, kunnen ze misgaan.'

'Shit,' zeg ik.

'Je moet ervoor zorgen dat ze niet langer in het cheerleadersteam wil.'

Op de plek waar ik sta kan ik nog steeds het geschreeuw horen. 'Ik denk dat het daar te laat voor is.'

'Verander alsjeblieft níéts voor je met mij overlegd hebt.'

'Maar hoe moet het dan met de lijst? De drieënzeventig dingen die we moeten herstellen?'

'Ik weet niet meer zeker of we dat wel moeten doen... wat als we het juist erger maken? Laten we de lijst voorlopig maar even laten rusten. En vanaf nu moet je alles eerst met mij overleggen. Alles.'

Ik schuifel met mijn voeten. Heeft ze het recht om de baas te spelen, alleen omdat ze ouder is? 'Maar...'

'Geen gemaar. Karin laat haar borsten vergroten en dat is jouw schuld,' bijt Ivy me toe.

'Nou, ze is toch nog niet geopereerd? Misschien kun jij haar ervan overtuigen dat ze het niet moet doen.'

'Ik denk dat dat jouw verantwoordelijkheid is, denk je niet?'

Waarom heeft ze zo'n slecht humeur? Aan de andere kant van de deur hoor ik opnieuw gejuich. 'Ik moet weer terug. Anders dan jij wil ik mijn vrienden steunen.'

'Ik begrijp het, oké? Ik weet dat het een vergissing was om hen te dumpen. Een vergissing die jij hersteld hebt. Maar nu moet je naar me luisteren. Ik weet wat het beste voor je is.'

'Dat weet ik,' zeg ik. 'Ik heb Bryan afgeschoten, en dat verdient hij, omdat hij is vreemdgegaan. Maar Karin verdient het ook om gelukkig te worden.'

'Plastische chirurgie maakt haar toch niet gelukkig?'

'Natuurlijk niet! Maar we moeten bedenken wat dan wel!'

'Let alsjeblieft goed op wat je zegt. O jee.' Ik hoor dat Ivy naar adem hapt. 'Ik moet gaan. Daar heb je Bryan.'

Ze hangt op.

Wat moet ik nu doen? Ik kan het niet goedvinden dat mijn beste vriendin verslaafd raakt aan plastische chirurgie. Dat moet ik voorkomen. Ik moet een plan bedenken.

17

Maandag 26 mei

Ik sta met mijn telefoon in mijn hand te staren. Ik bevind me op Fleet, halverwege school en thuis, en hij staat een eindje verderop, naast een stopteken.

Hij staat hand in hand met Celia King. Mijn Bryan. Ik sta als aan de grond genageld. Wat is hij aan het doen? Waarom raakt hij haar aan? Wij haten Celia! Ze is ergerlijk! Het enige wat we leuk aan haar vinden, is dat we elkaar bij haar thuis hebben leren kennen! Voor de rest vinden we haar een snobistische feestneus die te veel glitter en glim draagt en elk compliment tot een belediging weet te verdraaien.

Hij buigt zich naar haar toe en zoent haar.

Jemig.

Mijn benen bevriezen. Mijn armen bevriezen. Mijn bloed is vloei-baar ijs geworden. Heeft hij niet al genoeg schade aangericht? Probeert hij me een hartaanval te bezorgen? Hij tilt zijn hand op en strijkt ermee door haar haar, net als hij bij mij altijd doet.

Net als hij bij mij altijd dééd. Of net als hij niet meer bij me deed. Ik wankel twee stappen achteruit, alsof hij me zojuist een trap in mijn maag heeft gegeven. Ik moet even gaan zitten. Ik moet naar huis. Als ik, net als in sprookjes, met mijn hakken tegen elkaar sla, mag ik dan naar huis? Alsjeblieft? Er zijn deze week wel vreemdere dingen gebeurd.

Ik probeer het. Het werkt niet.

Ik voel de behoefte om te gaan rennen. Naar huis. Nu. Ik sla de vol-gende hoek om en ren met een omweg naar huis. Tranen branden ach-ter mijn ogen, maar ik ga niet huilen. Het beeld van die twee terwijl ze aan het zoenen zijn, staat op mijn netvlies gegrift. Maar ik ga niet huilen. Als ik maar thuis ben, dan hoef ik niet te huilen, houd ik mezelf voor.

Mijn hart bonkt wild tegen mijn ribben, maar ik ren door tot ik bij mijn huis ben aangekomen, bij mijn kamer, bij mijn bed.

Ik had nooit verwacht dat ik me zo beroerd zou voelen. Om hem te zien met een ander meisje – me hem voor te stellen met een ander meisje – voelt nog akeliger dan toen hij het met me uitmaakte. Dit voelt erger dan alles.

Ik heb een geheim. Ik heb tegen Frosh gelogen.

Bryan is helemaal niet vreemdgegaan.

Maar wat moest ik anders zeggen? Frosh luisterde niet naar me! Ze was toch met hem uitgegaan. Ik moest haar iets vertellen wat ze kon bevatten. Iets slechts. En het is beter dan iets zeggen wat nog erger is, zoals dat hij drugsverslaafd is of een bankrover of zo.

Dat zou ik nooit gezegd hebben. Hoewel ik er wel aan gedacht heb.

Maar hoe had ik het haar anders kunnen uitleggen? Je kunt niet begrijpen wat het betekent als je hart gebroken wordt tot je het zelf hebt meegemaakt.

Ik kon haar de waarheid niet vertellen. Dat zou ze niet begrepen hebben. Dat Bryan het met me uitgemaakt heeft, niet omdat hij niet van me houdt – dat zegt hij althans – maar omdat hij wil weten wie hij is als hij mij niet heeft. Want hoewel we afgesproken hadden om samen naar Stulen te gaan, heeft hij besloten iets nieuws te proberen, iets anders, iets afwijkends. Omdat hij vond dat het tijd was om van richting te veranderen. Omdat zijn vader hem overgehaald heeft om naar Montreal – waar hij woont – te komen, om daar naar de universiteit te gaan. Waar je geen toelatingsexamen hoeft te doen. Omdat Bryan plannen gemaakt heeft waarin ik geen rol meer speel. Omdat hij me gaat verlaten en me met lege handen achterlaat.

'Wie weet?' zei hij op de avond dat hij het uitmaakte. 'Als we voor elkaar bestemd zijn, komen we op een dag wel weer bij elkaar. Maar op dit moment is dit wat ik moet doen. Het heeft niets met jou te maken. Het heeft met mij te maken.'

En dat was nu juist het probleem: alles wat ik deed had met hem te maken.

Ik ga op mijn rug op mijn bed liggen en sla met mijn vuisten op het dekbed. Iemand die echt van je houdt, gaat niet bij je weg. Ik ben beter af zonder hem.

En nu heeft hij een nieuwe vriendin. Of een oude vriendin. Natuurlijk heeft hij een vriendin. Waarom ook niet? Het feit dat ik geen foto's meer van hem in mijn slaapkamer heb staan, wil nog niet zeggen dat niemand anders foto's van hem heeft. Ik vraag me af hoe lang ze al verkering hebben. Zijn ze verliefd? Had hij al gevoelens voor haar toen wij nog samen waren?

Misschien heb ik toch wel gelijk gehad, misschien is hij wél vreemdgegaan. Ellendeling.

Ik vraag me af wat er gebeurd is met alle andere lijstjes die ik weggegooid heb. Is hij daaruit ook verdwenen? Ik rommel in mijn prullenbak en haal ze eruit.

Op alle foto's sta ik met Karin, Tash en Joëlle. Met eetstokjes in onze handen, terwijl we sushi eten. Op een schoolbal. In slaapzakken, terwijl we kusgezichten trekken naar de camera.

Leuk. Maar Bryan?

Hij is weg. Nog steeds weg. En de brok in mijn keel? Die zit er nog steeds.

Moet die dan ook niet verdwenen zijn? Had niet alles tegelijk in een rookwolkje moeten verdwijnen?

Ik kijk naar mijn kale pols. Ik kijk naar mijn prikbord. Daar hangen foto's op van mij met de meiden, verjaardagskaarten waarvan ik me niet herinner dat ik ze ooit gekregen heb, collages van woorden en foto's die ik niet begrijp of waarvan ik me het belang niet herinner. Een foto van het hoofd van Mike Travis op het lijf van een stripfiguurtje.

De kaart die Bryan voor me gemaakt heeft toen we twee jaar verkering hadden: weg. De kaart die hij me voor Valentijnsdag gestuurd heeft: weg. De toelatingsbrief van Stulen die op mijn prikbord hing: weg.

Wacht eens even. Ik ga overeind zitten. In plaats van het witte vel papier dat me feliciteert met mijn toelating tot Stulen, hangt er een mint-groen papier op mijn prikbord.

Er staat op: GEFELICITEERD! JE BENT AANGENOMEN OP BALLOR STATE!

Is dat zo?

Ik spring op en haal het papier van mijn prikbord. Yep. Het staat er duidelijk: ik ben geaccepteerd op Ballor. Nu is Ballor ook nog niet de absolute top, maar wel beter dan Stulen. Niet iedereen wordt er aange-nomen.

Hoe kan dat nou?

Misschien… heb ik, omdat ik niet al mijn tijd met Bryan doorge-bracht heb, meer tijd aan mijn huiswerk besteed. En door meer tijd aan mijn huiswerk te besteden, heb ik betere cijfers gehaald en ben ik toege-laten tot Ballor.

Maya had me gewaarschuwd, maar ik wilde niet luisteren. Toen ik niet meer al mijn tijd in Bryan stak, ben ik in de boeken gedoken en toe-gelaten tot een betere vervolgopleiding.

Als ik deze keer toelatingsexamen ga doen, kan ik misschien wel meer dan een zeven min halen. Dan kan ik wel een acht gemiddeld ha-len. Of een negen. Maya hoeft niet het enige Banks-meisje te zijn dat toegelaten wordt tot een goede opleiding. Ik kan dat ook. Dat zal haar leren.

Door niet meer met Bryan uit te gaan kan ik meer veranderen dan alleen mijn relatiegeschiedenis en mijn vriendschapsgeschiedenis. Ik kan mijn toelating tot een vervolgopleiding ook veranderen.

Met Frosh aan mijn zijde kan ik overal naartoe. Misschien zelfs naar de UCLA. Waarom niet? Als Maya daarheen kan, waarom ik dan niet? Ik hoef er geen genoegen mee te nemen alleen maar het 'mooie' meisje van Banks te zijn. Ik ben ook 'slim'.

Er zijn talloos veel mogelijkheden.

Ik hoef niet eens mijn toelatingstest opnieuw te maken. Ik hoef al-leen Frosh maar te instrueren wat ze anders moet doen en dan zie ik de toelatingsbewijzen vanzelf op mijn muur verschijnen.

Yes! Ik ga me ditmaal niet door de een of andere jongen laten afleiden in mijn streven om iets van mezelf te maken. Absoluut niet. Deze keer zal ik niet toestaan dat een jongen die me toch gaat dumpen mijn toekomst verwoest. Deze keer ga ik de middelbareschooltijd gebruiken om me ergens te brengen. Ditmaal heb ik een plan.

Ik bel Frosh meteen. 'Raad eens waar je heen gaat.'

'Mag ik eerst even gaan plassen? Ik ben pas twee seconden thuis.'

'Het belangrijkste is dat je thuis bent. Want je moet aan de slag. Je gaat naar de University of California in Los Angeles!'

'Bedoel je dit weekend? Op bezoek bij Maya?'

Ik lach. 'Nee, domoortje. Ik bedoel later. Over vier jaar.'

'Is dat zo?'

'Ja, dat is zo! Je gaat ons leven ten goede veranderen. Voordat je mij kende, gaf je niet om school en je waardeerde je vrienden niet.'

'Dat doe ik wel...'

'Je waardeerde ze niet genóég. Bryan kwam en nam je onder zijn hoede. Tuurlijk, eerst droeg hij je op handen, maar later dumpte hij je in een grote modderpoel. Daarom ben ik er nu om je de weg te wijzen. Om je te vertellen wat je nodig hebt. Om je te redden. Je verwijdert niet alleen Bryan uit je leven en houdt je vrienden, maar je gaat er ook voor zorgen dat we toegelaten worden op een fatsoenlijke universiteit. Misschien zelfs UCLA wel.' Ik zie het duidelijk voor me. De nieuwe ik. Lachend en huppelend met mijn vriendinnen, op weg naar een geweldige vervolgopleiding, mijn zongekoesterde haar wapperend in de zonovergoten Californische wind. Zorgeloze, gelukkige, superslimme ik.

'Naar welke school vind je dat ik moet gaan? Ik bedoel: naar welke opleiding ga jij?'

'Dat is het nu precies. Tot gisteren ging je naar Stulen.'

'Stulen?' zegt ze vol ongeloof. 'Kon je alleen op Stulen terecht? Wat heb je gedaan, ben je blijven zitten?'

'Nee, ik ben niet blijven zitten, maar het kon me niet schelen waar ik heen ging. Ik wilde alleen maar bij Bryan zijn en hij was ook niet geïnteresseerd in een goede opleiding – althans, dat beweerde hij – en we dachten dat we gewoon konden sparen en... laat maar zitten. Het punt is dat ik vanaf vandaag ben toegelaten op Ballor.'

'Is dat goed?'

'Het is een halve stap beter dan Stulen. Maar jij gaat ervoor zorgen dat we op een nog betere opleiding toegelaten worden. Een geweldige opleiding. Misschien UCLA wel. Als Maya het kan, waarom wij dan niet?'

Ze zwijgt een ogenblik en dan lacht ze. 'Omdat Maya alle hersens heeft.'

'Dat moet je niet zeggen! Het is heel verkeerd om dat te zeggen. Jij bent slim. Ik ben slim. En alles is mogelijk, toch? Als ik met mezelf kan praten in de verleden tijd, dan kan ik ook toegelaten worden op UCLA!'

'Oké supernerd, en hoe gaan we dat precies aanpakken?'

'Eens even denken,' zeg ik. 'Maya stond gemiddeld een negen.'

'Denk je echt dat ik dat voor elkaar kan krijgen?' vraagt Frosh. 'Ik had in de eerste twee klassen ook geen negen gemiddeld.'

'Je zult er hard voor moeten werken. Maar je kunt het. Welke vakken volg je ook alweer?'

'Engels, wiskunde, Amerikaanse geschiedenis, economie, Frans en… ik vergeet iets. O, scheikunde. En gym.'

'Oké, laten we even nadenken. Je probleem bij Engels is dat je je boek niet altijd op tijd uit hebt. Dat is de truc: lees het boek voordat het in de les behandeld wordt. Dan heb je veel meer aan de lessen en ben je in staat om hoge cijfers te halen voor de proefwerken.'

'Dat kan ik wel doen. Ik lees momenteel *Jane Eyre*.'

'Mooi zo. Zodra we ophangen, lees je het uit,' beveel ik.

'Vanavond? Maar we gaan naar Karin en…'

'Geen tijd voor Karin vanavond,' zeg ik. 'Je moet huiswerk maken!'

'Maar…'

'Geen gemaar, Frosh! Wil je dat dit gaat lukken, of niet?' Als ze niets zegt, ga ik verder. 'Volgende. Wiskunde. Dat is makkelijk: gewoon opletten! En als je iets niet begrijpt, ga je naar bijles. Als je in de les begrijpt wat er gebeurt, maak je de proefwerken ook goed. Volgende.'

'Amerikaanse geschiedenis.'

'O ja! Dat is geen probleem. Heeft Karin alle lessen opgenomen?'

'Ja, alles.'

'Dat doet ze nu nog steeds. Dit jaar zit ze bij mij in de klas bij wereldgeschiedenis. Niet dat we naast elkaar zitten. Ik bedoel dat we niet naast elkaar zaten toen Bryan en ik… maar nu kun je dat wel. Je bent opgehouden om samen met haar huiswerk te maken toen je zo veel tijd met Bryan ging doorbrengen, maar dat is nu geen probleem meer, dus dat zit goed. En het is net als met wiskunde: als je de begrippen snapt, gaat het goed. Probeer niet alleen maar de jaartallen uit je hoofd te leren. Volgende.'

'Economie.'

'Je hoeft alleen maar de hoofdstukken door te lezen die hij als huiswerk opgeeft. Zijn proefwerken komen letterlijk uit het boek. Volgende?'

'Scheikunde.'

'Makkelijk. Tash helpt je wel. Zij gaat namelijk medicijnen studeren op Brown, weet je.'

'Is dat zo? Ze is echt geweldig! Vertel me nog eens iets? Wat gaan Karin en Joëlle doen?'

'Volgens wat ik heb gehoord, gaat Joëlle naar de modeacademie….'

'Dat is fantastisch. Draagt ze nog steeds de coolste kleren van iedereen?'

'Yep. Ze maakt tegenwoordig de meeste kleren zelf.'

'Wauw. En Karin?'

'Karin gaat naar Buffalo State. Dat heb ik van horen zeggen. Het is niet ter sprake gekomen, dus ik neem aan dat dat nog steeds zo is.'

'Cool. Hoera voor hen.'

Ja, hoera voor hen. Zij maken wat van hun leven. Iedereen maakt er wat van. Tijd om te zorgen dat ik langszij kom. Ik ga me in de richting van de UCLA begeven! 'Waar waren we gebleven?'

'Frans.'

'Hmm,' mompel ik. 'Dat is een lastige. Niemand spreekt Frans, behalve…' Behalve Bryan. Omdat hij in Montreal gewoond heeft, is hij tweetalig. Bryan sprak Frans met me als hij grappig wilde zijn. Maar je gaat niet aan Bryan vragen om je te helpen. Deze keer niet. Nooit. 'Je zult heel goed op moeten letten. En je moet je huiswerk maken.'

'Mijn huiswerk maken. Check.'

'Je schrijft het allemaal wel op, hè?' vraag ik.

'Waar?'

'In je schrift. Weet je nog?'

'Yep.'

Ik doe de la van mijn bureau open en pak het groene schrift om te zien of Frosh het wel echt opschrijft. Nee. 'Leugenaar.'

'Wacht even.' Ze zucht. Ik hoor haar zoeken. Er verschijnen woorden op de bladzijde. 'Klaar. Volgende?'

'Gym. Wie heb je daarvoor? Zetner?'

'Ja.'

'Dat is niet zo moeilijk. Je krijgt geen negen, maar als ik het me goed herinner, doe je het er niet al te slecht. Je hebt er geen huiswerk voor of zo.'

'Wat moet ik dan doen? Niets?'

'Gewoon beter je best. Als ik het me goed herinner, doe je dat niet echt. Als je het probeerde, wed ik dat je wel een negen kunt halen.'

'Ik zal mijn best doen bij gym. Volgende?'

'Toelatingsexamens. Maya had achtennegentig procent goed.'

'Dat klinkt hoog. Wat was jouw percentage?'

Mijn wangen worden warm. 'Geen achtennegentig.'

'Dus ik moet mijn examen goed maken en een hoog percentage halen. Geweldig. Maar moet ik me in de derde al zorgen maken over mijn toelatingsexamen?'

'Beginnen deelnemers aan de Olympische Spelen pas met trainen in het jaar voor de Spelen? Absoluut niet. Je moet er nu mee beginnen.' Terwijl ik dat zeg, komt mijn vader voorbij. Hij heeft nog steeds zijn ochtendjas aan. Trekt hij ooit nog kleren aan?

Frosh moet zich echt op die toelatingsexamens richten. Ik heb, net als Maya, een beurs nodig als ik naar een dure universiteit wil. Mijn ouders kunnen dat absoluut niet betalen.

'Hoe ga ik dat precies aanpakken?' vraagt Frosh en ze brengt mij daarmee terug in het heden. Of in de verleden tijd. Weet ik veel.

Hmm. 'Je zwakke plek is je woordenschat. Je weet wel, moeilijke woorden. Zoals coaguleren.'

'Wat betekent dat precies?'

'Dat bedoel ik nou. Misschien word je wel een verbaal genie als we er nu mee aan de slag gaan.' Als ze één woord per dag leert, dan kan ze het vocabulaire van een professor in de Engelse taal opbouwen. 'Yes! Een goed idee!'

'Wat?' vraagt Frosh bezorgd.

'Om elke dag één woord uit het toelatingsexamen te leren. Tegen de tijd dat je in de vijfde zit, ken je het hele woordenboek uit je hoofd.'

'Wanneer begin ik daarmee?'

'Vandaag, natuurlijk. Met coaguleren.'

'Wat betekent het?'

'Eén seconde,' zeg ik en ik loop naar Maya's oude kamer. Op haar boekenplank staan ongeveer twintig boeken die ze tijdens de voorbereiding van de toelatingsexamens gebruikt heeft. Ik heb er nog nooit een bekeken. 'Volgens *Vonks boek voor toelatingsexamens* betekent het "dik worden, klonteren".'

'Kun je het in een zin gebruiken?'

'Het sinaasappelsap dat is achtergebleven in mijn glas is gecoaguleerd tot een vieze korst.'

'Getver.'

'Ja, ik drink het ook niet meer op.' Ik ga op Maya's oude bed zitten en blader in het boek. Waarom heb ik niet de eerste keer de moeite genomen om het te bestuderen? Ik herinner me de dag van het toelatingsexamen nog goed: de ongefundeerde hoop dat ik goed zou presteren zonder me te hebben voorbereid. Ik zou iedereen versteld doen staan. Mezelf vooral. 'Heb je dat opgeschreven?' vraag ik.

'Yep,' zegt ze en ik hoor haar pen krassen.

'Nu nog even over ons en de toelating tot UCLA. Het gaat niet alleen om het halen van negens.'

'O nee?'

'Nee,' zeg ik vol afkeer. Mijn kleine bootje zonder roer weet helemaal niets. 'Je gaat het druk krijgen.'

'Wat moet ik doen?'

'Dingen. Je moet dingen doen.'

'Kun je iets specifieker zijn?'

'Ja. Je hebt een goed gevuld curriculum vitae nodig. Om op een goede opleiding te komen, moet je buiten de lessen om nog andere dingen doen.'

'Wat doen Karin, Tash en Joëlle? In de examenklas, bedoel ik?'

'Eens zien. Karin was turnster, maar ze is nu blijkbaar een cheerleader met een facelift…'

'Het spijt me,' zegt Frosh schaapachtig. 'Maar het is beter dan anorexia. En ik ga een plan bedenken om haar te helpen.'

'Geen plannen maken zonder met mij te overleggen,' help ik haar herinneren. 'Tash zit in een paar wetenschappelijke clubjes.'

'Hebben ze een vriend?'

'Karin is single.' Ik laat de info over Bryan achterwege. Bah. 'Ik geloof niet dat Tash op de middelbare school ooit met iemand uit is geweest.'

'Echt waar? Met niemand? Wat zielig. Is ze nog zo verlegen?'

'Ja. Ze praat nooit over jongens die ze leuk vindt. Ze houdt zich alleen bezig met school. Het valt niet mee om toegelaten te worden op Brown, hoor.'

'En Joëlle?' vraagt Frosh.

'Zij is de hoofdredacteur van het jaarboek,' vertel ik.

'O, ze is deze week net lid geworden van de jaarboekredactie! Geweldig, zeg! Heeft ze een vriend?'

'In de derde heeft ze drie maanden verkering gehad met Jeremy Cohen. Maar dat is alles wat ik weet.'

'Echt? Met Jeremy? Ik bedoel: krijgt ze dat? Wat cool! Ze is verliefd op hem!'

'Dat herinner ik me nog,' zeg ik. 'Volgens mij hebben wij hen gekoppeld.' Terwijl ik haar al deze informatie geef, vraag ik me af of dat wel verstandig is. Ik heb haar over Karins eetprobleem verteld en kijk waar dat ons gebracht heeft. Misschien moet ik sommige details over de toekomst voor me houden.

'O, leuk! Hoe?'

Ik denk dat ik haar dat wel kan vertellen. Het gaat nu toch niet meer op dezelfde manier gebeuren. 'Hij vraagt Bryan om aan mij te vragen of zij hem leuk vindt. Wie weet? Misschien krijgen ze wel geen verkering, nu er niets is tussen Bryan en mij.'

'Maar dat is zielig! Ze is echt verliefd op hem! Ik wil niet dat ze geen verkering met hem krijgt, alleen omdat Bryan vreemdgegaan is. Dat is niet eerlijk.'

Juist. Tja. 'We weten niet zeker dat ze geen verkering krijgen. Misschien vraagt Jeremy iemand anders naar de details. Ik probeer wel uit te zoeken of er iets veranderd is voor we ons zorgen gaan maken, goed?' De volgende keer houd ik mijn mond dicht.

'Best,' zegt ze.

'Nu nog even over jou. Jij moet ook wat extra dingen gaan doen.'

'Zoals wat?'

'Lijkt cheerleading je iets?'

'Ha ha. Heel grappig.'

'Waarom niet? Als Karin het kan, kun jij het ook.'

'Om te beginnen waren de audities vandaag. Die heb ik dus gemist. En daarnaast: ik ben niet zo cheerleaderig. Of zo flexibel.'

Ik spreid mijn benen tot een v-vorm en probeer ze helemaal te spreiden. 'Kun je de spagaat?'

'Eh, nee. Jij wel?'

'Nee! Maar ik kon het wel. Weet je het zeker? Probeer eens.'

Ze kreunt. 'Ik denk echt niet dat ik…'

'Probeer het maar!'

Ik hoor geschuifel en dan: 'Au! Nee, ik kan het niet,' zegt ze.

'Vroeger konden we het wel.'

'Toen we zes waren.'

'Maar toch!' zeg ik. 'Wat is er met ons gebeurd? We konden het toen we zes waren. Ik durf te wedden dat we het nog steeds zouden kunnen, als onze zesjarige ik elke dag geoefend had.'

'Bel onze zesjarige ik dan op,' bromt Frosh.

'Kon dat maar.'

'Wat kan ik nog meer voor buitenschoolse activiteiten doen?' vraagt ze. 'Een activiteit waarbij ik mijn lichaam niet in allerlei bochten hoef te wringen.'

'Is er niet een sport die je leuk vindt?'

'Is er een sport die jíj leuk vindt?' kaatst ze de bal terug.

'Nee, ik geloof het niet.' We zijn niet zo sportief. 'Wat vind je van de jaarboekredactie? Dan kun je met Joëlle samenwerken.'

'Zou kunnen. Maar volgens mij kon je je tot vorige week aanmelden.'

'Geloof me, ze vinden het prima als je erbij komt. Het is het jaarboek, daarvoor hoef je geen auditie te doen.'

'Volgens mij heeft Joëlle morgen tijdens de lunch redactievergadering.'

'Perfect! Dan ga je met haar mee.'

'Oké. Is dat genoeg?'

'Neeeee. Eén activiteit op je aanmeldingsformulier staat niet goed . We moeten meer, meer, meer hebben! Je moet overal bij betrokken zijn. Snel… coaguleren! Gebruik het in een zin!'

Ik kan haar bijna met haar ogen horen rollen.

Ze schraapt haar keel. 'Mijn hersenen beginnen te coaguleren.'

18

Maandag 12 september

Als de bel voor de middagpauze gaat, roep ik naar Joëlle dat ze op me moet wachten. 'Ga je naar de jaarboekredactie?'

'Yep.' Ze grijnst breed. 'Hoezo, wil je mee?'

'Ik zat eraan te denken.' Vertaling: Ivy dwingt me hiertoe. Ze dwingt me ook om auditie te doen voor *Beauty and the Beast*, het schooltoneelstuk, waarin ik hoogstwaarschijnlijk de rol van soepbord krijg toebedeeld, aangezien ik geen talent heb.

'Fantastisch!' Ze houdt een zilverkleurige map met de tekst JAARBOEK onder haar arm. 'Waarom ben je van gedachten veranderd?'

'O, je weet wel,' zeg ik. 'Toelating tot de universiteit.'

Joëlle barst in lachen uit. 'Meen je dat? Denk je daar nu al aan? In de negende week van de derde klas?'

Ik denk dat het inderdaad nogal maf klinkt. Ik haal mijn schouders op. 'Het kan geen kwaad om vooruit te kijken.'

Ze slaat een arm om mijn schouder. 'Ik wist niet dat je zo'n uitslover was.'

Ik ook niet.

Het lokaal voor de jaarboekredactie bevindt zich in de kelder, tussen het lokaal van de schoolkrantredactie en dat van de Franse club. Het is een vierkante, betonnen ruimte waarin een paar computers staan en een tafel uit de kantine. We zijn ongeveer met z'n twintigen, voornamelijk vierde- en vijfdeklassers. Joëlle en ik gaan achterin zitten.

'Dus jij wilt op een dag hoofdredacteur van het jaarboek worden?'

'Ik? Nee, dat word jij...' Midden in mijn zin houd ik mijn mond. Joëlle weet nog niet dat ze hoofdredacteur wordt, dus dat moet ik haar waarschijnlijk maar niet vertellen.

'Wat word ik?'

Ik wijs naar haar map. 'Jij wordt de beste schoolkrantredacteur ooit.'

'Ja,' zegt ze met een glimlach. 'Tuurlijk.'

'Wil je me laten zien wat ik moet doen?' Of misschien moet ik tijd besparen en aan mijn toekomstige ik vragen wat ik al gedaan heb.

Of niet.

'Joy vertelt het ons wel,' zegt Joëlle.

Joy, de kleine blonde examenleerling die op het bureau van de leraar zit, wuift naar me. 'Hé, leuk dat je er bent!'

'Graag gedaan,' zeg ik.

'Kunnen jullie beginnen met oude jaargangen te bekijken, om een idee te krijgen wat er allemaal in kan? En als er iemand een idee heeft om geld bij elkaar te krijgen, dan hoor ik het graag. We zijn arme mensen en we moeten bedelen.'

'Klinkt goed,' zeg ik en ze geeft ons een aantal oude exemplaren van het jaarboek.

We gaan meteen aan de slag. De meeste jaarboeken zijn op dezelfde manier opgebouwd: eerst de hele school, dan een paar bladzijden voor elke jaarlaag en dan een flink aantal pagina's voor de examenleerlingen. Elke examenleerling krijgt een kwart bladzijde voor zijn of haar visie. De meeste zijn citaten en gezegden als 'Carpe Diem' en songteksten van 'Lost in the wind' en vage boodschappen voor hun vrienden, zoals 'kaarslichtX6' en 'GH-thanx4thePurple'. Of de vijf jaar oude verklaring van Erika Pallick aan MX: 'Eerste ware liefde.URevrything2me'. Of van Lisa Viergo: 'To Kayla, mijn BV. Thnx4lovngMeSoMch & NoingMebttr thn I no myself. My gr8nesslso w/out U'.

Ik vraag me af wat er met Erika en MX gebeurd is. Betekent hij nog steeds alles voor haar? Zijn ze samen naar de universiteit gegaan? En zijn Lisa en Kayla nog steeds elkaars beste vriendin? Of hebben ze het contact verloren toen ze naar de universiteit gingen? Ik kan niet wachten tot ik mijn bijdrage mag schrijven. Wie weet welke herinneringen ik met moeite achter me ga laten?

Dat kan ik Ivy vragen, natuurlijk.

'Heb je een idee?' vraagt Joy, terwijl ze bij ons komt zitten.

'Ik wou dat we een vervolg konden schrijven bij sommige van deze mensen. Zien wat er met hen gebeurd is,' zeg ik.

Joy houdt haar hoofd schuin. 'Interessant. Maar oud-leerlingen kopen het boek niet.'

'Maar,' zegt Joëlle, terwijl ze op het boek van vorig jaar trommelt, 'als we een bladzij opnemen met Waar Zijn Ze Nu's, dan kunnen we de boeken ook aan oud-leerlingen gaan verkopen. En misschien krijgen we sommigen van hen zover dat ze geld doneren.'

'Precies,' zeg ik. 'We kunnen bijvoorbeeld opnemen dat die-en-die getrouwd zijn, als ze ons een paar honderd dollar geven. Bovendien zouden we op die manier de nieuwsgierigheid van onze huidige leerlingen bevredigen.'

'Ik vind het fantastisch!' zegt Joy en ze klapt in haar handen. 'Jullie worden mijn toppertjes, ik voel het. Ik zal jullie een lijst met oud-leerlingen bezorgen, dan kunnen jullie hen e-mailen om te zien wie er een nieuwtje heeft. Dat is absoluut de moeite waard.'

'Fijn,' zeg ik en ik knijp in Joëlles arm. Misschien is het ook wel de moeite waard om in de redactie van het jaarboek te zitten.

19

Dinsdag 27 mei

'Hallo,' zeg ik, terwijl ik bij wereldgeschiedenis op de lege plek naast Karin ga zitten.

'Hoi,' zegt ze met een frons in haar voorhoofd. 'Hoe gaat het?'

Ik smijt mijn etui op de bank. 'Niets bijzonders. En met jou?'

'Ook niets… Moet je mij soms iets vertellen?'

'Eh… nee? Moet dat?'

'Waarom ben je dan hier?'

'Waarom ik bij wereldgeschiedenis ben?'

Karin wikkelt een van haar krullen om haar vinger. 'Ja. Moet jij op dit moment niet in Drakers topklas voor wereldgeschiedenis zijn?'

Hè? O! 'Ja!' zeg ik en ik spring overeind en grijp mijn boeken. 'Natuurlijk moet ik dat. Ik wilde je alleen vragen… wat je na schooltijd gaat doen. Heb je zin om bij me te komen?'

'Tuurlijk,' zegt Karin en ze zwaait naar me. 'Ik zie je bij de lunch!'

Mijn hoofd tolt, terwijl ik terugren naar mijn kluisje. Het is vreemd om te merken dat niemand gek wordt van alle veranderingen die zich in mijn dagelijks leven afspelen. Voor alle anderen is het een normale dag. Karin had wereldgeschiedenis met haar voormalige beste vriendin. Daarna had ze het met haar beste vriendin. Vervolgens zit haar beste vriendin in een andere klas. La, la, la. Vroeger had ze een kromme neus. Nu niet meer. La, la, la, la.

Ik staar naar mijn lesrooster, dat aan de binnenkant van mijn kluisdeurtje hangt. Ik had altijd les in de normale klassen. Nu zit ik bij alle vakken in de topklassen. La, la, la, la.

Tuurlijk, het is wel verwarrend, maar… goed gedaan, Frosh.

Ik loop op een roze wolk, tot lunchtijd, als ik Celia en Bryan samen zie.

Ze zoenen. Midden in de gang. Met hun armen om elkaar heen. Haar handen op zijn rug.

'Getsie,' zeg ik en ik kijk de andere kant op. Ik hoop dat hun speeksel coaguleert en dat ze erin stikken. Ik vind haar leuker als ze mensen beledigt.

'Wat is er?' vraagt Karin.

'Ik word een beetje misselijk.'

'Vanwege de openbare liefdesbetuigingen van Bryan en Celia? Ik ook.'

'Je bent toch niet meer… verliefd op hem, hè?' vraag ik. Ik denk niet dat ik dat kan verdragen.

'Neeeeee.'

'De hemel zij dank. Ik bedoel… gelukkig.' Ik geef haar een schouderklopje. 'Eh, hoe lang hebben ze ook alweer verkering?' Met mijn kin wijs ik naar het onsmakelijke stel.

'Hmm. Sinds februari of zo?'

Nog maar vier maanden. Steek dat in je zak, Celia. Jullie hebben niet wat wij hadden.

'Het blijft echt niet aan, hoor,' zegt Karin. 'Hij is zo'n *player*.'

Daar staat mijn verstand bij stil. Wat? Is dat zo? Hoe kan dát nu weer? Inwendig glimlach ik. Betekent dat dat ik het enige meisje was met wie Bryan een relatie van vier jaar kon hebben?

Terwijl we hen in de gang passeren, glijdt Celia's hand naar de bovenkant van zijn spijkerbroek, waardoor de glimlach weer snel van mijn gezicht verdwijnt. Slet.

'Vertel eens over het gala,' zeg ik. Met andere woorden: heb ik een date?

'Wat wil je weten?'

Ik moet voorzichtig te werk gaan. 'Help me even herinneren hoe de plannen ook alweer waren?'

'De limo komt eerst Stevey en mij halen, dan halen we jou en Mike op, daarna Tash en ten slotte Joëlle.'

Mike en ik. Ik ga naar het gala met Mike Travis. Idioot.

We halen twee borden ravioli met kaas (Karin eet in elk geval!) en gaan aan onze tafel zitten, naast Tash, die al uitgebreid bezig is met een kipsalade.

'Hoe gaat het, dames?' vraagt ze.

'We hadden het net over de plannen voor het gala,' zeg ik.

'Ik kan niet wachten,' zegt Tash en ze rolt met haar ogen. 'Ik kan nog niet geloven dat jullie me dwingen om mee te gaan.'

Karin geeft haar een por met haar elleboog. 'Natuurlijk moet je mee!'

'Ja,' voeg ik eraan toe. 'Het wordt vast leuk. Karin, Stevey, jij en Joëlle, ik en… Mike.' Ik haal even diep adem.

'Ik begrijp niet waarom je mij geen date voor je laat regelen,' zegt Karin tegen Tash. 'Dat zou leuk zijn.'

'Ik wil me niet een hele avond gedwongen voelen om onnozele gesprekjes te voeren met een willekeurige persoon,' zegt Tash en ze schudt haar hoofd.

'Maar willekeurige jongens kunnen best leuk zijn,' zegt Karin en ze kijkt de kantine rond. 'En leuke jongens staan goed op de foto's.'

Laten we het hopen.

Subtiel wijst Karin met haar kin naar een jongen in de hoek. 'Wat vind je van Nick Dennings? Je zit toch met hem in een paar topklassen? Jullie zouden kunnen praten over wetenschappelijke experimenten. Bovendien kan hij je ongetwijfeld meenemen in een stretchlimo.'

De moeder van Nick Dennings heeft vorig jaar voor miljoenen dollars haar internetbedrijf verkocht. Bovendien is zijn acne in de zomermaanden behoorlijk opgeknapt. Hij is in korte tijd van Sneu naar Cool opgeschoven.

Tash schudt haar hoofd. 'Hij neemt zijn vriendin mee. Een vierdeklasser.'

Goed gedaan, vierdeklasser.

'Laat dan maar zitten,' zegt Karin en ze kijkt weer rond. 'Jonah Stoller?'

'Ik word nerveus van zijn baard.'

Dit spelletje kan ik ook spelen! 'Wat vind je van…' Mijn oog valt op Scott Puttin, die in de rij staat. 'Scott Puttin! Als je van de Connecticut-look houdt, is hij aardig knap.'

Karin laat haar vork in haar ravioli vallen. 'Ben je gek geworden?'

'Waarom?' vraag ik. 'Wat is het probleem?'

Tash kijkt me indringend aan en begint te lachen. 'Het lijkt wel of je aan geheugenverlies lijdt of zo.'

'Juist. Geheugenverlies. Ha ha.' Ik zit ongemakkelijk op mijn stoel te draaien.'

'Hij is een nare vent,' zegt Karin. 'We haten hem.'

'O ja, natuurlijk!' Ik lach nerveus. 'Waarom haten we hem ook alweer?'

'Om wat hij heeft gezegd,' legt Tash uit. 'Over jou.'

Nu leg ík mijn vork neer. 'Wat heeft hij over mij gezegd?'

'Weet je dat echt niet meer?' vraagt Karin verbijsterd.

'Jawel, jawel… ik heb alleen…' Ik moet met een geloofwaardige verklaring komen voor mijn ernstige geheugenverlies. Hebbes: 'Het is alleen dat ik… een auto-ongeluk gehad heb.'

'Wat?' gillen ze allemaal.

'Wanneer?' vraagt Karin en ze slaat haar arm om mijn schouder, terwijl haar hele gezicht medeleven uitdrukt.

'In het weekend,' ga ik verder. 'Er is niets met me aan de hand, maar ik heb mijn hoofd gestoten. En de dokter zei dat ik wat last kan krijgen van geheugenproblemen. Dat kan een paar dagen duren.'

'Waarom heb je ons niets verteld?' vraagt Karin.

'Ik wilde jullie niet ongerust maken,' zeg ik en ik kijk naar mijn handen. Ongelooflijk dat ze me geloven, maar ik denk dat dit waarschijnlijker klinkt dan tijdreizen. 'Hoe dan ook, het komt helemaal goed met me. Jullie moeten me alleen een beetje helpen en de lege plekken voor me invullen. Zoals in het geval van Scott Puttin. Wat is er ook alweer gebeurd?'

Tash haalt haar schouders op. 'Misschien kun je sommige dingen maar beter vergeten.'

'Ik heb ook wel wat dingen die ik zou willen vergeten,' zegt Karin. 'Heb ik jullie al verteld dat ik het mijn ouders heb zien doen, vorige week?'

'Ja,' zegt Tash. 'Talloze keren. En nu kan ik het ook niet meer vergeten.'

'Vertel het me alsjeblieft,' smeek ik.

Karin aarzelt. 'Het ging over je zoentechniek.'

'Wat is er mis met mijn zoentechniek?' Bryan had geen problemen met mijn zoentechniek. Hij heeft in elk geval nooit iets over mijn zoentechniek gezegd.

Ze aarzelt weer. 'Hij heeft gezegd dat je zoent als een vis.'

Mijn mond valt open. 'Wát heeft hij gezegd? Hoe kan hij weten hoe ik zoen?'

Karin en Tash werpen elkaar een Devi-is-een-alienblik toe. 'Omdat je met hem gezoend hebt. Vorig jaar. Ben je dat ook vergeten?'

Ja. Blijkbaar. Hoe zoent een vis eigenlijk? Vissen zoenen niet. Scott Puttin is een kakkerige sukkel! Ik zoen níét als een vis. Tenzij dat de reden is waarom Bryan het met me uitgemaakt heeft: dat ik zoen als een vis.

Ik kijk op. Karin en Tash zitten me allebei aan te staren. Ik denk dat ik iets moet zeggen. 'Dan nemen we Scott niet. We willen hem niet eens in onze limo.'

'Laat die date voor mij maar zitten,' zegt Tash en ze gaat verder met haar kipsalade. 'Als ik iemand mee zou nemen, zou Joëlle me ongetwijfeld vermoorden.'

Zei Joëlle pas niet dat ze wachtte tot Jeremy Cohen haar zou vragen? Moet ik trouwens niet uitvinden wat er met Jeremy Cohen gebeurd is? 'Bestaat er een kans dat Jeremy Cohen haar vraagt?' vraag ik. Ik hoop dat ze me niet opnieuw een Devi-spoort-nietblik zullen toewerpen.

Ze werpen me opnieuw een Devi-spoort-nietblik toe.

Tash snuift. 'Als Joëlle Jeremy Cohens naam nog één keer noemt, moet ik haar helaas wurgen.'

Karin knikt. 'Ze moet hem écht uit haar hoofd zetten.'

Aha! Dus ze hebben wel verkering gehad. 'Het is al zo lang geleden dat ze verkering hadden... toen we in de derde zaten, toch?' Ik hoop dat dat nog steeds klopt.

'Ja,' bromt Tash. 'Een miljoen jaar geleden.'

'En ze is nog steeds gek op hem,' zeg ik. Ik geloof dat ik het door begin te krijgen.

Tash rolt met haar ogen. 'Zou je denken?'

'Ze had ja moeten zeggen tegen Kellerman,' zegt Karin. 'Hij was best een geschikte kandidaat om mee naar het gala te gaan. Als hij zijn joggingbroek maar uittrekt.'

Ik kijk de kantine rond. 'Waar is Joëlle eigenlijk?'

Tash neemt een hap van haar salade. 'Bij de jaarboekvergadering, denk ik. Hé, moet jij daar ook niet zijn?'

'Denk je?' vraag ik.

Karin lacht. 'Zijn jullie niet samen de hoofdredactie?'

Goed gedaan, Frosh! De jaarboekvergadering. Ik knipoog naar de meisjes en begeef me naar de jaarboekvergadering. Onderweg stuur ik een korte sms naar Frosh, waarin staat:

'Zoen niet met Scott Puttin. xo Ivy'

'Trek hem eens voor me aan,' zegt Karin, die dwars over mijn bed ligt. 'Welke kleur had hij ook alweer?'

'Rood,' zeg ik en ik open mijn kastdeur.

'Meen je dat? Ik dacht dat je een hekel aan rood had. De kleur doet je aan bloed denken.'

'Dat was ook zo, maar…' Bryan vond rood sexy. Maakt niet uit. De jurk die me vanuit mijn kast aanstaart is niet rood. Hij is lang, zilverkleurig en zwierig. Een soort Assepoesterjurk, maar dan niet zo wijd. Wauw. Hij is perfect.

'Is hij van Izzy Simpson?'

Ik tuur naar het prijskaartje. 'Bijna goed. Van Raffles.'

'Goed gevonden.'

Ik gooi mijn kleren op de vloer en trek de nieuwe jurk aan.

Karin ritst hem dicht en ik draai voor haar rond.

'Wauw. Je ziet er schitterend uit. Echt waar.'

Ik bewonder mijn spiegelbeeld. De jurk staat me behoorlijk goed. Waarom wilde ik rood? Ik moet wel gek geweest zijn.

'Welke schoenen heb je erbij?'

Goede vraag. Ik rommel in mijn kast. Ik zie wel rode schoenen, maar geen zilverkleurige. Hoe kan dat nu? Dat ziet er niet goed uit. 'Ik denk dat ik die nog moet kopen,' zeg ik.

'We hebben nog maar anderhalve week. We moeten deze week maar even gaan winkelen. Neem je hakken van tien centimeter?'

'Ben je gek? Waarom zou ik dat doen? Dan kan ik niet lopen!'

'Is Tom niet een meter negentig?'

Hè? 'Tom? Wie is Tom?'

Karin fronst bezorgd haar voorhoofd. 'Heb je weer last van je geheugenverlies? Tom Kradowski? Je date voor het gala?'

Tuurlijk... Tom Kradowski. Mijn date voor het gala. Hij is lang. Ongeveer een meter negentig. Doet me altijd een beetje aan een giraf denken. Op een leuke manier. Volgens mij heb ik nog nooit met hem gepraat, overigens. Maar dat moet wel, hè? In elk geval om hem mee te vragen naar het gala of om zijn uitnodiging te accepteren. 'Dan heb ik hoge hakken nodig.'

'Tenzij je stiletto's aantrekt, zul je de hele avond omhoog moeten kijken.'

Maar ik gá in elk geval.

Nadat ik mijn gewone kleren weer aangetrokken heb, ga ik aan de andere kant van mijn bed zitten en kijk ik naar mijn prikbord. Wat dacht je daarvan: 'Gefeliciteerd met je toelating tot Hofstra!' Een klasse-drie-opleiding.

Ja, de zaken gaan steeds beter.

20

Dinsdag 13 september

'Ben je nog steeds met je huiswerk bezig?' vraagt mijn moeder. Mijn werk ligt uitgespreid op de keukentafel.

'Yep,' zeg ik, terwijl ik een gaap probeer te onderdrukken.

'Het is al na tienen. Moet je niet naar bed?'

Zo laat al, en nog steeds heeft Ivy niet gebeld om me te controleren? 'Zo meteen,' zeg ik. 'Ik moet alleen economie nog afmaken. We hebben morgen een proefwerk.'

'Je bent al uren bezig,' zegt mijn moeder. 'Ik heb je nog nooit zo hard zien werken.'

Dat komt omdat ik nog nooit zo hard gewerkt heb.

'Je moet niet overdrijven,' zegt ze tegen me.

Hoewel iedereen na schooltijd ging winkelen, ben ik naar huis gegaan om te leren. Inderdaad, ik laat ze niet meer vallen vanwege Bryan, ik laat ze nu vallen vanwege mijn huiswerk. Dat wilde ik niet, maar dat deed ik wel. Omdat Ivy me gezegd heeft dat ik dat moest doen. Maar als zij niet eens de moeite kan nemen om me te bellen, wil ik niet meer naar haar luisteren.

'Bedankt dat je me met mijn lied geholpen hebt,' zeg ik.

'Graag gedaan. Ik hielp Maya ook altijd. En je gaat het morgen op de auditie heel goed doen.'

Moeders zijn toch onpartijdige juryleden? Ik ga 'Kiss the Girl' zingen, uit *De kleine zeemeermin*. Aangezien het toneelstuk *Beauty and the Beast* is, leek het me verstandig om in de Disney-familie te blijven met mijn liedje.

Een halfuur later belt Ivy eindelijk.

'Waar was je?' vraag ik verbitterd. 'Ik zat te wachten.'

'Karin was hier,' zegt Ivy.

'O ja? Fijn dat jij tijd hebt om bij je vrienden te zijn, terwijl ik huiswerk moet maken.'

'Ik moest tijdens lunchtijd werken, hartelijk dank dáárvoor. Een vergadering over het jaarboek.'

'Zit je nog steeds bij de jaarboekredactie? Dat is geweldig! Vind je het niet leuk? Het is wel veel werk, het uitzoeken van al die foto's en teksten, maar het is ontzettend leuk.'

'Ik heb geen idee – alles is al ingeleverd. We hadden een feestelijke pizzaparty van het geld dat we overhielden van onze advertentie-inkomsten. Je wilt niet weten hoeveel geld oud-leerlingen geven om genoemd te worden op de Waar-zijn-ze-nupagina.'

Ik ben te boos op haar om blij te zijn over mijn idee voor die pagina. 'Dus jij hebt pizzaparty's, terwijl ik het zware werk doe. En dan ga je lol maken met je vrienden, terwijl ik huiswerk maak en "Kiss the girl" steeds opnieuw moet oefenen. Ik klink als een kapotte grammofoonplaat.'

Ze lacht. 'Ik geloof het wel. Maar het werkt. We zijn toegelaten tot Hofstra en ik ben redacteur bij het jaarboek.'

Hè? 'Echt waar? Ik dacht dat Joëlle jaarboekredacteur was?' O nee! 'Vertel me niet dat ik haar baantje heb afgepakt!'

'Ontspan. We zijn co-redacteuren. Je hebt haar niet geüsurpeerd.'

'Onsurperen?'

'Nee. Usurperen. Je toelatingswoord voor vandaag, kleine vriendin. Het betekent "met geweld innemen, iets in bezit nemen zonder er recht op te hebben".'

Usurperen, usurperen. Klinkt als het drinken van een slushpuppy. 'Ik heb het. Usurperen.' Ik pak mijn boeken bij elkaar en neem ze mee naar boven, terwijl ik mijn telefoon tussen mijn oor en mijn schouder geklemd houd.

'Kun je het in een zin gebruiken?'

Ivy usurpeert al mijn leuke dingen. 'Ik zou me heel slecht voelen als ik Joëlles functie had geüsurpeerd.'

'Schuldig,' zegt ze. 'Je zou je schuldig voelen. Denk ik. Ik weet het niet. Maakt niet uit. Maar laten we het opstelgedeelte van het toelatingsexamen niet verwaarlozen. Je mag niet ongeletterd klinken. En wat is coaguleren?'

'Indikken,' zeg ik op de automatische piloot.

'Heel goed. Je doet het geweldig. Het is duidelijk dat je het met je vakken ook goed doet.'

'Ik begreep inderdaad wat er bij wiskunde behandeld werd,' zeg ik. 'En Karin zei dat ik altijd bij haar mocht komen om naar haar Amerikaanse geschiedenis te luisteren. En Tash zei dat ze me morgen tijdens de lunch wil uitleggen wat er bij scheikunde gebeurt.'

'Goed gedaan! Je hoeft er nog maar een paar activiteiten bij te doen en dan zijn we er.'

'Nog meer activiteiten? Dat meen je niet!'

'Ik weet het, ik weet het, het spijt me. Het moet overweldigend voor je zijn, maar... het is voor ons allebei het beste. Dat beloof ik.'

'Ivy, ik weet niet hoeveel ik er nog bij kan doen. Met de jaarboekredactie, het leren voor mijn auditie en mijn pogingen om bij te blijven met mijn schoolwerk heb ik niet eens tijd gehad om tv te kijken. Jeetje, ik heb de première gemist van *TTYL*!'

'Ik kan je wel vertellen wat er gebeurd is,' zegt Ivy. 'Ze gaan allemaal...'

'Niet verklappen!' schreeuw ik, en ik houd mijn handen voor mijn oren, waardoor ik mijn telefoon laat vallen. Oeps. 'Ik raap hem alleen op als je belooft dat je me niet vertelt wat er gaat gebeuren!' Ik haal mijn handen voor mijn oren vandaan, hoor haar gesmoorde belofte en raap de telefoon weer op.

'Ze gaan allemaal dood,' zegt ze.

Aaah! 'Ik vermoord je.'

'Ik maak maar een grapje, ik maak maar een grapje. Natuurlijk gaan ze niet dood. Ze krijgen een auto-ongeluk en lijden daardoor enige tijd aan geheugenverlies.' Ze giechelt.

'Dat zou in *TTYL* nooit gebeuren. Dat ligt veel te voor de hand.'

Ze giechelt weer. 'Zou je denken? Maar ik maak maar een grapje, hoor. Eerlijk gezegd kijk ik niet meer naar het programma, dus ik heb geen idee wat er allemaal gebeurt.'

Ik slaak een zucht van verlichting 'Mooi. Laten we het zo houden.'

'Terug naar de echte wereld. Universiteiten houden van allround gevormde studenten. Ik denk dat je een sport moet gaan doen.'

Dat klinkt niet leuk. 'Kunnen we daar morgen over praten? Ik ben echt heel moe.' Ik gaap. Hardop.

'Het is pas halfelf!'

'Het is een doordeweekse avond,' help ik haar herinneren.

Ivy lacht. 'Je bent heel chill.'

Ik zucht en plof met mijn hoofd midden op mijn kussen. 'Wat betekent dat nu weer?'

'O, dat is... gewoon een uitdrukking die we gebruiken... die ik gebruik... om te zeggen dat je leuk bent. Laat maar.'

'Goed.' Ik doe mijn ogen dicht. Mijn oogleden zijn heel zwaar. 'Verder nog iets? Mag ik nu naar bed?'

'Er is nog iets. Ik heb bedacht dat je ook nog wat vrijwilligerswerk moet gaan doen.'

'Bedoel je van onze Red-de-wereldlijst?'

'Ik bedoel meer iets als het dichtlikken van enveloppen voor het Rode Kruis. Iets om aan je cv toe te voegen. Iets kleins. Ik ben nog steeds van mening dat we alle onderwerpen van de lijst moeten herstellen, maar ik ben een beetje geschrokken van de plastische chirurgie, niet? Ik wil de dingen niet erger maken, begrijp je?'

'Ja, dat snap ik.'

'We moeten je eerst maar even laten wennen aan de nieuwe situatie, voordat we met de grote dingen gaan beginnen, niet? Het is veiliger om onszelf als proefkonijn te gebruiken tot we alle schoonheidsfoutjes eruit gehaald hebben.'

Ik zucht. 'Daar heb je een punt.' Ik denk dat het redden van de wereld wel een paar dagen kan wachten. We hebben geen last van tijdgebrek of zo. Eerlijk gezegd heb ik juist het idee dat we te veel tijd hebben. 'Waarom zeg je steeds 'niet' achter een zin?'

'Dat doe ik niet!'

'Dat doe je wel.'

'Ik heb geen idee waar je het over hebt,' zegt Ivy beledigd.

Laat maar. Ik gaap opnieuw. 'Mag ik nu naar bed, of heb je nog iets?'

'Ja! Heb je vandaag mijn sms gekregen?'

'Dat ik Scott Puttin niet moest zoenen? Ja.' Was ik van plan om Scott Puttin te zoenen? Nee, dat was ik niet. Hoewel hij best grappig is.

'Goed zo. Hij vertelt aan iedereen dat je zoent als een vis.'

Ik kauw op mijn onderlip. 'Waarom?'

'Omdat hij een lelijkerd is.'

'Waarom zou ik hem zoenen als hij een lelijkerd is?'

'Ik weet het niet, ik kan me niet eens herinneren dat het gebeurd is. Maar als ik jou was, wat ik ben, zou ik er niet aan beginnen. Heb je het in je schrift opgeschreven?'

Hoewel ik tamelijk zeker weet dat ik dit ga onthouden, klim ik braaf uit bed, doe mijn licht weer aan, zoek mijn schrift en sla het open. Dan schrijf ik: NIET SCOTT PUTTIN ZOENEN. 'Klaar,' zeg ik. Dan vraag ik: 'Ik zoen toch niet als een vis, hè?'

'Natuurlijk niet,' zegt ze verontwaardigd. 'Je zoent geweldig.'

'Zweer je het?' vraag ik nerveus.

'Natuurlijk. Ik wil wedden dat hij zoent als een vis en dat jij probeerde dat te compenseren.'

'Ik heb geen idee hoe ik zoen,' geef ik toe. 'Ik heb nog nooit met iemand gezoend.'

'Dat klopt! Je hebt je eerste zoen nog niet gehad!'

'Dank je, dat je het er nog even inwrijft.'

'Dat doe ik niet. Het is chi – schattig.'

Ik klem mijn kussen tegen me aan. 'Wanneer krijg ik mijn eerste zoen? Een echte zoen, bedoel ik. Niet zoals met Jarred en Anthony. Met... tong.'

Ivy lacht. 'Je bent echt heel schattig.'

'Niet lachen!' zeg ik met vuurrode wangen. 'Vertel me gewoon de waarheid. Hoe is mijn eerste échte zoen?' Ik weet hoe ik mijn eerste zoen wil hebben. Hoe ik me voorstel dat hij zal zijn. Lief en zacht en romantisch, met iemand die me het gevoel geeft dat ik het gelukkigste meisje ben van de hele wereld.

'O. Tja, dat weet ik niet.'

Hoe komt ze daar nu bij? 'Hoe bedoel je "ik weet het niet"? Jij bent mij in de toekomst! Je hebt toch wel een echte zoen gehad, hè?' Jemig. Misschien heeft ze nooit verkering met Bryan gehad. Misschien heeft ze hem alleen gestalkt. Ze heeft wel iets stalkerigs. Misschien heeft ze die hele relatie wel uit haar duim gezogen.

'Natuurlijk! Ik ben Maya niet.'

Ik giechel, maar dan schaam ik me. Ik mis Maya. 'Ze zit nu op de universiteit, ik weet zeker dat ze wel met iemand gezoend heeft.' Ik heb het zo druk gehad met Ivy dat ik Maya min of meer vergeten was. Haar rol is geüsurpeerd.

'Hoe moet ik dat weten? Daar praten we niet over.'

'Maar hoe was míjn eerste zoen?'

'Ik herinner me wel hoe het met mij ging,' zegt Ivy zacht, 'maar wat er met jou gaat gebeuren is niet hetzelfde als wat er met mij gebeurd is. Begrijp je?'

Aha. 'Jouw eerste zoen was met Bryan.'

Ze geeft geen antwoord.

'Ivy? Ben je er nog?'

'Ja, ik ben er nog. En het klopt.'

'Daarom weet je niet met wie ik het eerst zal zoenen, hè? Want dat zal met iemand anders zijn.'

'Bij jou zal het anders gaan,' herhaalt ze en haar stem klinkt zwakjes. 'Ik moet gaan.'

'Welterusten,' zeg ik. Maar ze heeft al opgehangen.

21

Dinsdag 27 mei

Hoewel zij het zich nooit zal herinneren, kan ik niet meer ophouden met eraan te denken.

De eerste zoen.

Het was niet na de filmavond die overging in een bowlingavond. Of drie dagen later, dinsdag – vandaag voor Frosh – tijdens onze eerste lunch bij de Subway. Het was op die vrijdagavond, op 30 mei. Ik had Bryan bij mij thuis uitgenodigd. Ik probeerde ongeveer negen verschillende leuke en toch sportieve outfits uit voor ik besloot tot een spijkerbroek en een shirt met een v-hals, dat zowel mijn ogen als mijn borsten goed liet uitkomen. Ik had mijn vinger- en teennagels zachtroze gelakt. Na een lange gel- en borstelbehandeling had ik mijn haar in een paardenstaart gedaan om er cooler uit te zien. Ik had maar heel weinig make-up op om er zo natuurlijk mogelijk uit te zien en ik had mijn tanden ongeveer zeven keer gepoetst, voor de zekerheid.

Mijn vader was aan het werk, maar mijn moeder had pindakaas- en witte chocoladekoekjes voor ons gebakken en was toen naar haar kamer verdwenen. Bryan zat naast me op de bank. Natuurlijk kon ik me niet op het tv-programma concentreren. Hoe kon ik ook, terwijl de leukste jongen uit de geschiedenis naast me zat? Toen de aftiteling verscheen, vroeg hij of ik zin had om te gaan wandelen.

'Waarheen?' vroeg ik.

'Naar Hedgemonds Park?' zei hij. 'Dan gaan we de schommels daar een cijfer tussen de één en de tien geven.'

Ik schoot in mijn favoriete zwarte sandalen. Het was een van die perfecte septemberavonden in Florence. Warm, met een zachte bries, helder, de sterren twinkelden aan de hemel.

We zaten naast elkaar op de schommels. We gingen heen en weer en heen en weer. Hij begon zich uit te sloven en ging hoger en hoger. Ik ging ook hoger en hoger.

Mijn sandaal vloog uit.

Hij begon te lachen en sprong van de schommel om de sandaal te halen.

Hij raapte hem op en ik verwachtte dat hij er een compleet Assepoestertoneelstuk van zou maken, maar in plaats daarvan kwam hij bij mijn schommel staan tot ik tot stilstand was gekomen.

Natuurlijk wist ik wat er zou komen.

Hij legde zijn handen over de mijne, boog zich naar me toe en kuste me.

Zijn lippen waren zacht en licht en teder en al het andere verdween behalve de zoen en het moment.

Alles wat ik me ooit gewenst had, wat ik me voorgesteld had, gebeurde. Is gebeurd. En nu…

Als je een jongen gezoend hebt en hij herinnert het zich niet, is het dan nooit gebeurd?

Als het nooit gebeurd is, waarom doen de herinneringen dan nog zo veel pijn?

22

Woensdag 14 september

Ik loop mijn tekst te oefenen als ik plompverloren tegen Bryan op bots. En dan bedoel ik echt een botsing. Hij staat in de gang en ik let niet op. Ik loop tegen hem aan. Mijn boeken vliegen door de lucht als vluchtende duiven.

'Jij moet uitgeroepen worden tot nationaal rampgebied,' zegt hij met een lach.

'Klopt,' zeg ik met vuurrode wangen. 'Het is mijn schuld. Ik probeerde twee dingen tegelijk te doen.'

Hij bukt zich en helpt me om mijn spullen op te rapen. 'Welke dingen? Lopen en ademhalen?'

Ik giechel. 'Nee slimbo, lopen en mijn tekst voor het toneelstuk oefenen.' Ik raap mijn proefwerk economie op (meneer Jacobs had ze meteen nagekeken en ik had een 9! Ik ben een genie in economie, maar er is nu geen tijd om daar trots op te zijn, want die aanbiddelijke Bryan praat met me!).

'O, je bent een geweldige toneelspeelster,' zegt hij.

'Als je dat zo zegt, klinkt het nogal ondeugend,' zeg ik en ik giechel weer. Jemig, wat ben ik aan het doen? Ik ben met hem aan het flirten! Ik mag niet met hem flirten. Het is niet toegestaan om met Bryan te flirten, al is hij nog zo schattig. Al ben ik nog zo verliefd.

Zijn glimlach laat de perfecte kuiltjes in zijn wangen zien. 'Je lijkt me eerder leuk dan ondeugend.'

'Is dat een compliment of een belediging?' vraag ik.

'Een compliment.'

Ik leg het laatste boek op de stapel en kijk hem aan. Shit. Waarom blijft hij zo leuk?

'Hoe gaat het met je vriend?' vraagt hij.

Ik sta op het punt om te vragen 'mijn wat?', als ik me mijn leugen herinner. 'O, goed hoor.'

'Hoe heet hij ook alweer?'

'Eh, zijn naam?' Hoe heet hij? 'Hij heet... eh... Ivy.' Dubbele shit. 'Ivan.'

Bryan knikt, alsof ik niet idioot klink. 'Op welke school zit hij?'

'Hij gaat hier niet naar school. Hij woont... niet zo ver weg. In Buffalo.'

'Zien jullie elkaar vaak?'

'Nee, maar we spreken elkaar wel vaak.' Ik zwaai met mijn telefoon. 'Gratis interlokaal bellen.'

Bryan glimlacht opnieuw met al zijn kuiltjes naar me. Aanbiddelijk. Wacht eens even! Heeft Ivy daar het woord 'kuiltjes' vandaan? Omdat die van Bryan zo schattig zijn?

'Succes,' zegt hij.

Hè? 'Met mijn vriend?'

Bryan lacht weer. 'Met de audities.'

Juist ja. 'Bedankt. Ik zie je nog wel.' Ik salueer en haast me verder.

Karins kluisje bevindt zich schuin tegenover het mijne en Joëlle en Tash staan al op ons te wachten.

Joëlle springt energiek op en neer. 'Wat gaan jullie nu doen? Heeft er iemand zin om met mij mee te gaan?'

'Ik heb training,' zegt Karin met een brede glimlach. 'Sorry!'

Ja, Karin is inmiddels cheerleader. Ze hebben tijdens de lunch de lijst opgehangen. Niet dat ik verbaasd ben, want ik wist het al. Ik heb overwogen om te proberen haar over te halen ervan af te zien, maar ik weet niet wat ik zou moeten zeggen. Stop ermee, voordat je geobsedeerd raakt door plastische chirurgie? Maar wat moet ik als ze dan anorexia krijgt? Of als ze gek wordt op tatoeages? Of verslaafd raakt aan drugs? Het is precies zoals Ivy zegt: als je één ding probeert te herstellen, kan dat onbedoelde gevolgen hebben. Ik heb besloten tot een subtielere aanpak.

'Ik kan ook niet met je mee, want ik heb een auditie voor de toneelclub,' zeg ik tegen Joëlle, maar dan wend ik me weer tot Karin en voeg eraan toe: 'Voordat je weggaat, wil ik even zeggen dat je er vandaag fantastisch uitziet.'

'O, dank je,' zegt Karin en haar wangen kleuren een beetje.

'Echt waar,' zeg ik. 'Je borsten komen in dat shirt goed tot hun recht.'

Nu wordt ze vuurrood en ze verschikt iets aan haar shirt. 'Eh, dank je?'

Joëlle barst in lachen uit.

'Vinden jullie niet?' vraag ik de beide andere meiden. 'Ik wou dat ik zulke borsten had.' Ik ben van plan om de komende drieënhalf jaar Karins borsten te gaan bejubelen.

Tash heeft inmiddels dezelfde kleur als Karin.

Joëlle legt haar hand op Karins schouder. 'Ze heeft inderdaad fantastische borsten.'

'Jullie hebben allebei dezelfde cupmaat als ik,' zegt Karin.

'Kan zijn,' zeg ik, 'maar die van jou hebben de perfecte vorm.'

Joëlle doet alsof ze geschokt is. 'Wil je zeggen dat de vorm van de mijne niet volmaakt is?'

'Jouw borsten zijn ook perfect,' zeg ik snel. Ik moet voorzichtig zijn, want ik wil haar niet ook in de armen van een plastisch chirurg drijven.

'O, dank je,' zegt Joëlle.

'Kunnen we het weer over het toneelstuk hebben?' vraagt Karin. 'Jullie maken me verlegen.'

Op een positieve manier, mag ik hopen.

'O ja, het toneelstuk,' zegt Joëlle. 'Had ik al verteld dat ik mee ga helpen met de kostuums en het decor? Misschien mag ik jou wel aankleden als Belle.'

Ik lach. 'Reken er maar niet op. Ik heb geen talent. Ik ben meer het soort meisje dat het goed doet als theekopje op de achtergrond.'

Joëlle houdt op met springen en wendt zich tot Tash. 'Waarom doe jij geen auditie?'

Tash laat bijna haar boeken vallen. 'Dat meen je niet.'

'Dat meen ik wél.'

Tash schudt haar hoofd. 'Ik ben niet geschikt voor toneelspelen.'

'Ik ook niet,' zeg ik. 'Maar probeer het gewoon.' Zodra ik het gezegd heb, zou ik de woorden wel weer willen inslikken. Ik moet mijn vriendinnen niet aanzetten tot willekeurige dingen die de loop van hun leven kunnen beïnvloeden. Wie weet op welk gevaarlijk pad het toneelstuk Tash zou kunnen brengen? Nou ja. Ze gaat toch geen auditie doen. Toen ze me met scheikunde hielp, heb ik haar verteld dat de audities in de bibliotheek werden gehouden, en ze toonde geen enkele interesse in het toneelstuk. 'Doe ook maar niet. Ik weet zeker dat het veel tijd gaat kosten. En dat het saai is. Helemaal niet leuk. Ik doe het alleen om mijn kans op toelating tot een goede vervolgopleiding te vergroten.' Daar heb je je goed uit gered, Devi. Tash hoeft zich geen zorgen te maken over haar toelating. Ze is een genie.

Joëlle geeft Tash een kneepje in haar schouder. 'Jij wilt toch ook op een goede opleiding terechtkomen? Misschien helpt dit wel mee.'

Je mag toch al naar Brown, wil ik tegen Tash zeggen, maar dat doe ik niet. Dat zou wel heel raar klinken.

'Het zou goed voor je zijn,' gaat Joëlle ergerlijk genoeg door. 'Het zou je helpen om een beetje uit je schulp te kruipen. Kom op. Als Devi het kan, kun jij het ook.'

Tash verhuist haar schooltas naar haar andere schouder. Ik verwacht dat ze zal zeggen dat ze het echt niet gaat doen. Dat ze er geen zin in heeft. Dat ze zal zeggen: 'Dank je, maar nee, dank je.' Ze haalt haar schouders op. 'Goed dan.'

Hè?

'Goed zo!' zingt Joëlle en ze geeft Tash een amicale dreun op haar rug.

Niet goed zo. Ivy vermoordt me! De toekomst ziet er voor Tash prima uit. Haar toekomst is geweldig. Ze gaat medicijnen studeren! Ze wil kanker genezen! Ik mag haar geen auditie laten doen – dat zou alles bederven. 'Nee, nee, nee!' jammer ik.

Ze staren me allemaal aan.

Tash knippert met haar ogen. 'Wil je niet dat ik auditie doe?'

'Nee, ik bedoel, ja. Natuurlijk wel. Maar je hebt het script niet. Je weet wel, voor de auditie. Als je auditie had willen doen, had je me dat tijdens de lunch moeten vertellen, dan had je tijd gehad om het te leren, maar nu...' Ik schud mijn hoofd.

'Wat moet ik doen?' vraagt ze.

'Je moet vanuit het script kunnen acteren. Je weet wel. Toneelspelen. De audities zijn nu. Je hebt geen tijd meer om iets uit je hoofd te leren. Bovendien moet je een lied voorbereiden.'

'Tash heeft een behoorlijk fotografisch geheugen,' zegt Joëlle. 'En ze kan altijd "Happy Birthday" zingen.'

'Happy Birthday'! Waarom heb ik dat niet bedacht? Dan had ik mijn lied niet een miljoen keer hoeven oefenen en daarbij niet alle spiegels in huis gebroken. 'Ga je zingen?' vraag ik. 'Waar iedereen bij is?'

Tash krimpt ineen. 'Ik weet niet...'

'O, hou je mond,' zegt Joëlle. 'Je gaat het gewoon doen. Ik daag je uit. Devi is bij je. En ik kom ook om je te steunen. Je gaat het doen, al moet ik je er zelf heen slepen. Devi, geef me het script.'

Wat kan ik nu nog doen? Ik overhandig Joëlle het papier en bid dat ik niet op het punt sta de toekomstige gezondheid van de mensheid in gevaar te brengen.

23

Woensdag 28 mei

Direct na het eten zie ik het. Ik zie het en gil het uit.

'Wat is er aan de hand?' vraagt mijn moeder en ze doet mijn kamerdeur open. 'Gaat het wel?'

Ik wijs naar de toelatingsbrief aan de muur. 'Ik ben toegelaten tot Georgetown! Dat is een topuniversiteit! Hij staat op de drieëntwintigste plaats van het land! Drieëntwintigste!'

Mijn moeder kijkt naar mijn prikbord en dan naar mij. 'Dat weet ik, liefje. We waren heel trots op je.'

'Wist je het al?' Natuurlijk wist ze het al. Ik ben niet vandaag pas toegelaten.

Zodra mijn moeder de kamer uit is, bel ik Frosh om haar te feliciteren. 'Raad eens wat je hebt gedaan,' zing ik.

Ze aarzelt. 'Eh, ik weet het niet.'

'Kom op, raad eens.'

'Het heeft toch niets te maken met het feit dat een zeker iemand auditie heeft gedaan voor het toneelstuk van school? Want dat was niet mijn idee, het is Joëlles schuld. En toen dacht ik dat het geen probleem zou zijn, als het plan niet van mij kwam. Of wel?'

Hè? 'Waar heb je het over?'

Frosh zwijgt even. 'Waar heb jíj het over?'

'Ik heb het over Georgetown. Je bent toegelaten.'

'O. Is dat goed nieuws?'

'Wat denk je? Dat is geweldig!'

Ze giechelt. 'O, gelukkig.'

'Ja, hè. En vertel nu eens waar jíj het over had.' Mijn hart bonkt. Wat heeft ze? Is het zo moeilijk om je aan de plannen te houden? Om je aan míjn plannen te houden? 'Wat heb je gedaan? Gaat dit over Karin? Heb je haar gezegd dat ze iets anders moest gaan doen?'

'Eh, ik heb inderdaad iets tegen Karin gezegd, maar dat ging nergens over. Ik zweer het.'

Ze maakt me enorm nerveus. 'Wat heb je gezegd?' sis ik en ik masseer mijn linkerslaap. Deze reis door de tijd maakt me oud voor mijn tijd.

'Ik probeer haar meer zelfvertrouwen te geven, zodat ze geen plastische chirurgie meer wil. Dus ik heb haar verteld dat ze prachtige borsten heeft.'

Oké. 'En hoe reageerde ze?'

'Ze vond het een beetje vreemd, maar ik vind het een goed plan! Want Karin heeft duidelijk wat problemen met haar gevoel van eigenwaarde, toch? Het maakt niet uit wat ze doet – turnen, cheerleading of iets anders – ze is onzeker over hoe ze eruitziet. Wat ze nodig heeft zijn vrienden die haar een goed gevoel geven over haar uiterlijk.'

Dat meisje heeft gelijk. 'Dat is geen slecht plan.'

'Nee, hè?'

Ik adem opgelucht uit. 'Dus Joëlle heeft tegen Karin gezegd dat ze auditie voor het schooltoneelstuk moest doen?'

'Nee, dat heeft ze tegen Tash gezegd.'

Hè? Ik sluit mijn ogen. Mijn hoofdpijn wordt erger. 'Tash gaat niet toneelspelen. Ze is geen type voor toneel. Ze spreekt nauwelijks in het openbaar.'

'Dat dacht ik ook! Maar ze heeft auditie gedaan!'

Ik schud mijn hoofd. 'Dat geloof ik niet.'

'Nee, ik geloofde het ook niet!'

Dit kan slecht nieuws zijn. Heel slecht. 'En, wat denk je: is ze aangenomen?'

'Ik weet het niet. Ze was niet eens zo slecht. Ik bedoel, ze was wel zenuwachtig en haar stem beefde een beetje en ze is niet zo goed in acteren, maar de meeste derdeklassers waren niet zo goed, en er moeten toch mensen in het koor zitten? Denk je dat het erg is?'

Jeetje. Wat gebeurt er als ze wordt toegelaten? Wat als ze geweldig is?

'Wat gebeurt er als ze verliefd wordt op acteren en de school verlaat om naar Hollywood te verhuizen?'

'Dat zou vreselijk zijn,' zegt Frosh. 'Tenzij ze belangrijke rollen krijgt. Zoals in TTYL. Jemig, kun je kijken of haar dat gelukt is? Dat zou ontzettend cool zijn.'

'Dat is niet cool!' zeg ik. 'Ze heeft plannen! Ze moet naar Brown!'

'Je kunt altijd naar Los Angeles gaan en haar weer mee naar huis nemen.'

'De enige manier om mij naar Los Angeles te laten gaan, is als ik toegelaten word tot de UCLA en dát is nog niet gebeurd. Dit is een probleem.' Ik begin te hyperventileren. 'Dit is niet goed. Helemaal niet goed. Oké, rustig nu,' zeg ik tegen mezelf. 'Ik weet zeker dat het niet erg is. Ik denk dat ik haar maar even bel om het te checken.'

'Dat is een goed idee,' zegt Frosh opgelucht. 'Bel haar maar met de huistelefoon en laat je mobiel aan.'

Ik kan er niets aan doen dat mijn vingers trillen als ik Tash' nummer opzoek in mijn telefoonboekje en het intoets. Mijn mobiel houd ik tegen mijn rechteroor en de huistelefoon tegen mijn linker. Ik zie er belachelijk uit. Hij gaat over. En hij gaat nog eens over. Ik krijg haar voicemail. In plaats van een ingesproken boodschap davert er muziek mijn oren binnen.

'*You are the dancing queen*
young and sweet
only seventeen!'

Houston – of eh, Hollywood – ik vrees dat we een probleem hebben. 'Ik bel je terug,' zeg ik tegen Frosh.

'Wacht even…'

Ik hang op, pak mijn tas, schiet in mijn schoenen en haast me naar beneden. 'Mam, mag ik de auto even lenen?'

'Tuurlijk, schat,' zegt ze. Ik geef haar een kus op haar wang en haast me naar buiten, glijd achter het stuur en race naar het huis van Tash.

Bij een rood stoplicht laat ik mijn gedachten de vrije loop. Tash is verliefd geworden op acteren en van school gegaan om naar Hollywood te verhuizen. Of naar Broadway. Ze gaat niet meer naar Brown. Ze gaat geen medicijnen meer studeren. Ze gaat geen geneesmiddel meer ontdekken tegen kanker.

Dat is wel een beetje extreem, toch?

Ze had het refrein van 'Mama Mia!' op haar mobiel. In deze nieuwe werkelijkheid houdt ze misschien wel van musicals. Als het licht op groen springt, race ik verder.

Vijf minuten later draai ik de oprit van haar huis op, ik doe de portieren op slot, ren de treden op naar de voordeur en bel aan. Twee keer. Drie keer.

De stiefmoeder van Tash, een kleine brunette, doet de deur open.

'Hallo,' zeg ik buiten adem. 'Mevrouw Havens, is Tash thuis? Ik móét haar spreken.'

Ze schudt haar hoofd. 'We hebben Tash al een hele poos niet gezien.'

O, jee. Nee toch. Ze is van school gegaan. Ze is naar de stad verhuisd om daar een slechtbetaalde actrice te worden. Haar hele kankergenezende droom is vergeten. Ik wist het. 'Hoe lang is ze al weg?' vraag ik en ik bal mijn vuisten. Ik ga Frosh vermoorden.

'Sinds vanmorgen,' zegt mevrouw Havens. 'Ze zei dat ze op school eten zouden bestellen. Hoef jij niet mee te spelen in de scènes die ze aan het repeteren zijn? Jij doet toch ook mee aan *Mama Mia!*, of niet?'

Het toneelstuk. Het toneelstuk van school. *Mama Mia!* is dit jaar het stuk dat gespeeld wordt. Juist. Dat wist ik wel. En ik doe ook mee. 'Neemt u me niet kwalijk dat ik u gestoord heb.'

'Wil je op haar wachten?'

'Nee, nee, ik moet naar huis. Wilt u haar vertellen dat ik even langsgekomen ben?'

'Ja hoor,' zegt Tash' stiefmoeder en dan doet ze de deur dicht.

Ik lach mezelf uit. Hallo, wat een overdreven reactie. Tash zit nog steeds op Florence West, ze speelt alleen mee in het toneelstuk. Jammer dat ik tot morgen moet wachten om uit te vinden of ze nog medicijnen gaat studeren... Ik grabbel in mijn tas naar mijn autosleutels. Ik grabbel nog eens naar de sleutels. Autosleutels? Ik tuur door het autoraampje en zie dat ze nog in het contact zitten. Shit. Wat nu?

Nu zou ik mijn vader of moeder wel willen bellen, maar we hebben nog maar één auto. En mijn mobiel doet het ook niet.

Ik klap mijn telefoon open en druk op ok. 'Frosh,' zeg ik. 'Schrijf het volgende met grote letters in je schrift, oké?'

'Oké,' zegt ze nerveus. 'Kom maar op.'

'Als je in je examenjaar op woensdag 28 mei naar het huis van Tash rijdt, dan moet je niet, ik herhaal: dan moet je niet…'

'Wat moet ik niet doen?' vraagt ze paniekerig. 'Wat heb ik gedaan?'

'Laat niet je sleutels in de auto zitten, met de deur op slot. Stop ze in je tas.'

Ze giechelt. 'Heb ik.'

Als ik mijn hand weer in mijn tas steek, voel ik de sleutels, hard en koud.

24

Woensdag 14 september

'Ik denk dat je moet stoppen met toneelspelen en in plaats daarvan op een sport moet gaan,' zegt Ivy tegen me als ik thuiskom. 'Wat vind je van voetbal?'

Ik ben niet per se tegen stoppen met toneelspelen, maar met het jaarboek en al mijn huiswerk heb ik het volgens mij al behoorlijk druk, zonder dat ik op een sport zit. Maar ik denk dat ik naar haar moet luisteren. Ze vertelt me niet wat ik voor de rest van mijn leven moet doen. Alleen maar tot ze is toegelaten op de universiteit waar ze graag heen wil.

Ik bedoel: ik denk dat we voor de rest van mijn leven met elkaar zullen blijven praten. Waarom niet? Maar ze blijft niet altijd zo bazig. Toch? Ik slik moeizaam.

Ik sla mijn schrift open op een lege bladzijde en schrijf VOETBAL op. Maar dan zie ik mezelf in gedachten achter een bal aan rennen. En erover struikelen. Ik weet niet zeker of ik wel in staat ben om tegelijkertijd te rennen en te schoppen. 'Dat klinkt veel te moeilijk.'

'Watje!' scheldt ze me uit.

Zij heeft makkelijk praten. 'In hoeveel sportteams zit je zelf?'

'Daar gaat het niet om.'

'Mijn coördinatie is niet goed genoeg voor voetbal. Ik moet op een sport waarbij je maar één ding tegelijk hoeft te doen. Wat vind je van honkbal?'

'Geen honkbal,' zegt Ivy. 'Geen sprake van. Je háát honkbal.'

'Is dat zo?'

'Geloof me, dat is zo. En je hebt in je hele leven nog nooit een honkbalknuppel vastgehouden.'

'Maar ik heb er pas naar staan kijken en het leek me eigenlijk wel leuk.'

'Misschien vind je het leuk om te zien, als er knappe jongens aan het spelen zijn,' zegt ze kortaf. 'Maar je vindt het niet leuk. Volgende.'

Wat heeft ze tegen honkbal? O, ze is natuurlijk tegen alles wat met Bryan te maken heeft. 'Bowlen dan?' vraag ik, om mijn theorie uit te testen.

'Neeeeee.'

Yep. Ik moet op een sport, maar die mag haar op geen enkele manier aan Bryan herinneren. Dan kan ik ook niet op zoenen. Maar dat is ook geen sport, voor zover ik weet.

'Wat vind je van golf?' vraagt Ivy. 'Maya en jij speelden altijd midgetgolf, weet je nog? Dat vond je heel leuk. O, shit.'

'Wat is er?'

'Ik heb nog maar iets meer dan één streepje op mijn mobiel. Ik ben vergeten hem op te laden. Waar is mijn oplader? O, hier. Probleem opgelost. Ik zal hem vanavond opladen. Terug naar jou, Tiger Woods.'

'Is er een golfteam voor meisjes?' vraag ik.

'Nee!' zegt ze, en in haar stem klinkt opwinding door. 'Jij gaat een team oprichten.'

'Pardon? Hoe moet ik dat doen? Ik weet niet eens hoe ik moet golfen, hoe kan ik dan een team oprichten?'

'Je moet gewoon met Zetner gaan praten. Dat is goed voor je gymcijfer. Er is al een jongensteam, dus zo moeilijk kan het niet zijn.'

'Maar dan ben ik het enige teamlid!'

'Je vindt wel meer spelers. Je kunt posters op school ophangen. Je kunt zelfs geld inzamelen voor het team. Taart verkopen en zo. Mam helpt je wel. Dat vindt ze prachtig – goed voor de onderlinge band.'

'Ik weet het niet, hoor. Het lijkt me heel veel werk.'

'Dat is het ook,' zegt ze opgewekt. 'Maar het is het waard. Op je aanmelding voor de universiteit staat dan niet alleen dat je de sterspeler van het meisjesgolfteam van Florence West was, maar ook de oprichter van dat team.'

'Ik ben de ster, omdat ik de enige speler ben. De enige speler van een denkbeeldig team. Wat als het niet lukt?'

'Dat kan ik toch zien? Praat met Zetner en als het niks wordt, laat ik het je weten. Dan hoef je er niet voor niets extra tijd in te steken. Goed?'

Ik aarzel. Het zou best cool zijn om een eigen team op te richten. Dan kon ik zelf de tenues ontwerpen. Hallo, leuke roze golfrokjes! 'Best. Ik heb alleen nog steeds geen idee hoe ik golf moet spelen.'

'Je slaat de bal in een gat. Eitje.'

'Je zult wel gelijk hebben. Pap speelt het ook, dus hoe moeilijk kan het zijn?'

'Ben je geadopteerd of zo? Pap speelt geen golf.'

'Dat doet hij wel. Hij heeft afgelopen zomer gegolft in een toernooi voor accountants. Hij heeft er een T-shirt van en zo.'

'Weet je, Frosh, je hebt gelijk. Hij heeft wel gegolft. Eén of twee keer, maar hij heeft het wel gedaan.'

'Speelt hij dan niet meer?'

'Te duur. En je mag niet meer naar bedrijfstoernooien als je ontslagen bent.'

Ik schrik me wild. 'Wat? Is pap ontslagen? Wanneer?'

Stilte.

'Hallo?' gil ik. 'Ivy, waarom heb je me dat niet verteld?'

'Omdat je er toch niets aan kunt doen.'

Mijn hart bonst. 'Is mam daarom gaan werken?'

'Ja.'

'Wanneer gebeurt het?'

'Volgend jaar,' geeft ze toe.

'Arme pap,' zeg ik.

'Ja hè, zielig voor hem.'

'Wat doet hij nu?'

'Hij gaat voor zichzelf beginnen,' zegt Ivy een beetje vaag.

Nu begint mijn hoofd pas echt te bonken. 'Heeft hij nog steeds geen werk?'

'Niet echt,' bekent ze.

Ik ga op mijn bed zitten. 'Mag ik je later terugbellen?' vraag ik. Zonder op antwoord te wachten, verbreek ik de verbinding. Ik zet mijn telefoon uit, voordat hij kan overgaan en loop naar de slaapkamer van mijn ouders.

Ze liggen allebei in bed en kijken televisie.

'Hoi,' zeg ik.

'Ben je nog wakker?' vraagt mijn moeder. Mijn vader zit naast haar, met zijn laptop op zijn knieën.

Ik knik. 'Ik wilde even weten wat jullie aan het doen waren.'

'Aan het relaxen,' zegt mijn moeder. 'Ik althans.'

Mijn vader werpt me een kus toe, zonder zijn blik van het scherm los te maken, en mijn hart breekt een beetje. Hij werkt zo hard en waarvoor? Nergens voor. 'Pap,' begin ik, 'hoe gaat het op je werk?'

'Druk, als altijd.'

'Heb je er ooit aan gedacht om een andere baan te zoeken?'

'Waarom zou ik?' vraagt hij.

'Omdat... omdat... jouw baan me zo zwaar lijkt.'

'Je moet niet bang zijn voor een beetje werk,' zegt hij.

'Dat is ze ook niet,' zegt mijn moeder en ze zet de tv zachter. 'Je moet haar tegenwoordig bezig zien met haar huiswerk. Ze lijkt helemaal veranderd. Ze lijkt...' Ze houdt haar mond voordat ze Maya noemt. '... een superster.'

'Wat wilde je worden toen je klein was?' vraag ik aan mijn vader.

'Schaakprof,' zegt hij, terwijl hij me aankijkt.

Ik giechel. 'Behalve dat.'

'Orthodontist.'

'Meen je dat? Dat is ontzettend cool! Misschien kun je in de avonduren wel lessen volgen in de orthodontie!' Als hij daar nu mee begint, kan hij tegen de tijd dat hij ontslagen wordt misschien wel een andere baan vinden...

Mijn moeder lacht. 'Volgens mij kun je niet "wat lessen volgen" en dan orthodontist worden.'

'Dat hoop ik niet, als je in aanmerking neemt hoeveel de orthodontist van de kinderen kost,' moppert mijn vader. 'Dokter Martin heeft wat zijn baan betreft een lot uit de loterij.'

'Maar hij moet wel de hele dag in de mond van andere mensen kijken,' zegt mijn moeder.

Mijn vader knikt. 'Goed punt. Ik denk dat ik maar blijf zitten waar ik zit. Wat mankeert er aan het feit dat ik accountant ben, trouwens?'

'Niks,' zeg ik haastig. 'Helemaal niks.' Ik loop achteruit hun kamer uit en ga op de trap zitten. Ik moet goed nadenken. Mijn vader gaat zijn baan kwijtraken. We worden arm, of bijna arm.

We hebben dus geld nodig. Veel geld. Dan maakt het niet uit als mijn vader werkloos wordt.

Maar hoe komen we aan veel geld?

Mijn vaders woorden komen weer in mijn gedachten.

Een lot uit de loterij. De loterij. Ivy kan me de getallen geven en dan zijn al onze problemen opgelost.

25

Donderdag 29 mei

Zodra we de volgende morgen voor het huis van Tash stoppen, weet ik dat er iets veranderd is, al kan ik er niet precies de vinger op leggen.

Eerst bestudeer ik haar boezem en dan haal ik opgelucht adem. Ze heeft geen borstvergroting ondergaan. En ze draagt niets anders dan anders: gewoon haar spijkerbroek en een zwarte trui, dus haar kleding is het ook niet. Maar ze lijkt wel dertig centimeter groter. Aangezien het niet waarschijnlijk is dat ze in één nacht gegroeid is – er bestaan toch geen voetimplantaten, hè? – kijk ik of ze hakken draagt. Nee, ook niet.

Allereerst komt ze heupwiegend naar de auto gelopen. Tash, heupwiegend. Haar armen zwaaien, haar haren wapperen in de wind, haar heupen wiegen. Ik heb Tash nog nooit zien wiegen met haar heupen. Nog nooit.

Met een brede glimlach opent ze het portier. 'Hallo, dames.'

In de tweede plaats heeft ze contactlenzen. En ze heeft eyeliner op. Ze ziet er fantastisch uit. Komt dat door het toneelstuk? Dat moet wel. Hoe kom ik daarachter zonder mezelf te verraden door te zeggen: dus je hebt de afgelopen drie jaar meegedaan aan het schooltoneel? Zie je er daarom zo sexy en zelfverzekerd uit? Het is ontzettend raar om je beste vriendinnen telkens te zien veranderen. Voor mij... en voor hen. Hoewel ze er geen idee van lijken te hebben dat hun leven steeds verandert, dus ik hoef me niet schuldig te voelen.

Niet al te schuldig, in elk geval. En het kan toch ook dat deze verandering... voor Tash ten goede uitpakt?

Was er maar een naslagwerk van de afgelopen paar jaar. Iets waarin een verslag stond van de toneelstukken en wie de hoofdpersoon speelde en of het mij gelukt is om een golfteam van de grond te krijgen, of liever: van het gazon.

'Dev,' zegt Joëlle, terwijl ze de parkeerplaats van de school op draait, 'we hebben nog wat jaarboekgeld in kas. Wil je vandaag Chinees bestellen voor de redactie?'

Juist. Er is wel een naslagwerk. En ik ben daarvan de hoofdredacteur – het jaarboek.

Joëlle zet haar auto op een vrije plek op de leerlingenparkeerplaats, links van een blauwe Jetta, Bryans blauwe Jetta. Ik verstijf. O, nee. Hij zit nog in zijn auto. Shit, shit, shit. Vier dagen lang heb ik dit moment weten te vermijden. Diep ademhalen. Ik kan dit. We stappen allemaal tegelijk uit. Nu staat hij vlak naast me.

'Hoi,' zeg ik en ik slik moeizaam.

Hij sluit nonchalant zijn auto af, alsof er niets vreemds aan de hand is. Gewoon een normale dag op school. La, la, la. 'Hoi allemaal,' zegt hij.

Hoi allemaal? Is dat alles? Hoi allemaal?

Hij glimlacht naar Karin en dan naar mij. Ik staar hem aan, ik kan er niets aan doen. Ik weet dat hij verkering heeft gehad met Karin. Ik weet dat hij geen verkering met mij heeft gehad. Maar is er niet een deel van hem dat het zich herinnert? Ik zoek op zijn gezicht naar herkenning, ik kan er niets aan doen. Verstandelijk weet ik dat hij niet dezelfde herinneringen heeft als ik. Ik weet dat hij zich niet herinnert dat hij verkering met me heeft gehad. Ik weet dat déze Bryan nooit iets met me gehad heeft.

Maar een deel van mij heeft altijd gedacht dat wat we hadden dieper ging. Dat iets in zijn innerlijk – zijn ziel misschien, en ja, ik weet dat dat weeïg klinkt – met mij verbonden is geweest. Een band met me had. Me zich zou herinneren.

Ik kijk hem zoekend aan. Hij knippert met zijn ogen.

Niets.

Hij heeft geen idee wie ik ben. Wie ik was. Hij herinnert zich mij totaal niet.

Met een misselijk gevoel hijs ik mijn tas op mijn schouder en sla ik het portier achter me dicht.

26

Donderdag 15 september

Voordat ik naar de eerste les ga, loop ik naar mevrouw Kalin, de coach die aan het hoofd staat van Interact, en schrijf me in. Gisteravond heeft Ivy me laten beloven dat ik me zou inschrijven voor vrijwilligerswerk, maar ze beloofde dat het weinig tijd zou kosten. Op maandag tijdens de lunch komen we bij elkaar.

Natuurlijk heb ik haar verteld van mijn loterijplan, maar ze wilde niet meedoen. 'Het gaat prima met pap,' zei ze. 'We hoeven de loterij niet te winnen. Bovendien is het nogal riskant. We willen niet té veel rommelen met de toekomst.'

Boehoe. Ik probeerde haar ertoe te verleiden om mij de getallen te vertellen, maar ze trapte er niet in.

Op weg naar het lokaal kom ik langs de mededelingen van het toneel. Tash en ik zijn allebei toegelaten tot het koor. De repetities zijn op dinsdag en donderdag na schooltijd.

Na het tweede uur gym spreek ik met tegenzin mevrouw Zetner aan.

'Een golfteam voor meisjes – dat is een fantastisch idee,' zegt ze, terwijl ze met een basketbal ronddribbelt. 'Ik vind het geweldig als leerlingen initiatief tonen. Als je denkt dat er genoeg belangstelling voor is, kan ik misschien zelfs wel wat geld vrijmaken. En op maandag en woensdag na schooltijd heb ik nog ruimte in mijn trainingsschema. Waarom hang je niet wat posters op, dan zien we elkaar aanstaande dinsdag tijdens de lunch.'

'Op dinsdag en donderdag heb ik al jaarboekvergadering. Kunnen we aanstaande vrijdag tijdens de lunch overleggen?'

Als ik naar buiten loop, krijg ik een sms van Ivy:

'Jeetje. Je hebt geen idee wat voor indrukwekkende armspieren ik heb. We zijn echt goed. Lang leve de golfsport!'

Ik vind het fijn voor mijn armspieren en ik ben blij dat mijn gesprekje met mevrouw Zetner ervoor gezorgd heeft dat er een golfteam voor meisjes is gekomen. Maar mijn weekschema ziet er nu als volgt uit:

Op maandag: Interact tijdens de lunchpauze, golf na schooltijd.

Op dinsdag: jaarboek tijdens de lunchpauze, toneel na schooltijd.

Op donderdag: jaarboek tijdens de lunchpauze, toneel na schooltijd.

Op vrijdag: bijeenkomst over het golfteam.

Op zondag: nog een toneelrepetitie.

Ik raak al uitgeput als ik er alleen aan denk.

Waarom moet ik al het werk doen, terwijl Ivy overal de vruchten van plukt?

Jeetje, ik zei net 'de vruchten van plukt' en deed dat niet eens met opzet! Waarom? Omdat Ivy het gisteravond nodig vond dat ik per dag nog een extra uur moest besteden aan het leren van woorden voor het toelatingsexamen. Het is *ongeëvenaard*.

Tijdens de lunch neem ik mijn brood mee naar het tekenlokaal om posters te maken. Geen van mijn vriendinnen is geïnteresseerd in golf – Karin vindt het saai, Joëlle zegt dat ze zichzelf nog liever met een golfclub op haar hoofd zou slaan en Tash zegt dat ze een sproeterige mislukking zou worden – maar ze helpen me wel alle drie met de posters, omdat ze fantastische meiden zijn. Ivy is een sukkel dat ze hen is kwijtgeraakt.

'Ik hoorde dat je een vriend hebt,' zegt Joëlle onder het tekenen.

Ik bloos. 'Waar heb je dat gehoord?' vraag ik.

'Ik hoor alles,' zegt ze en dan begint ze te lachen. 'Ik begrijp er niets van. Had je niet gewoon tegen Bryan kunnen zeggen dat je hem niet ziet zitten, zoals andere mensen dat doen?'

'Ik had gezegd dat ik ziek was, maar hij kwam me soep brengen,' zeg ik.

'Een volhouder,' zegt Tash.

Daar leek het inderdaad wel op, maar als je het mij vraagt, heeft hij het best snel opgegeven.

'Ik zal het niet verklappen,' belooft Joëlle.

'Waarom wil je eigenlijk geen verkering met Bryan?' vraagt Karin, die tot aan haar elleboog in de roze glitter zit. Mijn golfteam gaat in elk geval glanzen.

'Hij is gewoon niet de ware voor me,' zeg ik. Zegt men.

'Ik vind hem heel leuk,' zegt Karin. 'Ik wil wel verkering met hem.'

Ik laat bijna mijn glitter vallen. Karin mag geen verkering met hem krijgen. Ivy zou helemaal gek worden. Ik zou helemaal gek worden.

Voordat ik antwoord kan geven, gaat mijn telefoon. 'Ik moet even opnemen,' zeg ik tegen de meisjes.

'O, tuurlijk,' zegt Joëlle. 'Laat ons al het werk maar doen, neem rustig even pauze. Met wie praat je eigenlijk? Met je zogenaamde vriendje?'

Mijn telefoon gaat weer over. 'Volgens mij is het Maya,' zegt Karin.

Maya. Ik moet haar binnenkort eens bellen. Als ik tijd heb.

'Bovendien,' zegt Karin tegen Joëlle, 'vind je dit geweldig.'

Joëlle knikt. 'Dat komt omdat ik een postergenie ben.'

Ze is een postergenie. In tegenstelling tot ons drieën kan ze écht tekenen. Op elke poster staat een schattige middelbare scholiere, die bezig is met een slag.

'Goed nieuws,' zegt Ivy tegen me.

Ik sluit de deur achter me en loop de gang in. 'Je bent toegelaten tot de UCLA en dus kan ik een dutje gaan doen?'

'Niet dat ik weet. Maar Tash gaat nog steeds naar Brown. Ze gaat alleen twee hoofdvakken doen: medicijnen en theaterwetenschappen. Ze is heel evenwichtig. Ze speelt de moeder in *Mama Mia!* in het toneelstuk van dit jaar, en vorig jaar speelde ze Roxie in *Chicago*. Heel anders dan jij – want jij zit nog steeds in het koor, al jarenlang – is zij een natuurtalent.'

Vier jaar in het koor? Ik ben een zielig geval. Maar Tash... Ik tuur door het raampje in de deur en zie hoe ze over haar poster gebogen zit. Wie had dat verwacht?

'Je zou haar moeten zien, Frosh. Ze is zo... gelukkig. En vol zelfvertrouwen. Dat je haar hebt meegenomen naar de auditie is je beste daad ooit.'

Een golf van trots welt in me op. 'Geweldig! Maar ik kan toch wel stoppen met toneel, hè? Ik bedoel, ik doe al golf en vrijwilligerswerk en het jaarboek, dan kan ik wel stoppen met toneel.'

'Ik denk het wel. Ik hoef volgende maand niet per se mee te doen aan *Mamma Mia!* En kom op, je bent je eigen golfteam begonnen, dat is toch fantastisch?'

Ik recht mijn rug. 'Is het van de grond gekomen? Het golfteam?'

'Yep,' zegt ze. 'Je bent officieel de captain van de Florence Poezen.'

'Wacht even – we krijgen toch geen kat, hè?'

'Nee, natuurlijk niet, pap is toch allergisch?'

'Waarom noem ik het team dan de Poezen?'

'Dat bedenk ík niet, ik vertel het je alleen. Aan het eind van de derde wint het team trouwens een of ander kampioenschap.'

Fantastisch! Ik ben een superster in golf. 'Hoe weet je dat allemaal?'

'Ik ben in het jaarboeklokaal om de proeven van dit jaar door te kijken. En ik blader wat in de oude boeken.'

Dat is werkelijk geweldig. Ik kijk op mijn horloge. De lunchpauze is bijna voorbij. 'Hé, moet jij niet naar de les?'

'Ik heb tegen meneer Suntey gezegd dat ik bezig moest met belangrijk werk voor het jaarboek. Wat kan hij ertegen doen? Ik hoef nog maar een paar weken naar school.'

De bel gaat. Door de telefoon hoor ik hem ook gaan. 'Ik moet gaan,' zeg ik.

'Tot later,' zegt Ivy.

Tash, Joëlle en Karin hangen de posters aan de vensterbank, zodat ze kunnen drogen.

'Na schooltijd willen we je wel helpen met ophangen,' zegt Tash.

'Bedankt, meiden. Jullie zijn geweldig.' Ik veeg de restjes van onze lunch bij elkaar en gooi ze in de afvalbak. Karin en Joëlle lopen voor ons uit en ik wend me tot Tash. 'Moet je horen, Tash, ik heb zitten denken over het schooltoneel en ik weet niet zeker of ik er wel tijd voor heb, nu ik mijn eigen golfteam ga beginnen.'

Ze haalt haar schouders op. 'Geeft niet.'

Pfieuw. 'Dus je vindt het niet erg om er alleen heen te gaan?'

'Wat? Ik?' Ze wordt bleek en schudt haar hoofd. 'Echt niet. Het geeft niet. Ik stond toch al niet te springen om het te gaan doen. Het was maar een bevlieging. Ik kan nog niet geloven dat ik auditie heb gedaan.'

O jee. 'Nee, nee, nee, je wordt juist heel goed.'

Ze zet haar bril recht. 'Ik wil er niet alleen op. Maar het maakt niet uit, ik vind het niet belangrijk of het doorgaat. Het is helemaal niets voor mij.'

Ah. Wat nu? Ze móét het doen! Ze vindt het heerlijk! Ze is er goed in! Het is juist wel iets voor haar, alleen weet ze dat nog niet. Maar hoe krijg ik het voor elkaar om al deze activiteiten te combineren met mijn schoolwerk? Ik zucht. 'Nee, we gaan het samen doen.' Ik steek mijn arm door de hare. 'Het wordt vast leuk.'

Ze haalt opnieuw haar schouders op. 'Wat je wilt, Dev. Het maakt me echt niets uit.'

Misschien nu niet. Maar op een dag wel.

27

Donderdag 29 mei

Lang nadat ik heb opgehangen blijf ik zitten waar ik zit en bekijk de opmerkingen die ik in maart voor het jaarboek heb geschreven. Het was vooral een ode aan Bryan.

Vampier Halloween, bowlen, het park. Eigenlijk stond er Vampr Hlwn. bwln, het prk. Iedereen heeft maar een paar honderd letters tot zijn beschikking, dus je moet wel afkortingen gebruiken.

Hoe heb ik het afgesloten? *IwlLOVEu4evr.*

Ik blader naar mijn pagina in de proefdruk. In plaats van herinneringen aan Bryan staat er: AF, TH & JC: LUVUBVVA en dan lijstjes met allerlei onderwerpen. Dingen als: KWGMMAGNIETINJEHAAR, LTNIGHTFLMMRTHON, 1 KLEINEBLAUWELEUGEN, RUKIDDING? MYFEETRKILLINME.

Ik heb geen idee waar dat op slaat. Ik zal het ook nooit weten.

Als ik thuiskom, voel ik me nog steeds down. Totdat ik het zie.

GEFELICITEERD! JE BENT TOEGELATEN TOT DE UCLA!

Jemig, de toelatingsexamens. Het is Frosh gelukt! Het is haar gelukt!

Ik zou haar graag een schouderklopje geven, maar omdat dat niet kan, geef ik mezelf een schouderklopje. Wat eigenlijk op hetzelfde neerkomt. Ik bel haar meteen. 'Het is je gelukt, Frosh. We gaan naar de UCLA.'

'Dat meen je niet!' gilt ze.

'Ja hoor.'

'Dan is het maar goed dat ik niet gestopt ben met toneel. Daar ben ik trouwens op dit moment, bij de repetitie, dus ik kan niet lang met je praten. Ze willen dat we opletten, ook al zijn we niets aan het doen. Dat is tamelijk irritant.'

'Tja, maar wat je ook gedaan hebt, het heeft gewerkt. De toelating hangt midden op mijn prikbord en ziet er adembenemend uit. UCLA, *here I come*. Wacht eens even.' O jee.

'Wat is er? Is het veranderd?'

'Nee, hij hangt er nog.' Ik rommel tussen de andere papieren op mijn prikbord. Ik vind wat papieren over de colleges en kijk die ook door. 'Er hangt alleen niets over een studiebeurs.'

'Maar we kregen toch ook geen beurs toen we nog naar Georgetown mochten?'

'Dat is waar. Maar... we hebben er wel een nodig. Hoe moeten we het anders betalen, nu pap werkloos is? Misschien kunnen we een lening afsluiten, maar dan moet ik die de rest van mijn leven terugbetalen.'

'De loterij! De loterij! De loterij!'

'Frosh, nee. Je moet gewoon nóg harder werken.'

'Ben je gek?' gilt ze. 'Ik kan niet harder werken. Het is fysiek onmogelijk!'

Ze hoort absoluut thuis in de toneelgroep, ze is zo'n *drama queen*. 'Je hoeft niet hysterisch te worden,' zeg ik. 'We kunnen hier een andere keer wel over praten. Ik weet zeker dat het mogelijk moet zijn om een beurs te krijgen. Misschien als je wat harder gaat leren, of bij een ander team gaat...'

Ze kreunt. 'Waarom ga jíj voor de verandering niet eens iets doen? Je kunt me bijvoorbeeld de loterijnummers geven! Ik ben moe!'

'Het is mijn taak om jou te helpen!'

'Oké, als je de loterij niet ziet zitten, kunnen we misschien gaan beleggen. Jij kunt me vertellen welke aandelen gunstig zijn. Dan hoeven we ons helemaal geen zorgen meer te maken over de kosten van de studie. Ja, dan kopen we gewoon een universiteit en daar gaan we dan heen.'

Ik rol met mijn ogen. 'Volgens mij is de UCLA niet te koop.'

'Maar we kunnen wel aandelen kopen! Jij kunt me vertellen wat er in waarde gaat stijgen en ziedaar: geld voor de studie!'

Ik ga op de rand van mijn bed zitten. 'Dat klinkt een beetje als handelen met voorkennis. Volgens mij is dat verboden. Om maar niet te spreken van onethisch.'

'Je mag anderen geen tips geven, maar jezelf toch wel?'

'Dat weet ik niet zeker.'

'We móéten het doen! We kunnen wel een miljoen verdienen! Dan hoeven we niet eens meer naar de universiteit.'

Ze is nog zo onvolwassen. 'Natuurlijk moeten we wel naar de universiteit. Het gaat niet alleen om de baan die je ermee kunt krijgen – het gaat ook om het leren. En om de ervaring.' Ik moet denken aan mijn bijdrage voor het jaarboek en hoe weinig ik ervan begrijp. Als ik naar de UCLA ga, onthoud ik alles. 'Misschien kunnen we wel overwegen om aandelen in een bedrijf te kopen, een bedrijf dat miljarden dollars waard is tegen de tijd dat jij zo oud bent als ik. Alleen…'

'Wat? Ik vind het een fantastisch plan. Bederf dat nu niet. Ik help je wel. Ik ben namelijk een genie in economie.'

Ik rol met mijn ogen. 'Wat gaan we precies beleggen? We hebben geen geld.'

'O. Juist. Dat is een probleem.'

'Misschien moet je bij de Junior Handelsclub gaan,' opper ik.

'Nee, zegt ze wanhopig, 'geen nieuwe clubs meer. Kan ik niet aan pap en mam vragen of zij verstand hebben van beleggen?'

Was het maar waar. 'Als zij iets van beleggen wisten, zaten we nu niet in deze situatie, toch?'

'We moeten wat creatiever zijn. Misschien moet ik iets uitvinden voor het ontdekt is. Iets als internet!'

Ik giechel. 'Zou je je niet schuldig voelen als je iemands uitvinding stal?'

'Ja, ik denk het wel,' geeft ze toe. 'Dan gaan we terug naar mijn oorspronkelijke suggestie, de loterij! Denk er eens over na. Het is een misdaad zonder slachtoffers en jij kunt naar de universiteit. Het maakt niet langer uit dat pap ontslagen wordt en mam hoeft niet te gaan werken – tenzij ze het graag wil.'

'Maar de risico's? Hoe moet het dan met Karins neusoperatie?'

'En met de toekomstige, gelukkige Tash?'

Ze heeft wel een punt. 'Ze houden de winnende nummers toch bij? Wacht even.' Ik loop naar de computer en begin te zoeken. 'Eén momentje… Ja hoor, ze houden alle winnende nummers van de afgelopen tien jaar bij. Moeten we dit wel doen?'

'Ja!'

'Ze hebben elke drie dagen een trekking. Vanavond is er ook een. Jouw vanavond. En de jackpot is…' Jeetjemineetje. '… acht miljoen.'

Ik kan miljonair worden. Vanavond al. Hoewel ik technisch gezien, als zij vanavond miljonair wordt, al drieënhalf jaar miljonair ben. Kom maar op met dat geld! Hoewel… 'Moeten we ons niet schuldig voelen tegenover de mensen die vanavond anders hadden gewonnen?' Ik kijk op de site. 'Wacht even. Niemand anders heeft gewonnen! De volgende keer is de jackpot gewoon tien miljoen.'

'Dus als wij nu acht miljoen winnen, dan winnen de volgende winnaars twee miljoen in plaats van tien?'

'Precies.'

'Dat is ook niet slecht,' zegt ze. 'Ik zei het toch – het is een misdaad zonder slachtoffers.'

'Oké,' zeg ik, voordat ik van mening verander. 'We doen het.'

'Hoera!' roept ze blij. 'Wat gaan we als eerste kopen?' vraagt ze en in haar stem klinkt ontzag door.

'Een auto,' zeg ik. 'Zeker weten, een auto. Mijn eigen auto. En nog een voor pap en mam, zodat ze er elk een hebben.'

'Ik wil ook wel wat nieuwe kleren. Merkkleding! Echt belachelijk dure!'

Ooo, ik heb afgelopen maand een schitterende jas gezien in *Seventeen*. En Boetiek Bella verkoopt voor de zomer prachtige nieuwe shirts. Maar ze moet niet al het geld voor mijn auto – ik bedoel mijn studiegeld – opmaken aan nieuwe kleding. Hoewel… met acht miljoen kunnen we er wel een klein beetje aan besteden.

'Wat moet ik doen?' vraagt ze.

Moet ik alles voor haar uitspellen? 'Ik geef je de nummers en jij gaat naar een winkel en koopt een lot.'

'Hoef je daar geen achttien voor te zijn?'

O ja. 'Dan moet je mam meenemen.'

'Denk je dat mam een lot voor me gaat kopen? Ben je gek? Ze koopt zulke dingen nooit. Ze vindt het zonde van het geld.'

'Dan moet je haar overhalen. Bel haar op en vraag of ze je na de repetitie komt ophalen, zeg dat je spullen voor school nodig hebt. Als jullie dan in het winkelcentrum zijn, haal je haar over om een lot te kopen. Eitje.'

'Ik doe mijn best,' zegt ze. 'Maar ik moet wel een goede reden bedenken.'

Ik kan er wel acht miljoen bedenken.

28

Donderdag 15 september

'Dus,' zegt mijn moeder, als we ons winkelwagentje hebben volgeladen met extra schoolspullen, 'je neemt school tegenwoordig echt serieus.'

'Yep,' zeg ik.

'Je hebt het de hele week zo druk gehad,' zegt ze.

'Dat komt door alle buitenschoolse activiteiten,' leg ik uit.

'Ja, dat begrijp ik. Het jaarboek en het toneel.'

Natuurlijk moest ik het haar wel vertellen. Ze vroeg ernaar, omdat ze wilde weten waarom ik nooit thuis was.

'Weet je zeker dat je niet te veel hooi op je vork neemt?' vraagt ze, terwijl ze ons winkelwagentje naar de kassa duwt. 'Je moet ook tijd voor jezelf overhouden. En voor je vrienden. En voor jongens,' zegt ze en ze kijkt me betekenisvol aan.

'Er zijn geen jongens,' zeg ik. Helaas.

'En die leuke jongen dan die in het weekend langskwam?'

Leuk? Als ze wist wat hij in de examenklas gaat doen, zou ze hem niet 'leuk' noemen. Eerder 'gemeen'. 'Hij is gewoon een vriend van me.'

'Ben je niet verliefd op hem?'

'Nee,' zeg ik snel.

'O, oké. Je moet op je gevoel vertrouwen. Toch jammer. Hij leek zo'n lieve jongen.'

Vertel mij wat. Ik kan er echter niet bij stilstaan – hij is niet voor mij bestemd. Wat daarentegen wel voor mij bestemd is, dat is mijn aanstaande goedgevulde klerenkast. 'Zeg mam,' zeg ik heel nonchalant, 'kunnen we even een lot kopen?'

Ze lacht. 'Wat? Waarom?'

'Omdat het om acht miljoen dollar gaat?'

'Ja, maar je kans om te winnen is ook één op acht miljoen.'

'Iemand moet het winnen.' Ik wapper met mijn handen. 'Waarom wij niet?'

Ze schudt haar hoofd. 'Waarom gooi je niet gewoon een dollar in een wensfontein? Dat is ook geldverspilling.'

Dat denkt zíj. 'Alsjeblieft, mam? Ik heb vannacht gedroomd dat we gaan winnen. Ik denk dat dat een goed teken is. Ik heb er écht een goed gevoel over. En je hebt me net verteld dat ik mijn gevoelens moet vertrouwen. Alsjeblieft? Ik wil het zelf wel betalen.'

Er krult een lach om mijn moeders mondhoeken. 'Van het zakgeld dat je van ons krijgt?'

'Precies.'

Ze lacht. 'Goed, liefje. Eén lot. Voor deze éne keer.'

Na al dit gedoe kunnen we maar beter winnen. En dat gaan we doen, want Ivy heeft de nummers opgezocht. Hoewel, ik heb gemerkt dat al dat tijdreizen de zaken behoorlijk in de war kan gooien. Stel dat ze me de getallen van een andere dag heeft gegeven? Of dat ik de getallen niet goed heb opgeschreven? Ik kijk naar mijn handpalm, waarin ik de genoemde getallen heb opgeschreven om te voorkomen dat ik, als ik ze op een briefje zou schrijven, dat kwijt zou raken tussen alle andere papieren. Ik hoop dat ze niet vervaagd zijn.

Samen lopen we naar de kassa.

'Dit allemaal en één lot,' zegt mijn moeder. 'Ik betaal.'

Ze is echt lief, mijn moeder.

'Welk lot?' vraagt de caissière.

'NY6,' zeg ik.

'Welke getallen?'

Ik lees ze stiekem op van mijn hand. '05, 44, 16, 09, 84 en 26.'

Mijn moeder trekt haar wenkbrauwen op. 'Hoe kom je aan die getallen?'

'O, eh... Nou, vijf is het aantal...' Tja, waarvan? 'Pennen in mijn etui. Vierenveertig is het aantal vrienden dat ik op Hyves heb. Negen is een geluksgetal, dat weet iedereen. Zestien is de verjaardag van pap.' Hoera! Eindelijk een die niet als een leugen klinkt. 'Vierentachtig is het aantal punten dat ik heb gehaald voor mijn eh, proefwerk Frans... en zesentwintig is de leeftijd waarop ik ga trouwen!'

Mijn moeder lacht en geeft een kneepje in mijn arm. 'Had je vierentachtig punten voor een proefwerk Frans? Ik ben onder de indruk.'

Als ze al onder de indruk is van vierentachtig punten, dan zul je wat meemaken als ze mijn toelating tot de UCLA ziet! Ze valt vast flauw van bewondering.

De caissière print het lot en geeft het aan mij.

'Heb je zin om samen naar de film te gaan?' vraagt mijn moeder als we onze nieuwe aankopen in de Volvo geladen hebben.

Ik sta op het punt om haar te vertellen dat ik heel veel huiswerk heb, als ik haar verlangende glimlach zie. 'Welke zou je willen zien?' vraag ik.

'Ik heb geen idee,' zegt ze. 'Ik ben in geen eeuwen naar de film geweest. Ik weet niet eens welke er draaien.'

Eerlijk gezegd voel ik me een beetje schuldig. Nu mijn vader altijd maar werkt, gaat mijn moeder nooit meer uit. Trouwens, als ze vanavond eenmaal het winnende lot bekend hebben gemaakt, kan ik me toch niet meer op mijn huiswerk concentreren. Misschien ga ik morgen niet eens naar school. Volgens mij mag je, als je acht miljoen dollar wint, wel een dagje thuisblijven om het te vieren.

'Doen we,' zeg ik, 'ik ben ook al een tijdje niet naar de film geweest.' Afgelopen zaterdag zou ik er met Bryan naartoe gaan, maar dat mocht niet zo zijn. 'Ik heb gehoord dat *101 Possibilities* heel goed is. Laten we die gaan zien.'

Het is trouwens toch verstandig om nog een moeder-dochteractiviteit te doen voordat alles gaat veranderen.

We worden rijk! Echt rijk. Niet maar een klein beetje rijk. Rijk als een multimiljonair!

Normaal gesproken weet je het niet, als je leven op het punt staat om dramatisch te veranderen. Je vraagt Karin, het meisje dat in de klas naast je zit of je haar haarverf mag lenen en jullie worden elkaars beste vriendinnen. Je beste vriendin knipt je krullen en vervolgens haat je de rest van groep acht je eigen spiegelbeeld. Je gaat naar een feestje in het huis van Celia King, knoeit salsa op een bank en ontwikkelt een compleet nieuwe verliefdheid.

Laten we daar maar niet meer aan denken.

Normaal weet je niet dat het leven op het punt staat te veranderen, voor het zover is. Maar nu weet ik dat wel. En het is zo spannend! Het leven is spannend. Ik zwaai met mijn tasje, waar het lot in zit, en probeer mijn glimlach te onderdrukken.

29

Donderdag 29 mei

Woesj! Heb je wel eens gehoord dat mensen zeggen dat hun leven in een oogwenk veranderd is? Nou, mijn leven is in een oogwenk veranderd.

En dan bedoel ik: alles.

Het ene moment ren ik de trap af om een glas water te gaan halen en het volgende glijd ik van een marmeren trap af.

Ik pak de leuning vast en probeer te voorkomen dat ik val.

Mijn huis is veranderd. Of ben ik in een ander huis? Mijn eigen huis heeft geen ramen van de vloer tot aan het plafond. Ja – dit is een ander huis. Waar ben ik? Voorzichtig bestijg ik de trap weer. Dit lijkt op een soort landhuis.

Een landhuis! Het lot heeft zijn vruchten afgeworpen. Frosh heeft het dus echt gekocht. Yes!

Ik ren de trap af en dan weer naar boven en weer naar beneden. Het lijkt het kasteel van Doornroosje wel!

'Voorzichtig, juffrouw Devi,' zegt een stem uit de hemel. 'Ik heb net de vloeren gedweild. Pas op dat je niet uitglijdt en je nek breekt.'

Grapje – de stem komt niet uit de hemel – de stem is afkomstig van een kleine, ronde vrouw met een zwarte jurk aan en een wit schortje voor. Mijn huishoudster? Mijn huishoudster!

'Hallo,' zeg ik en ik blijf stokstijf staan. Ik wil mijn nek absoluut niet breken. Hoewel… als het me zou overkomen, hoefde ik Frosh maar te bellen om haar te vertellen dat ze niet op de trappen moet rennen en dan was alles weer op en top oké. Ik ben echt een superheld. Een superheld met een huishoudster. Is dat niet geweldig? Ik vraag me af of ik ook een kok heb. Of een chauffeur? Of een butler? Terwijl ik de trap weer op ren, giechel ik in mezelf. Voorzichtig. Zelfs áls ik Frosh zou kunnen bellen en haar kon vertellen dat ze voorzichtig moet zijn op de trappen, wil ik wedden dat een val echt pijn zal doen.

Door het raam links van me zie ik een gebogen oprijlaan, met drie auto's. Ter verduidelijking: drie Mercedessen.

Een ervan móét van mij zijn. Hoera!

Op de bovenste verdieping ontdek ik zes deuren. Welke is van mijn kamer?

Ik open er een. Een kast. Een kast vol met luxe zeep en shampoo en zacht uitziende handdoeken.

Daarnaast: mijn kamer. Zonder enige twijfel mijn kamer! De allerperfectste kamer ooit! Op een plank aan de muur staan mijn foto's, dus ik weet zeker dat de kamer van mij is. Mijn bed. Jemig. Mijn bed! Het is een droombed! Een hoog hemelbed, vol pastelkleurige sierkussens. Laat die superheld maar zitten – dit is het bed van een prinses. Ik kan er niets aan doen – ik neem een duik. De sprei is zacht als satijn. Ik slaap op een reusachtige marshmallow. Hoera!

Misschien blijf ik de rest van mijn leven wel in dit bed.

Ik moet alleen de rest van mijn luxe nog bezichtigen.

Ik glijd van het bed – ik kom terug, lieve marshmallow, echt waar! – en loop naar mijn klerenkast. Mijn grote, giganorme klerenkast. Mijn – ik trek de deur open – inloopklerenkast. Ik schrijd naar binnen en kan mijn ogen niet geloven. Er hangen rijen en rijen kleren. Een rij hooggesloten spijkerbroeken, een rij glimmende shirtjes (allemaal op hangertjes; wat ben ik chic geworden!), een rij zijden jurken. Wanneer draag ik die precies? Iemand zin in *afternoon tea*?

Zou er in mijn landhuis *afternoon tea* gedronken worden? Best mogelijk.

Jeetje. Mijn galajurk!

Hij hangt in een dunne, plastic hoes en op de zijkant staat IZZY SIMPSON, maar het is wel mijn jurk. Hij lijkt op de zilveren, gedrapeerde jurk die ik had, maar is donkerder en chiquer. En waarschijnlijk twintig keer zo duur.

Ik móét hem even aanpassen.

Snel trek ik een designspijkerbroek en een boterkleurig shirt uit. Van allebei kan ik me niet herinneren dat ik het heb aangetrokken. O, kijk, ik heb zelfs ander ondergoed aan! Kantachtig. Met een Frans merkje. Wie had gedacht dat rijke mensen ook ander ondergoed dragen?

Ik trek de jurk aan en bewonder mijn spiegelbeeld in de kamerhoge verlichte spiegel, die direct naast een mooie kaptafel staat met daarop antieke borstels en kammen en professioneel ogende make-up en fluweelachtige juwelenkistjes.

Ben ik de koningin van Engeland? Dat zou best kunnen.

Ik kijk mijn kamer rond, op zoek naar nog meer schatten. Het zijn er een heleboel. Een flatscreen-tv. Een flinterdunne laptop. Heel dikke vloerbedekking.

Een wandschildering.

Ja, in plaats van de lavendelkleur die ik op mijn muur had, zie ik achter mijn bed nu een wandschildering van een tuin. Met bomen en bloemen en een meer.

Op mijn tafel staan nog steeds foto's. Ik pak ze om te zien van wie ze zijn – nee, niet van Bryan. Pfieuw. De meeste zijn van mij en mijn vriendinnen, en er staat ook een foto van mij en mijn vader op een soort boot. Gaan we op luxe vakanties? Fantastisch!

Door de lamellen tuur ik naar buiten. Wauw. Dat is geen achtertuin, dit is een uitzicht over de hele stad. Volgens mij bevind ik me op Mount Woodrove. En… een tennisbaan! Ik heb een tennisbaan! Speel ik tennis? Ik denk het. Cool. Misschien moet Frosh ook op tennis. Ik wil wedden dat ik leuke tennisoutfits heb, een kamer vol tennisoutfits – want ik heb het grootste huis van de stad!

Wacht eens. Is er in onze stad wel zo'n groot huis?

Ik kan me niet herinneren ooit een huis als dit te hebben gezien. Zelfs niet van de buitenkant. Dan hebben we het laten bouwen. En het uitzicht komt me bekend voor…

Wacht eens even. Het is het Morgan-uitkijkpunt! Op Mount Woodrove! Waar Bryan en ik het roken hebben uitgeprobeerd en afgezworen! Vanaf dat punt kijkt nu een zwembad uit. Een eindeloos groot zwembad.

Jeminee.

Er zwemt iemand in mijn oneindig grote zwembad. Een donkerharige, goedgetrainde man in een strakke zwarte zwembroek. Waarom zwemt er een donkerharige, goedgetrainde man in een strakke zwembroek in mijn zwembad? Ik laat de lamellen los en haast me de trap af, voorzichtig, zodat ik niet val. Hoe kom ik buiten?

Ik scharrel de keuken in (gigantische, glimmende, hightechkeuken met een marmeren kookeiland in het midden en allerlei glimmende, zilverkleurige apparaten) en wuif naar de huishoudster (die nu plastic handschoenen draagt en de gootsteen staat te boenen).

Miauw!

Hè? Ik kijk zoekend om me heen en mijn oog valt op een kleine kat met een luipaardachtige vacht, die zich in de hoek aan het uitrekken is. Ha, ik denk dat het huis zo groot is, dat mijn vader en de kat elk een vleugel hebben! Ik loop de deur uit naar een groot terras met plantenbakken.

Ik ga de allerleukste feesten geven. Ik wed dat ik de allerleukste feesten al gegeven heb!

Onverwacht word ik overvallen door een vreemd gevoel – wel een beetje triest dat ik me de fantastische feesten die ik al gegeven heb niet herinner – maar ik loop verder. Buiten struikel ik bijna over mijn superslanke, in een zilveren bikini gehulde moeder. Ze draagt een bijpassende wikkelrok, een gigantische witte zonnebril en slippers met glinsterende steentjes erop.

Jeetje. Mijn moeder is net een filmster!

'Waar is de brand?' vraagt ze.

'Hoi!' zeg ik giechelend. 'Ben je aan het zwemmen? Geniet je van je zwembad?'

'Yep! Ik denk dat het een van de laatste mooie dagen is. Ik duik er nog één keer in en dan gaan Alfonzo en ik de barbecue aansteken. Neem wat roze limonade.'

'Goed idee,' zeg ik. We hebben een kok die Alfonzo heet. Is dat niet cool?

Ik schenk mezelf een glas in, terwijl mijn moeder haar wikkelrok uittrekt en over een van de ligstoelen drapeert, de treetjes afdwarrelt en in het diepe gedeelte van het zwembad kopje-onder gaat.

In dat zwembad ligt de goedgetrainde donkerharige man in de strakke zwembroek nu op een opblaasbaar zilveren luchtbed. Is hij misschien Alfonzo, de kok? Onze supercoole kok?

Deze limonade is verrukkelijk. Precies genoeg suiker. Hoe maak je trouwens roze limonade? Bestaan er roze citroenen?

Soepel glijdt mijn moeder door het water naar de man toe en ze plant een kus op zijn lippen.

Jemig. 'Mam!' gil ik. 'Wat doe je?'

'Mijn echtgenoot een kus geven?' zegt mijn moeder met een lach. En dan spat ze hem nat.

Het limonadeglas glipt uit mijn hand en valt stuk op het terras. 'Liefje, gaat het?' Mijn moeder werpt een blik op mijn ongetwijfeld geschokte gezichtsuitdrukking. 'Wat is er aan de hand? Word je ziek? Ik heb gehoord dat er griep heerst.'

Mijn... echtgenoot een kus geven? Ik voel me licht in mijn hoofd, alsof ik in een hogesnelheidslift naar de honderdste verdieping schiet.

Haar echtgenoot? Is die coole man haar echtgenoot? Is Alfonzo haar echtgenoot? Wat is er dan met haar andere echtgenoot gebeurd? Mijn vader?

Ik denk dat ik ga flauwvallen. Ik moet onmiddellijk terug naar binnen. Buiten adem en in paniek trek ik me terug in het huis. Ik moet uitvinden wat er aan de hand is. Ik haast me de keuken uit en een andere kamer in. Waar kan ik familiefoto's vinden? Wat is er met mijn vader gebeurd?

Ik wil mijn vader.

Ik ren het huis door, op zoek naar aanwijzingen. Waar zijn de trouwfoto's? En de foto van hen tweeën toen ze voor hun trouwdag een reisje naar Cancun gemaakt hebben, de foto die altijd boven de schoorsteenmantel hing? Wat is er gebeurd met de familiefoto in Disney? Hebben we nog wel een schoorsteenmantel in de woonkamer?

Waar is mijn vader? O jee. Wat als er iets... met hem gebeurd is?

Ik ren terug naar mijn kamer – niet vallen, niet vallen – en open alle andere deuren, op zoek naar hem. 'Pap?' fluister ik. 'Ben je hier?'

Ik vind een kamer die van mijn moeder moet zijn – een supergroot bed, kleedkamer… maar geen spoor van mijn vader. Waar zijn zijn bruine ochtendjas en zijn Mickey Mouseslippers?

Ik haast me terug naar mijn kamer en rommel tussen mijn spullen, op zoek naar een verklaring. Aan de muur zijn honderden ansichtkaarten geniet. Van wie?

Mijn vader?

Ik haal een kaart van de Eiffeltoren van de muur.

Achterop staat: 'Ik hou van je, liefje! Ik kan niet wachten tot ik je deze zomer weer aan de Rivièra zie!'

Mijn vader, in Frankrijk? Ga ik naar de Rivièra? Of ben ik al aan de Rivièra geweest? Ik draai me weer om naar de foto's achter mijn prinsessenbed, naar de foto van mij en mijn vader. Is die foto aan de Rivièra genomen?

Ik krijg geen adem meer. Waarom zit mijn vader in Parijs, terwijl mijn moeder met haar nieuwe echtgenoot in het zwembad ligt? Het is niet logisch! Mijn ouders zijn dol op elkaar! Natuurlijk hebben ze door de jaren heen wel eens problemen gehad, maar ze houden nog steeds van elkaar. Toch? Ik zink neer op mijn hoogpolige voerbedekking.

De loterij. Die heeft het huwelijk van mijn ouders verwoest.

Waar is mijn telefoon? Ik moet Frosh onmiddellijk bellen en haar vertellen dat ze ervan af moet zien. De laatste keer dat ik mijn telefoon gebruikt heb, was hij… daar. Denk ik. Er ligt geen telefoon op het glanzende bureau. Waar is hij dan?

Ik ren weer naar beneden – niet vallen, niet vallen. 'Pardon?' zeg ik tegen de huishoudster. 'Hebt u mijn telefoon gezien?'

'Op de glazen *table* in de *chambre*,' zegt ze.

Geweldig. Waar is de *chambre*? Ik ren van kamer naar kamer tot ik een glazen tafel vind. Op die tafel ligt inderdaad een telefoon. Een iPhone. Tjonge. Heb ik een nieuwe rijkeluistelefoon?

Normaal gesproken zou ik wildenthousiast zijn als ik ontdekt had dat ik de trotse eigenaar was van een iPhone. Maar als deze telefoon van mij is, betekent dat dat ik mijn oude weggedaan heb.

Ik voel me slapjes en houd me aan de tafel vast om niet om te vallen. Ik heb mijn oude telefoon weggegooid… Als ik hem door de iPhone vervangen heb…

… kan ik nooit meer met Frosh praten.

En de volgende keer dat ik mijn vader zie, moet ik Frans praten. Ik houd de iPhone met bevende handen vast.

Wat Moet Ik Doen?

Op het scherm van de telefoon staat een foto van een sexy Italiaanse man. Alfonzo. Wat betekent… Tenzij ik een buitengewoon ongepaste voorkeur heb voor mijn stiefvader, is dit waarschijnlijk mijn moeders iPhone. Of die van Alfonzo. Je weet maar nooit, misschien is hij erg dol op zichzelf.

Maar de iPhone is absoluut niet van mij.

Ik doorzoek de rest van het huis – de rest van dit giganorme huis. Waar is mijn telefoon?

Bieieiep!

Dat was mijn telefoon! Ik ken het geluid van mijn telefoon! Dat geluid maakt hij als de accu bijna leeg is! Als hij nog maar één streepje stroom heeft, bliept hij elk uur of zo. Ik ken dat geluid. Ik moet dat geluid opsporen! Waarvandaan piepte hij?

Van boven. Uit mijn kamer. Het geluid moet wel uit mijn kamer komen. Ik ren de trap weer op – niet vallen, niet vallen – en begin mijn laden te doorzoeken. Waarom bewaar ik zo veel rotzooi? Alles wat ik ooit geschreven, gelezen of gekocht heb, ligt hier. Alles, behalve mijn telefoon.

Mijn bed. Hij moet in mijn schitterende bed liggen.

Ik duik de marshmallow in en vind hem, begraven onder een van de honderd kussens, die in prinses-op-de-erwtstijl op mijn bed liggen. Yes! Mijn geweldige, drieënhalf jaar oude versleten telefoon is terecht! Veilig en wel! Dat was op het nippertje.

Ik koester hem in mijn handen. Ik ben toch zo slim. Al had ik een nieuwe luxe telefoon kunnen kopen, toch moet ik deze gehouden hebben omdat ik wist hoe nuttig hij op een dag zou zijn.

Ik kijk naar de accu. Nog één streepje. Hoe komt dat? Ik heb hem gisteravond toch nog opgeladen?

Laat ik me nu over één probleem tegelijk zorgen maken. Eerst moet ik Frosh bellen en haar opdragen om deze puinhoop te voorkomen.

In plaats van dat hij overgaat, krijg ik de 'Hoi, dit is Devi. Ik ben op stap en kan niet opnemen…'-boodschap.

Nee hè. Waarom neemt ze niet op? Er is geen tijd te verliezen, er is geen tijd voor een voicemail. Het is al bijna zeven uur. Om tien uur is de trekking.

Ik bel opnieuw. Weer de voicemail. Waar zit ze toch?

30

Donderdag 15 september

Ik begin een beetje opgewonden te raken. Straks ben ik rijk! Over vijf minuten, als ze de nummers bekendmaken, ben ik heel, heel erg rijk. Hoe rijk? Ritchie-Richrijk!

Het kan nu elk moment gebeuren.

Wat ga ik als eerste kopen? Kleren van Izzy Simpson!

Ik klop op de slaapkamerdeur van mijn ouders. 'Zet de tv even aan. Ze gaan de getallen bekendmaken.'

Mijn vader en moeder liggen al in bed, mijn vader in zijn ochtendjas en mijn moeder met haar roze badjas. Mijn vader was vanavond al vroeg thuis: om halftien. Misschien kan hij het wat rustiger aan gaan doen als we winnen. Het is fijn om ze zo samen in bed te zien liggen – al wilde ik dat ze elkaar zouden knuffelen. Ze kunnen absoluut wel wat tijd samen gebruiken. Misschien kunnen ze samen romantisch op vakantie gaan als we gewonnen hebben. Langer dan een lang weekend.

'Welke getallen?' vraagt hij.

'De getallen van de loterij.'

'Volgens je dochter gaan we winnen,' zegt mijn moeder.

Mijn vader lacht. 'Als dat zo is, mag ik dan stoppen met werken en bij jou thuisblijven?'

'Als we winnen, open ik een bakkerij. Banks Bakkerij. Jíj mag thuisblijven.'

'Klinkt goed. Dan blijf ik thuis en ga ik schaken.'

'Ik wil ook thuisblijven,' zeg ik en ik laat me achterover op hun bed vallen.

'Waar heb je het winnende lot?' vraagt mijn vader.

Oeps. 'In mijn tas. Momentje!' Ik ren terug naar mijn kamer en zoek mijn tas. Ik hoor dat mijn moeder de tv aanzet en het juiste kanaal zoekt. Ik grabbel in mijn tas naar het lot. Stel je voor dat ik het kwijt ben! Nee, hier is het! Het gaat gebeuren! Mijn vingers schuren langs mijn telefoon. Alweer oeps. Na de film ben ik vergeten hem weer aan te zetten. Ik druk op de 'aan'-knop en zie dat er berichten voor me zijn.

Vijftien berichten.

O jee.

Eerste bericht: 'Waar ben je?'

Tweede: 'Neem op!'

Derde: 'Koop geen lot!'

Eh...

Vierde: 'Je hebt het lot waarschijnlijk al gekocht, hè? Daarom is alles veranderd. We hebben een groot probleem!'

Hoezo? Wat moet ik doen? Ze moet me onmiddellijk bellen! Wat als ze me op dit moment probeert te bellen en het niet lukt omdat ik mijn voicemail aan het afluisteren ben?

'Kom nou, liefje!' roept mijn moeder.

Ik loop naar hun kamer. Langzaam.

Eén stap. Twee.

Voor hun deur blijf ik staan. Wat moet ik doen?

'Na de reclame beginnen ze,' zegt mijn moeder. 'Hou je lot bij de hand!'

Ga over, mobiel, ga over! Wat moet ik doen? Ik loop naar binnen.

'Over dertig seconden zijn we terug met de winnende lotnummers,' zegt de presentatrice.

O, o.

'Devi, op welke nummers moeten we letten?' vraagt mijn vader.

'Vijf,' zeg ik zenuwachtig. 'En daarna...'

Mijn telefoon gaat over. O, gelukkig.

'Eén moment, ik moet even opnemen,' zeg ik en ik neem op. 'Hallo?'

'Je neemt op! Eindelijk! Waar zat je? Geeft niet, geeft niet, er is geen tijd meer! Je hebt toch nog niet gewonnen, hè?'

Mijn ogen flitsen van de tv via mijn ouders, die lekker in bed zitten, naar het lot in mijn hand. 'Over ongeveer tien seconden.'

'Verscheur het!'

'Wat?' Dat kan ik niet goed gehoord hebben.

'Verscheur het! Je wilt niet winnen, geloof me.'

'Ben je gek? Dat kan ik niet. Niet op dit moment.'

'Het moet,' beveelt ze.

'Dat zou er eh... nogal gek uitzien.' Ik kan niet eerst een complete show maken van de loterij en vervolgens het lot verscheuren.

'En daar zijn we weer,' zegt de presentatrice. Ze heeft perfect gekapt haar en een perfecte glimlach. Ik wil wedden dat ze een beugel heeft gehad. 'Nu over naar de trekking van donderdag 15 september.' De machine waar ze voor staat, heeft zes kleine lege plekken in een rechthoekig glazen aquarium vol met ronddraaiende ballen.

'Dat heb ik gehoord,' gilt Ivy. 'Je mag niet winnen! Zorg dat het ophoudt!'

De eerste bal komt uit het luchtledige gefloept en gaat op het randje liggen. De presentatrice schenkt ons allemaal een brede, tandenrijke glimlach. 'En het eerste nummer is vijf.'

Mijn ouders juichen.

'Welk getal hebben we als tweede?' vraagt mijn vader.

'Eh... we hebben...' O, shit. Wat moet ik zeggen?

De tweede bal floept tevoorschijn. 'Het volgende nummer is vierenveertig.' 'Zeg dat we vijfenveertig hebben,' draagt Ivy me op.

'Dat klinkt stom,' zeg ik in de telefoon. 'Drieënveertig,' zeg ik in plaats daarvan.

'O, ja, dat klinkt meteen veel beter,' mompelt Ivy.

'Het derde nummer is... zestien,' zegt de presentator.

Mijn moeder kijkt me vol verwachting aan. 'Hebben wij dat niet? Vanwege de verjaardag van pap?'

'Eh...' Aaah!

'Zeventien!' gilt Ivy in mijn oor. 'Zeg dat je zeventien hebt!'

'Zeventien,' zeg ik en ik schud mijn hoofd.

'Ik zou zweren dat je zestien zei,' zegt mijn moeder. 'Het zit er vlakbij.'

'Ga je me nog uitleggen waarom we dit doen?' fluister ik.

'Ja, op een later moment, maar nu moet je gewoon niet winnen. Niet winnen. Geen Alfonzo. En vernietig het lot zo snel je kunt, begrepen?'

'Maar mijn nieuwe kleren dan? En mijn beurs? En wie is Alfonzo?'

'Doe het nu maar!'

Pieieieieiep!

'Wat was dat?' vraag ik.

'Mijn telefoon piept ieder uur,' zegt ze.

'Moet je hem opladen?'

'Frosh, kun je je alsjeblieft even concentreren op wat je aan het doen bent?'

Ik volg de rest van de trekking en geef steeds enigszins andere getallen door.

'Dus dat was het?' zegt mijn moeder, en ze zucht overdreven. 'Ik zei het toch, Devi, we hadden die dollar net zo goed gewoon weg kunnen gooien.'

'Maar dan hadden we dit gezellige momentje samen niet gehad,' zeg ik en ik lach gespannen. Ik prop het lot in mijn zak.

Als ik weer in mijn kamer ben, verscheur ik het lot in een miljoen stukjes en laat ze triest als confetti in mijn prullenbak neerdalen.

Ik weet niet wie die Alfonzo is, maar hij is me een Izzy Simpson-garderobe schuldig.

31

Donderdag 29 mei

Au! Ik loop de marmeren trap in mijn huis af en doe niets verkeerd als – poef! – hallo, brandplek in de vloerbedekking. Ik had mijn nek wel kunnen breken. Ik bevind me weer op mijn eigen oude trap-met-vloerbedekking. Alle veranderingen zijn weer teruggedraaid. Ik ben weer in mijn saaie, oude huis. Met hetzelfde saaie, oude uitzicht. En met dezelfde saaie, oude vader? Met ingehouden adem haast ik me naar de slaapkamer van mijn ouders en klop aan. 'Hallo?'

'Kom binnen, schat,' roept mijn moeder.

Ik duw de deur open en tel. Eén, twee. Eén vader, één moeder. Allebei van mij. Mijn moeder leest een roman, mijn vader zit rechtop, met kussens in zijn rug, met zijn ochtendjas aan. Zijn slippers staan voor het bed blij op hem te wachten. Onwillekeurig glimlach ik. 'Even kijken,' zeg ik.

Ik leg mijn telefoon aan de oplader en klim in mijn perfect zachte, perfect heerlijke, saaie, oude bed.

32

Zaterdag 17 september

Op vrijdagavond ga ik met mijn vriendinnen naar de film.

Op zaterdag wordt er van me verwacht dat ik de hele dag met mijn scheikundehuiswerk bezig ben en economie leer en mijn Franse vervoegingen oefen en leer voor het komende wiskundeproefwerk en het komende proefwerk van Amerikaanse geschiedenis en begin met mijn boekverslag van *Jane Eyre*, maar dan belt Karin me en nodigt me uit om mee te gaan winkelen, dus ik ga. Ik weet dat ik eigenlijk moet leren, maar ik ben uitgeput.

Ik heb een vrij weekend nodig.

Natuurlijk vertel ik Ivy niet dat ik het weekend vrij heb genomen. Ze is helemaal overstuur, omdat haar telefoon niet meer opgeladen kan worden. 'Ik begrijp het niet,' zegt ze. 'Ik heb hem twee nachten achter elkaar aan de oplader gelegd. Waarom doet hij het niet?'

'Wat gebeurt er volgens jou als hij uitvalt?' vraag ik haar, terwijl ik me klaarmaak voor het feest bij de Kellermans. 'Blijft je leven dan veranderen, telkens als ik iets anders doe?'

'Voor we met elkaar spraken veranderde het ook niet,' zei ze. 'Dus ik denk dat het hetzelfde blijft als we stoppen. Ik denk dat mijn leven alleen verandert als jij iets anders doet naar aanleiding van onze gesprekken, begrijp je? Trouwens, hij valt níét uit. Ik ga uitvinden hoe ik hem kan repareren. Maar laten we hem voorlopig even zuinig gebruiken.'

Mijn moeder brengt me eerst naar Karin en daar werken we ons hele voorbereidingsritueel af: make-up, wat parfum, het hoofd controleren op roos en de ademtest. Deze keer voeg ik er een ritueel aan toe.

'Ik wou dat mijn borsten er uitzagen als de jouwe,' zeg ik tegen Karin, terwijl ik mezelf in de spiegel bekijk. 'Jij hebt perfecte borsten.'

'Ik begrijp niet waarom je dat steeds zegt,' zegt ze blozend.

'Omdat ze zo prachtig gevormd zijn! Geloof me. Over de hele wereld zouden meisjes een moord doen voor een decolleté als het jouwe.'

'Hmm,' zegt ze en ze bekijkt zichzelf even in de spiegel.

Joëlles moeder komt ons halen en zet ons bij het feest af.

We zien er allemaal prachtig uit, al zeg ik het zelf, inclusief onze borsten.

'Jeremy Cohen is er,' fluistert Karin tegen Joëlle. 'Je móét met hem praten.'

'Absoluut,' zegt ze met glanzende ogen.

'Hij is ontzettend leuk,' zeg ik, maar wat ik echt denk is: als Jeremy er is, betekent dat dan dat Bryan er ook is? Niet dat het wat uitmaakt. Oké, het maakt een beetje uit. 'Laten we met hem gaan praten!'

We manoeuvreren ons in de richting van de bank, waarop Jeremy met twee andere jongens zit. Bryan is helaas nergens te bekennen.

'Hoi,' zeggen ze.

'Hoi,' zeggen wij.

La, la, la.

Wat moet ik nu weer eens doen om het gesprek op gang te brengen? Weer salsa op de bank knoeien?

'Hebben jullie een leuk weekend?' vraag ik.

'Gaat wel,' zegt Jeremy, terwijl hij met zijn vingers op een tafeltje trommelt en schattig naar me lacht. Niet echt kuiltjes-achtig, maar toch. 'En jij?'

'Geweldig,' zeg ik. La, la, la.

'Kennen jullie Nick en JT?' vraagt Jeremy.

We zeggen allemaal hallo en stellen ons voor. Nick mompelt hallo terug, maar kijkt niet op. Hij is duidelijk nogal verlegen. Ik begrijp wel waarom: hij heeft een heel slechte huid. Zijn neus en kin zitten onder de puisten. Arme jongen. Zijn haar met te veel gel en zijn flanellen bloes helpen ook niet mee. In plaats van op te kijken schuifelt hij met zijn begympte voeten.

'Zeg Nick, op welke school heb jij gezeten?' vraag ik.

'Teller,' mompelt hij.

'O, cool,' zeg ik. Ik wacht tot hij op zijn beurt iets aan mij vraagt. Dat doet hij niet.

Dan wend ik me tot JT. Anders dan zijn niet-communicatieve vriend heeft die een perfecte huid en zelfs een beetje baardgroei. Sexy. Hij ziet er goed uit op een leren-jack-en-haar-met-gelmanier. Hij zou prima Danny kunnen spelen, als de toneelgroep van Florence West ooit zou besluiten *Grease* op te voeren. Hij is ook een beetje gebruind, hoewel het deel van zijn gezicht waar zijn zonnebril heeft gezeten wat bleker is.

'Jij bent lekker bruin,' zeg ik.

Hij glimlacht. 'Ja hè? Het is niet best met me. Ik ben belachelijk boerenbruin.' Hij rolt zijn mouwen op, zodat ik zijn onderarmen kan zien. Zijn gebruinde en prachtig gespierde onderarmen.

'Ik wil wedden dat je niet op de boerderij gewerkt hebt,' zeg ik. Er zijn niet zo veel boerderijen in de omgeving.

'Golf,' zegt hij met een trage glimlach.

'Meen je dat?' Ik buig me naar hem toe. 'Golf je?'

JT knikt. 'Ja. Ik heb een handicap van veertien.'

Ik heb geen idee of dat goed is of juist slecht, ik heb duidelijk mijn huiswerk nog niet gedaan. 'Weet je,' zeg ik, 'ik ga op Florence West een meidenteam oprichten.'

'Je meent het.' Hij schuift wat dichter naar me toe. 'Ben jij een golfer?'

'Nog niet,' geef ik toe. 'Maar ik ga het leren.'

Hij bekijkt me van top tot teen. 'Morgen ga ik een balletje slaan. Heb je zin om mee te gaan? Dan kan ik je vast wat slagen leren.' Zijn ogen houden de mijne iets te lang vast om alleen aan de sport gerelateerd te zijn.

Volgens mij... vraagt hij me mee uit. Echt. 'Dat klinkt leuk,' zeg ik. Maar dan vraag ik me af: moet ik wel met hem uitgaan? Kan ik dat niet beter eerst aan Ivy vragen? Hij is wel leuk. Toch? Ik weet niet wat ik moet doen. Gaat het zo de rest van mijn leven? Dat ik mezelf nooit meer vertrouw als het om een jongen gaat, behalve als ik het gevraagd heb aan... mezelf?

'Eerlijk gezegd kan het zijn dat ik voor morgen al een afspraak heb, maar ik weet het niet zeker. Vind je het goed dat ik eerst even contact opneem met mijn vriendin om te checken of die afspraak doorgaat?'

'Haast je niet,' zegt hij en hij rekt zijn armen boven zijn hoofd uit. 'Laat het me maar weten. Ik ga iets te drinken halen. Wil je ook iets?'

'Nee, dank je.' Ik schenk hem een brede beugelloze glimlach. Nu hoef ik alleen maar te wachten tot ze me belt. En ik weet zeker dat ze zo gaat bellen. Het kan elk moment gebeuren.

Tien minuten verstrijken.

Twintig minuten.

Dertig.

Een telefoon die je in de gaten houdt, gaat nooit over, hè? Maar waarom heeft ze nog niet gebeld? Wil ze niet weten hoe het met me gaat? Ik ben eraan gewend geraakt dat ze me ongeveer elk uur belt om me te controleren.

Wat als er iets met haar gebeurd is? Hoe zou ik daar achter kunnen komen? Wat als de telefoon het definitief niet meer doet? Kon ik haar maar bellen. Hoe kan ik contact met haar maken? E-mail. Ik kan haar e-mailen. Dat is de enige manier. Ik verontschuldig me en vind Kellerman, die een joggingbroek draagt. Ik smeek hem of ik even op zijn computer mag en word vriendelijk de studeerkamer van zijn ouders ingeloodst.

'Ga je porno kijken?'

Eh... nee. 'Geen porno, dat zweer ik. Het duurt maar twee seconden.'

'Jammer,' zegt hij met een knipoog en dan laat hij me alleen.

Ik open mijn e-mail, typ een berichtje aan mezelf met als onderwerp 'Ivy! Bel me! Dringend!'

Ik druk op VERZENDEN, sluit mijn e-mail en meng me weer in het feestgedruis.

Tien minuten. Twintig. Dertig. Eindelijk gaat mijn telefoon. 'Gelukkig!' juich ik.

'Gelukkig wat?' vraagt een stem. Niet die van Ivy. Shit.

'Wie is het?' vraag ik geërgerd.

'Je zus. Hallo? Ik ben nog geen maand weg en je weet al niet meer wie ik ben?'

Ik voel een steek in mijn maag. 'O, hoi Maya! Sorry. Hoe is het?'

'Goed. Ik mis je! Je hebt me al meer dan een week niet gebeld!'

'Ik heb het heel druk gehad,' zeg ik. 'Je weet wel.'

'Natuurlijk. Ik ook. Ik vroeg me af of je nog steeds wilt komen in het weekend van Columbusdag? Zal ik aan pap en mam vragen of ze een kaartje voor je kopen?'

'O, eh, ja. Graag. Dat klinkt...'

Piep!

Yes! Tweede lijn. Het is het nummer van Ivy. 'Maya, ik moet ophangen. Kan ik je straks terugbellen?'

'Tuurlijk. Niet vergeten. We moeten binnenkort een kaartje voor je kopen, want de prijzen...'

Piep!

'Ik moet echt gaan, Maya. Ik bel je morgen!' Ik hang op en schakel door naar Ivy. 'Dat werd tijd!'

'Wat is er aan de hand?' vraagt ze. 'Als het maar belangrijk is. We hebben bijna geen stroom meer, hè.'

'Dat weet ik, dat weet ik. Ik moet je alleen iets vragen.' Ik trek me terug op een rustige plek. 'Een jongen met de naam JT heeft me mee uit gevraagd.'

'Wie?'

'JT,' fluister ik. 'Ik weet zijn achternaam niet. Maar hij is leuk. Hij golft! Hij wil me morgen wat slagen leren. Mag ik met hem mee?'

'JT Prause?' vraagt ze.

'Ik weet het niet.'

'Heeft hij donker haar? Ziet hij eruit alsof hij in *Grease* Danny zou kunnen spelen?

Ik vind het geweldig dat we overal hetzelfde over denken. 'Ja!'

'Dan niet,' zegt ze. 'Je mag absoluut niet met hem uit.'

Teleurgesteld laat ik mijn schouders hangen. 'Waarom niet?'

'Omdat hij een sukkel is.'

'Meen je dat?' vraag ik aarzelend. 'Hij lijkt heel aardig.'

'Dat is hij niet, hij is een loser. Een enorme loser.'

'Het is niet erg aardig dat je dat zegt,' zeg ik beledigd. 'Trouwens, als hij bevriend is met Jeremy Cohen, kan hij niet zo'n grote loser zijn.'

'Ik bedoel niet dat hij niet populair is, hij is een loser wat zijn leven betreft. Hij gaat niet eens meer naar school en heeft een enorme gokverslaving. Hij heeft de halve klas bestolen en heeft een schuld van dertigduizend dollar gemaakt met de creditcard van zijn ouders. Hij is naar Heken gestuurd – je weet wel, die school voor criminelen.'

'O.' Laat dan maar zitten. Je wilt geen date met een jongen die op Heken zit. Je wilt niet eens iets te maken hebben met een jongen die naar Heken gaat.

'Bovendien heeft hij vorig jaar de beha van Jenny McIntosh op eBay verkocht.'

'Dat meen je niet!'

'Uhuh,' zegt Ivy. 'Ga niet met hem uit, hij is totaal gewetenloos.'

'Maar hij leek zo... aardig.' Hoewel hij me wel onbeschaamd zat te bekijken.

'Dat is hij niet. Wil je soms dat hij jóuw beha op eBay gaat verkopen?'

'Ik was niet van plan om hem mijn beha te geven, ik wilde alleen maar een balletje met hem slaan.'

'Niet doen. Hij steelt je creditcard als je even niet oplet.'

'Ik heb geen creditcard. Jij wel?'

'Volgend jaar krijg je er een. Als je je netjes gedraagt. Als je niet uitgaat met dieven. Waarom lees je niet het een en ander over golf? Ja, dat is een goed uitgangspunt. Lees je een dag in over golftechnieken. Heb je vandaag al je huiswerk afgekregen?'

'Uhuh,' lieg ik.

Pieieieieiep!

'Verdorie, dat is de batterij weer! Ik moet uitzoeken hoe ik mijn telefoon kan repareren. Ik ga naar een feest van Laura Kingsley. Waarschijnlijk ben ik laat thuis, dus misschien bel ik je niet.'

'Oké. Doei!'

'Doei!'

Ik hang op en laat mijn telefoon weer in mijn tas glijden. Nu ik die toch open heb, kijk ik meteen even of mijn portemonnee er nog in zit.

33

Zaterdag 31 mei

Vlak voordat Karin me komt halen, staar ik naar mijn telefoon. Mijn nog steeds niet opgeladen telefoon. Wat is ermee aan de hand? Ik heb hem de hele nacht aan de oplader gelegd en het leek of hij werd opgeladen. Maar ik heb nog steeds minder dan een streepje stroom. Ik moet morgen echt naar een telefoonwinkel om hem te laten repareren.

Als ik getoeter hoor, gooi ik de telefoon in mijn tas en ren naar buiten. We doorlopen het gebruikelijke ritueel.

'Haar?' vraagt ze en ze buigt zich naar me toe.

'Roosvrij.' Ik buig me naar haar toe en laat mijn hoofd zien.

'Jij ook. Adem?' Ze ademt in mijn gezicht.

'Naar pepermunt. En ik?'

'Verrukkelijk.'

'Perfect.'

Dan halen we Joëlle op, die een felgroene tuniek over haar spijkerbroek aan heeft en dan Tash, die er, tja, er is geen ander woord voor, verpletterend uitziet.

Ze draagt wat ze altijd draagt: een spijkerbroek en een zwarte trui, maar deze spijkerbroek is een strakke spijkerbroek en ze draagt er zwarte stiletto's bij en heeft een zachtgele sjaal om haar hals. Haar haar is geföhnd en glanst, en de contactlenzen en de eyeliner maken haar ogen gigantisch. Wauw!

Zodra ik binnenkom, zie ik Celia op Bryans schoot zitten. De kipnuggets die ik als avondeten heb gegeten, verschijnen bijna voor de tweede keer. 'Ik wil even wat water drinken,' zeg ik tegen mijn vriendinnen. 'Gaan jullie mee naar de keuken?' We gaan er met z'n allen naartoe.

Op het aanrecht zit de partner met wie ik gevrijd schijn te hebben, Mike Travis. Ik keer onmiddellijk op mijn schreden terug.

Te laat.

'Hallo Mike,' zeg ik dus maar en ik giechel nerveus. 'Leuk je weer te zien.' Ik weet dat we twee keer gevrijd schijnen te hebben, maar dat betekent niet dat ik het nog eens wil doen. Ook al heeft mijn relatie met Bryan officieel nooit bestaan, behalve in mijn hoofd, ik heb het pas twee weken geleden met hem uitgemaakt. 'Weet je waar ik cola kan vinden?'

Ik verwacht dat Mike 'hallo' terug zal zeggen. Of dat hij me een blik toezendt die 'kom hier' betekent. Maar hij wijst naar de koelkast en keurt me geen blik waardig. Hmm. Heb ik hem weggejaagd? Of is mijn relatie met Mike nog sneller verdwenen dan Alfonzo?

'Ha liefje,' zegt Mike tegen Karin. 'Ik kan niet wachten tot het vrijdag is. Mijn smoking hangt al klaar. Heb je zin om een eindje te gaan wandelen?'

Hè? Ik open de koelkast en haal er een fles cola uit. Mijn hoofd tolt. Ik krijg hoofdpijn van de snelle wisselingen in mijn liefdesleven en wend me tot mijn vriendinnen. 'Volgens mij heb ik wat frisse lucht nodig.'

'Ik ook,' zegt Joëlle.

'En ik,' zegt Karin. 'Straks misschien, Mike. Oké?'

Buiten bevindt zich al een menigte examenleerlingen, inclusief een mogelijk mijnenveld: Scott Puttin, die beweerde dat ik zoen als een vis.

Tenzij Frosh gedaan heeft wat ze moest doen en eraan gedacht heeft om haar vissenlippen bij zich te houden. Maar hoe kom ik daarachter? Ernaar vragen – hé, allemaal, heb ik met Scott Puttin gezoend? – is misschien niet de beste manier.

'Zeg, weet jij waar Scott Puttin volgend jaar naartoe gaat?' Ik neem een slok cola en probeer nonchalant te klinken.

Karins ogen spuwen vuur. 'Naar de hel?'

Hmm. Het ziet ernaar uit dat ik nog steeds met Scott Puttin gezoend heb. Bedankt, Frosh.

'Ik ben nog steeds zo kwaad op hem omdat hij vorig jaar zei dat ik zoende als een vis,' zegt Karin boos.

Hè? Heeft Karin nu met hem gezoend? Karin zou niet met hem gezoend hebben als ik dat wel had gedaan. Ik vraag me af of dit te maken heeft met het akkefietje met Mike. Scott en Mike zijn goede vrienden. Scott heeft aan anderen verteld dat ik zoen als een vis. Mike en ik kregen verkering. Dus toen heeft Scott met Karin gezoend. Nu hebben Karin en Mike verkering en het ziet ernaar uit dat ze samen naar het gala gaan. Verklaring: Mike heeft iets met vissen?

Karin houdt haar hoofd schuin. 'Maakt niet uit. Ik weet dat ik te dunne lippen heb, maar als ik naar de universiteit ga, zijn ze perfect vanwege de lipvergroting.'

Ik verslik me in mijn cola. 'Je hebt helemaal geen lipvergroting nodig! En ook geen borstvergroting. Je ziet er geweldig uit zoals je bent!'

Karin kijkt verschrikt. 'Borstvergroting? Waarom zou ik mijn borsten laten vergroten? Vind je dat ik mijn borsten moet laten vergroten?'

'Nee!' Ik schud heftig mijn hoofd. 'Absoluut niet!'

Ze beweegt zwoel met haar bovenlichaam. 'Ik heb mooie borsten. Maar mijn lippen... daar moet ik beslist iets aan laten doen.'

Ik overweeg om hier enkele van mijn mogelijkerwijs kostbare belminuten aan op te offeren, en besluit dat ik Karin inderdaad moet helpen. Als ik in de gelegenheid ben, sms ik Frosh stiekem: 'Goed gedaan met je uitbundige lof voor Karins borsten. Houd Scott Puttin ook bij haar vandaan'.

Het is behoorlijk vermoeiend om haar steeds te moeten vertellen wat ze moet doen.

Als ik mijn mobiele telefoon weer in mijn tas heb gestopt, merk ik dat mijn vriendinnen zwaar aan het discussiëren zijn over corsages. Er heerst galakoorts. Nu we het er toch over hebben: ik kijk zoekend rond of Tom Kradowski er is. Het is misschien een goed idee om hem te leren kennen.

'Heb jij Tom gezien?' vraag ik aan Karin. Ik neem tenminste aan dat hij nog steeds mijn date is voor het gala.

'Hij gaat in het weekend toch altijd naar zijn vader?'

Dat hoor ik te weten. 'O ja. Natuurlijk.' Ik vind het maar raar dat ik met iemand naar het gala ga die ik nog nooit gesproken heb.

'Nu je het toch over het gala hebt,' zegt Joëlle, 'daar is Jeremy.'

Tash rolt met haar ogen. 'Genoeg over Jeremy. Kun je hem eindelijk eens uit je hoofd zetten?'

Defensief slaat Joëlle haar armen over elkaar. 'Wat heb jij daarmee te maken?'

'Het is gewoon genoeg geweest. Hij heeft het dríé jaar geleden met je uitgemaakt. Het is tijd dat je de draad van je leven weer oppakt. Het is tijd dat je ophoudt met achter hem aan te lopen, dat je ophoudt om naar zijn voorstellingen te gaan en dat je ophoudt met wachten tot hij je meevraagt voor het gala. Dat gaat hij niet doen.'

Au. Tash is wel hard. Aan de andere kant... het duurt nu al drie jaar. Toch? Ik kan het niet meer bijhouden. 'Kun je er niet met iemand anders heen?' vraag ik, in een poging de vrede te bewaren.

'Er is niemand anders,' valt Joëlle uit. 'Dat ik hem heb laten lopen is de grootste vergissing van mijn leven geweest, ik wou dat jullie dat eindelijk eens begrepen. Ik ga naar binnen. Ik zie jullie straks wel.' Ze draait zich om en loopt weg, zonder een van ons aan te kijken.

Karin zucht en pakt een handvol zoutjes uit een plastic schaal. 'Waren er maar meer jongens zoals Nick, dan waren we allemaal gelukkiger.'

Kennelijk is ze niet zó gek op Mike.

Ik kijk naar wie ze staat te staren en mijn oog valt op Nick Dennings, die met zijn arm om zijn vriendinnetje uit de vierde staat. Hij draagt een overhemd en een spijkerbroek, maar ziet er absoluut ondeugend en lekker uit. Hij lacht om iets wat zijn vriendin zegt en het is een leuke, hartelijke lach die door de kamer klinkt.

'Ik heb gehoord dat zijn ouders voor zijn eindexamen een vliegtuig hebben gekocht,' fluistert Karin.

'Meen je dat?' vraag ik. Dat klinkt ongeloofwaardig. 'Kan hij vliegen?'

Ze haalt haar schouders op. 'Hij heeft les genomen.'

Stel je voor, een eigen vliegtuig. Of een vriend die een eigen vliegtuig heeft.

Misschien moet ik met hém verkering zien te krijgen.

Niet nu, natuurlijk, want hij heeft al een vriendin, maar als derdeklasser. Wat maakt het uit dat hij toen acne had? Daar groeit hij wel overheen. Hij is een goede investering voor de lange termijn.

Het zou wel fijn zijn om weer een vriend te hebben. En Nick is vast een betere vriend dan Bryan. In elk geval zou hij niet op een dag het besluit nemen om naar Canada te verhuizen.

Ik verontschuldig mezelf en ga Frosh bellen. 'Hoi,' zeg ik.

'Wat is er?' vraagt ze. 'Ik dacht dat je probeerde je batterij te sparen.'

'Dat probeer ik ook, maar ik heb een idee. Aangezien je zo wanhopig op zoek bent naar een vriend...'

'Dat ben ik niet!'

'Maakt niet uit. Ken je Nick Dennings?'

'Eh, ja.'

'Krijg verkering met hem,' zeg ik.

'Neeeeee.'

'Wat mankeert er aan hem? Je moet hem niet op zijn acne beoordelen.' Frosh is zo oppervlakkig.

'Het heeft niets met zijn acne te maken. Ik probeerde vanavond een gesprek met hem te beginnen, maar er kwam niets uit.'

'Geef hem nog een kans. Hij is een geweldige vent.'

'Waarom? Wat gaat hij dan doen?' vraagt ze geïnteresseerd. 'Gaat hij kanker genezen of zo?'

'Niet iedereen kan op het spoor van de kankergenezing zitten,' zeg ik. 'Maar hij heeft een vliegtuig.'

'Pardon?'

Pieieieiep!

Hoewel ik bijna een hartaanval krijg van dat geluid, negeer ik het en praat gewoon door. 'Hij krijgt een eigen vliegtuig! Is dat niet cool? Zijn moeder heeft haar internetbedrijf voor een bom duiten verkocht en bovendien groeit hij over die acne heen en is hij eigenlijk behoorlijk aantrekkelijk. Je moet hem vroeg aan de haak slaan. Hij is iemand aan wie je op de lange termijn iets hebt. Waarschijnlijk wil hij je universiteitskosten ook wel betalen. En stel je voor: deze vakantie zou ik overal heen kunnen vliegen waar ik naartoe wilde! Los Angeles, Miami, het maakt niet uit!'

Frosh lacht. 'Je wilt dat ik nú verkering krijg met iemand, omdat zijn moeder over drie jaar rijk wordt?'

'Als je het zo formuleert, klinkt het wel een beetje cru.'

Ze zucht. 'Als ik nu verkering met hem zou krijgen, moet ik dan met hem samen blijven tot en met mijn examenjaar?'

'Ik denk het wel.'

'Dat is erg lang voor één tripje naar South Beach.'

'Het gaat niet alléén om een tripje naar South Beach!' Hoewel dat wel leuk zou zijn, natuurlijk.

'Ik ga niet uit met een jongen met de persoonlijkheid van een vochtige spons, alleen omdat jij dan een gratis reisje kunt maken. Sorry.'

'Je hoeft alleen maar nog één gesprekje met hem te hebben! Dat is alles wat ik vraag. Geef hem een kans. Alsjeblieft?'

Frosh klakt met haar tong. 'Ik zal nog een keer met hem praten, maar dat is het dan. Als er geen vonk overspringt, dan geef ik het op.'

'Afgesproken.' O, ik krijg ineens een briljant idee. 'Als jij hem niet leuk vindt… probeer dan of Joëlle hem wél leuk vindt!'

'Die denkt nog steeds alleen maar aan Jeremy Cohen,' zegt ze verbaasd.

'Precies! Laten we Jeremy Cohen afschaffen, het is duidelijk dat die relatie niet goed voor haar is. Als ze iemand anders leuk gaat vinden, dan denkt ze niet langer alleen nog aan Jeremy, toch?' Wat ben ik toch slim.

'Ik zal zien wat ik kan doen,' zegt Frosh.

Het kan nooit kwaad om een vriendin te hebben met een vriend die een vliegtuig heeft.

34

Zaterdag 17 september

Ik vind Karin, Joëlle en Tash terug op de bank in de woonkamer van de familie Kellerman. Als ik Nick Dennings in een hoekje zie staan prutsen aan zijn iPod, wenk ik hem. Volgens mij is hij absoluut niet de juiste persoon voor me, maar ik vind het prima om als koppelaarster op te treden en hem met Joëlle in contact te brengen.

Hij kijkt me aan, kijkt weer weg en kijkt me dan weer aan. Hij lijkt er niet zeker van te zijn dat ik hem bedoel. Ik wenk opnieuw.

Hij bloost alsof hij denkt: Wie? Ik? en sloft dan naar me toe.

'Wat doe jij nou?' fluistert Karin.

'Vind je hem niet leuk?' zeg ik. 'En hij is nog slim ook. Volgens mij is hij een veel betere vangst dan Jeremy Cohen.'

'Je bent gek,' zegt Joëlle zacht.

'Hallo,' zegt Nick. 'Ik ben Nick.'

Eh. 'Ja, we hebben elkaar al eerder ontmoet,' zegt Joëlle en ze rolt met haar ogen. Nee, volgens mij wordt het niets tussen die twee. Ze zijn als water en vuur. Of als water en een mobiele telefoon. En dat bedoel ik niet positief.

'Sorry,' zegt hij blozend.

'Ik heb ook een waardeloos geheugen,' haast ik me te zeggen. 'Dat is best een probleem.'

Nick houdt zijn hoofd schuin en glimlacht. 'Als je niet zelf een deel van de oplossing bent, dan ben je een deel van het probleem.'

Hè? Wat bedoelt hij?

Tash lacht. Een warme, diepe, hartelijke lach.

187

'Die begrijp ik niet,' zegt Karin.

Ik haal mijn schouders op.

'Wetenschappelijk grapje,' zegt Joëlle, terwijl haar ogen heen en weer flitsen tussen Nick en Tash.

Interessant. Heel interessant.

35

Zondag 1 juni

Op zondagmorgen wordt er luid op mijn deur gebonsd. Vroeg op zondagmorgen. Zondagmorgen om halfacht.

'Schat?' zegt mijn vader en hij doet mijn deur open. Hij heeft een beige broek aan met een vouw erin en een helderwit overhemd. 'Lig je nog in bed? Over een halfuur moeten we onze eerste bal slaan. Je kunt maar beter opschieten.'

Hè? Er is blijkbaar iets veranderd, maar ik begrijp niet wat. Waarom is mijn vader zo vroeg op? Waarom heeft hij zijn ochtendjas niet aan? Waarom ziet hij er zo… fit uit? 'Gaan we tennissen?'

Hij lacht. 'We gaan golfen. Over een halfuur. Aan de slag. Ik heb al koffie gezet.'

Meent hij dat? Ik spring uit bed. Volgens mij heb ik mijn vader niet meer zo vroeg op gezien sinds… tja, sinds hij zijn baan is kwijtgeraakt. En we gaan golfen… alleen wij tweeën? En als we niets hebben om over te praten? Trouwens, hoe moet je eigenlijk golfen? Wat moet je aan als je gaat golfen? Ik open mijn kastdeur en rommel tussen mijn kleren. Kan ik een spijkerbroek aan? Ik heb geen idee.

Tot mijn vreugde ontdek ik een witte plooirok, een bleekroze shirt en een bijpassend vest, kleren die ik nooit eerder heb gezien. Die moeten wel voor golf bedoeld zijn. Eén probleem opgelost.

Ik trek ze aan, vind een beeldig paar sportkniekousen in mijn la, bind mijn haar in een lage staart en haast me naar beneden voor een kop koffie.

Ik breng mijn armen naar achter… en sla. Niet alleen raakt mijn club de bal, maar de bal zoeft prachtig over de weelderig groene golfbaan.

Ik ben een golftalent. Het is zo vreemd. Mijn bewustzijn weet niet wat ik doe, maar mijn lichaam weet dat wel. Zodra ik de club in mijn hand voelde, wist ik wat ik moest doen. Ik blijk een handicap van tien te hebben, maar ik heb geen idee wat dat betekent.

'Goede bal!' zegt mijn vader en hij steekt zijn duim op.

Tot nu toe hebben we een fantastische dag. Een dag uit duizenden. De zon schijnt. Mijn vader en ik hebben het fijn samen. Zo gezellig hebben we het niet meer gehad sinds… tja, ik weet niet meer sinds wanneer.

Het puntje van mijn neus voelt heet aan. Daarom haal ik mijn zonnebrandcrème uit mijn tas en smeer die erop. 'Pap, kom eens. Je nek is aan het verbranden.'

Hij komt naar me toe en draait zich om. 'Wat moet ik toch zonder jou, meisje? Ik ga je echt missen als je op de UCLA zit.'

Weet hij dat ik naar Los Angeles ga? Natuurlijk weet hij van de UCLA. Als het aan mijn muur hangt, is het een realiteit in mijn leven. 'Ik zal jou ook missen.' Eindelijk leer ik hem kennen en nu ga ik verhuizen naar de andere kant van het land!

'En ik wil niet dat je je zorgen maakt over het collegegeld. Ik vind het jammer dat je geen beurs hebt gekregen op grond van je golfcapaciteiten of je resultaten, maar het is toch de juiste tijd om te verkopen.'

Hè? Ik draai de dop op de crème en stop de tube weer in mijn tas. 'Om wat te verkopen?'

'Het huis,' zegt hij en hij pakt zijn clubs weer.

Mijn mond valt open en ik loop achter hem aan. 'Ga je het huis verkopen?'

'Begin nu niet weer,' zegt hij. 'We hebben het er al over gehad. Je moeder en ik hebben geen vier slaapkamers meer nodig. Je zus komt bijna nooit meer thuis en nu jij naar de andere kant van het land verhuist, weet ik zeker dat een tweekamerappartement in de stad precies groot genoeg is voor ons. Gezellig. En we hebben altijd plek voor jullie tweeën. Ik wil niet dat je je daar zorgen over maakt. Als jullie allebei te-gelijk thuiskomen, is zo'n zoldertje een prima derde slaapkamer.'

O jee.

36

Maandag 19 september

Als ik het eerste uur op mijn plaats ga zitten, tuit Madame Rita haar met lippenstift besmeurde mond (meestal zit het op haar tanden) en zegt in het Frans: 'Ik hoop dat jullie allemaal je huiswerk gedaan hebben, want jullie krijgen een onverwachte overhoring!'

Eh... ik ben er dit weekend helemaal niet aan toegekomen om mijn huiswerk te maken. Ik had tijd nodig om te ontsporen. Ik bedoel ontspannen. Ik bedoel... ik ben het kwijt. Ik heb ook mijn toelatingswoorden niet geoefend. Zondag heb ik vier uur besteed aan het oefenen voor toneel en me daarna nog vier uur ingelezen over golf. Yes, Ivy heeft lekker golf gespeeld, terwijl ik erover moest lezen. Toen ik dat hoorde, werd ik vreselijk jaloers.

Ik staar naar mijn overhoring. Ik kijk op. Ik kijk weer naar beneden.

Kon ik mijn toekomstige ik maar sms'en: *'Aide moi!'*

Of: *'Au secours!'*

Als ik wist welke van de twee, had ik geen hulp nodig, toch?

'Geef je huiswerkopdracht alsjeblieft door naar voren,' zegt meneer Kogut, mijn leraar scheikunde. Dat had ik waarschijnlijk ook moeten maken, he?

Meneer Lux kijkt de hele klas rond.

Kies mij niet, kies mij niet, kies mij niet.

Zijn ogen blijven op mij rusten. 'Devi, kun jij voor ons drie manieren beschrijven om op nationaal niveau met schaarste om te gaan?'

37

Maandag 2 juni

GEFELICITEERD! lees ik. JE BENT TOEGELATEN TOT HOFTSTRA!

Hè? Hoftstra? Wat nu weer? Ik was al twee toelatingsbrieven verder dan Hoftstra. Gisteren gingen we nog naar de UCLA! Mijn ouders zouden hun huis verkopen zodat ik naar de UCLA kon, niet helemaal ideaal, maar toch. Ze gingen niet hun huis verkopen om mij naar Hoftstra te laten gaan.

Ik pak mijn telefoon om Frosh te bellen, maar zie dat er nog maar een half streepje over is. Verdorie. Mijn handpalmen voelen zweterig aan. Waarom kan die telefoon niet opgeladen worden? Ik moet dringend naar een telefoonwinkel. Ik was van plan geweest om gisteren te gaan, maar toen ik thuiskwam van het golfen, waren de winkels al dicht.

Ik hoor wat geruis op de lijn. 'Ivy? Het komt op dit moment niet zo goed uit,' zegt Frosh. 'Kun je me over een paar uur bellen?'

Pardon? Ik verstrak. 'Waarom is het nu geen geschikt moment? De batterij is bijna leeg. Dit kon wel eens het énig juiste moment zijn. En ik wil graag van je horen waarom ik niet langer toegelaten word op de UCLA. En wat kan er trouwens belangrijker zijn dan met mij praten?'

'Winkelen,' geeft ze toe.

'Winkelen? Ben je aan het wínkelen?' Ik spreek het woord uit alsof het om een ziekte gaat. Hoe bestaat het dat ze op een moment als dit aan het winkelen is? Ze zou moeten zitten wachten op instructies van mijn kant om de enorme puinhoop die ze ervan maakt op te lossen. 'Kun je proberen je iets verantwoordelijker te gedragen? We hebben een gigantisch probleem. Je kunt later wel gaan winkelen. Waar ben je eigenlijk?'

'Bij de bushalte,' zegt ze. 'Karin, Tash, Joëlle en ik staan op de bus te wachten en o, daar komt hij aan…'

'Je gaat niet,' zeg ik streng. Waarom is ze zo egoïstisch?

'Het is maar een uurtje. We gaan naar een spijkerbroek kijken en een ijsje eten. Kunnen we niet later doen wat we moeten doen?'

'Later heb ik andere dingen te doen! En wat als de batterij later helemaal leeg is? Hè? Wat dan?' Ik weet dat ik klink als een enorme huilebalk, maar ik kan er niets aan doen. Ze moet me vertellen wat er gebeurd is.

'Oké, oké,' zegt ze.

Ik hoor Karin op de achtergrond zeggen: 'Dev, kom je?'

'Mijn moeder heeft me thuis nodig,' hoor ik Frosh liegen. 'Gaan jullie maar. Ik zie jullie morgen.'

'Is alles goed?' vraagt Karin.

'Alles goed,' zegt Frosh en ze klinkt ongelukkig.

'Kun je me alsjeblieft vertellen wat er precies gebeurd is?'

'Hoezo?' vraagt ze zenuwachtig.

'We gaan weer naar Hoftstra! Wat is er gebeurd? Ben je gestopt met toneel? Of met golf? Of met het jaarboek?'

'Nee! Alle drie die dingen doe ik nog,' zegt ze met trillende stem. 'Plus vrijwilligerswerk!'

'Nou, je hebt toch iets fout gedaan,' zeg ik verontwaardigd. 'De toelatingsbrieven aan de muur liegen niet.'

Frosh zucht. 'Het begon met een onverwachte overhoring.'

'Waarvan?'

'Frans.'

Ik steek mijn vrije hand omhoog. 'Nou en? Je spreekt Frans.'

'Amper! En ik heb dit weekend geen tijd gehad om huiswerk te maken.'

Probeert ze mij te vermoorden? We hebben een plan! 'Waarom niet?'

'Omdat ik uitgeput was! En ik had tijd nodig om me te ontspannen!

De afgelopen week was heel druk en ik had wat tijd voor mezelf nodig! En die mobiele telefoon mag dan magische krachten hebben, het levert mij niet meer tijd op! Ik kan niet álles doen! Ik heb zaterdag vrij genomen, maar ik heb zondag de hele dag voor toneel geoefend en me ingelezen over golf!'

'Dan moet je leren om je tijd goed in te delen. Het is een van de lessen van het leven. Ik heb mijn lesje ook geleerd, toch? Vroeger draaide alles om Bryan en nu draait het…'

'Uitsluitend om mij rondcommanderen?'

'Neeeeee. Het draait voornamelijk om school. En om mijn vriendinnen.' En erop toezien dat Frosh er geen rommeltje van maakt. Ik sluit mijn ogen en wrijf erin, zodat ik de trieste brief aan de muur niet hoef te zien. 'Dit is echt erg, Frosh. Wil je dat pap en mam het huis moeten verkopen?'

'Nee.'

'Dan moet je nog harder werken om een beurs te krijgen, nu het hele loterijgebeuren niet doorgaat. Denk je dat je het proefwerk Frans slecht gemaakt hebt?'

'Ja,' zegt ze en haar stem klinkt als een leeggelopen heliumballon. 'Daar ben ik tamelijk zeker van. En ik heb mijn scheikundehuiswerk moeten inleveren, waar ook wel een paar fouten in zullen zitten. En meneer Lux gaf me een beurt bij economie en ik wist het antwoord niet.'

Pieieieiep!

'Heb je hem nog steeds niet opgeladen?' vraagt Frosh.

'Hij doet het niet, oké?'

'Waarom niet?'

'Ik weet het niet! Ik probeer hem te repareren!'

'Dus dit kan wel eens de laatste keer zijn. Als de telefoon uitvalt, spreken we elkaar misschien nooit meer?' Verbeeld ik het me, of klinkt er hoop in haar stem?

'Niet als het aan mij ligt,' zeg ik. 'Maar als onze spreektijd voorgoed voorbij blijkt te zijn, moet je goed naar me luisteren nu het nog kan.'

'Oké, je hebt gelijk,' zegt ze met een zucht. 'Wat moet ik doen?'

Ik haal diep adem. 'In de eerste plaats moet je uitkijken met Rita. Ze is dol op onverwachte overhoringen, volgens mij gaf ze er elke week een. Ze vindt het ook heerlijk om lippenstift op haar tanden te krijgen. Is je dat al opgevallen?'

'Ja, dat is me opgevallen. En bedankt voor de waarschuwing,' bromt Frosh. 'Gísteren was dat handige informatie geweest.'

Dat had ik inderdaad eerder moeten bedenken. Ik heb die overhoring waarschijnlijk nog wel ergens. 'Wacht even. Volgens mij heb ik die overhoring bewaard.' Ik ga op mijn knieën zitten en rommel in de la onder mijn bed.

Er liggen papieren. Veel papieren. Onder op de stapel liggen die van de derde klas. Ik rommel in de papieren met 'Frans' erop. Overhoringen. Twee per week. Elke maandag en elke vrijdag. 'Ik heb ze allemaal bewaard,' zeg ik. 'De proefwerken van juni, mei, april, maart, februari, januari, december, november, oktober, september. Zestien september.'

'Dat is vandaag!'

Ik ga op mijn achterwerk zitten. 'Dat is het zeker.' De rode 1 staart mij beschuldigend aan. 'En je hebt de overhoring erg slecht gemaakt.'

'Hoe weet je dat?' vraagt ze.

'Hallo? Omdat ik dat zie. Een dikke vette 1 met een aantekening: *Devorah, la prochaine, faite ton devoir!* Dat betekent: maak de volgende keer je huiswerk.'

'Blèèh.'

Ik blader door alle andere overhoringen en lees de cijfers voor. 'Zes, vijf, zes, vijf… Wat is er met je aan de hand? Ik heb nooit zulke waardeloze cijfers gehaald!' Tuurlijk, ik had Bryan die me hielp, maar toch. Deze cijfers zijn écht slecht.

'Ik weet niet hoe het komt,' jammert ze. 'Ik ben gewoon niet goed in Frans. Trouwens, je laat me veel te veel dingen tegelijk doen! Ik kan het niet bijhouden!'

'We moeten dit herstellen.'

'Hoe?'

Er gaat me een lichtje op. Ik kijk naar alle papieren. Derde klas, vierde klas, vijfde klas, zesde klas. Allemaal hier. Allemaal in mijn handen.

'Jemig. Ik heb alles. Alle proefwerken. Alle werkstukken.' Maar mag ik dat wel doen? Het is moreel gezien zonder enige twijfel fout. Maar welke andere keus heb ik? Als ik dit niet doe, kan ik nooit naar de UCLA. En misschien moeten mijn ouders hun huis wel verkopen. 'Frosh, besef je wat dit betekent?'

'Dat we moeten recyclen?'

'Of...' Mijn stem sterft weg.

Stilte. 'Dat meen je niet,' zegt Frosh. 'Toch? We kunnen toch niet al je werkstukken en proefwerken gaan bekijken?' Ze giechelt nerveus. 'Jij bent degene die zo tegen bedrog was.'

'Ik weet dat het riskant is. Ik weet dat we bang zijn geworden door het loterijfiasco. Maar dit is iets anders, dit is allemaal mijn eigen werk. Ik bedrieg alleen mezelf. Dat is geen écht bedrog. Ik heb al het werk al gedaan, zodat jij dat niet meer hoeft te doen. En wie weet hoeveel tijd we nog hebben? De telefoon kan het elk moment begeven. Normaal gesproken heb ik nog maar een paar dagen als het piepen eenmaal begonnen is. Het is onze verantwoordelijkheid om er ons voordeel mee te doen, zolang het nog kan.'

'Ik weet het niet,' zegt Frosh.

'Jij zei dat je uitgeput was. Vanaf nu hoef je dat niet meer te zijn. Wat zou je vanavond nu liever doen? Tv-kijken of leren voor...' Ik blader naar het derdeklasdeel en zoek tussen de proefwerken. 'Amerikaanse geschiedenis. Je hebt morgen een proefwerk, weet je.'

'Ik weet het. Het eerste uur!'

'Nou, waar kies je voor?'

Ze aarzelt. 'Tv-kijken.'

'Precies. We vroegen ons af hoe we alles in ons programma konden passen. Dat hebben we nu ontdekt.' Ik heb het ontdekt. Zie je wel, Bryan, ik heb jou helemaal niet nodig. 'Pak je schrift en ga klaarzitten. Je leven staat op het punt om te veranderen.'

'Laten we hopen van niet,' hoor ik Frosh mompelen.

38

Dinsdag 20 september

'Devi, heb je even tijd voor me?' vraagt mevrouw Fungas, mijn lerares Amerikaanse geschiedenis, als ik weg wil rennen om nog snel wat te lunchen voor de jaarboekvergadering begint.

Mijn hart begint onmiddellijk te bonken. Ik bedoel: waarom wil Fungas met me praten? Een leraar hoort niet met je te willen praten, een paar uur nadat je gespiekt heb bij een proefwerk. Dit is een erg slecht teken. Ik wist dat het een slecht idee was om de proefwerken over te schrijven. Ik heb al een knoop in mijn maag sinds ik alle antwoorden voor de proefwerken en huiswerkopdrachten van vandaag en morgen heb overgeschreven, maar denk je dat Ivy wil luisteren? Nee.

In plaats daarvan liet ze me alle vragen en antwoorden opschrijven van het proefwerk Amerikaanse geschiedenis, en daarna mijn wiskundeproefwerk en daarna heeft ze mij mijn boekverslag over *Jane Eyre* gedicteerd. Ik moest ontzettend snel typen, want ze wilde niet te veel stroom verbruiken. Ze heeft nog geprobeerd om de telefoon op te laden, maar dat is nog steeds niet gelukt.

'Ja?' zeg ik, terwijl ik bedremmeld naar mevrouw Fungas loop. Mijn hart gaat tekeer. Wat als de antwoorden van het proefwerk door de tijd heen zijn veranderd? Of wat als Fungas het doorheeft? Maar hoe zou dat kunnen? Misschien heeft ze het nog helemaal niet nagekeken.

'Ik heb even naar je proefwerk gekeken,' begint ze en ze kijkt me over haar halvemaansbrilletje aan, 'en...'

Ik heb het verknald. Dat moet het zijn. Ivy vermoordt me.

'... je hebt een tien. Veruit het hoogste cijfer van de klas. En ik vroeg me af...'

Of ik vals gespeeld heb? Mijn hart kon wel eens exploderen.

'... of je geïnteresseerd bent in het geven van bijles.'

Hè? 'Sorry?'

'Men heeft me gevraagd de beste leerlingen aan te melden om andere leerlingen, die het vak moeilijk vinden, te helpen.' Heb je daar zin in? Je hoeft maar twee leerlingen per week te helpen en je kunt er extra punten mee verdienen. Wat vind je ervan?'

'O, eh...'

Bijles geven in geschiedenis? Ivy zou dat wel kunnen, maar ik spreek nauwelijks geschiedenis! Ik had het proefwerk nooit voldoende gemaakt als Ivy me de vragen niet had gegeven. Bovendien heb ik geen tijd. Als ik dit ook nog moet doen, zitten mijn uren na schooltijd helemáál vol.

Maar ik kan niet zomaar ergens nee op zeggen zonder eerst met Ivy te overleggen. Ze zou me vermoorden.

'Waarom wilt u dat ik bijles ga geven, als ik pas één proefwerk gemaakt heb?' vraag ik.

'Het was geen gemakkelijk proefwerk,' zegt mevrouw Fungas met een glimlach. 'En ik heb een goed gevoel bij je.'

Dat zou u niet hebben als u wist welke studiemethode ik eropna hield.

'Als je interesse hebt, wip dan even binnen in het bijleslokaal om het aan de coördinator te vertellen. Slaap er maar een nachtje over. En gefeliciteerd. Goed gedaan.'

Als ik het lokaal verlaten heb, haast ik me naar mijn kluisje om geld voor de lunch te halen. Dan haast ik me naar de kantine. Zodra ik een broodje kip, een appelsap en een zakje paprikachips heb gekocht, ren ik naar de jaarboekvergadering.

Met moeite lukt het me om te stoppen in een poging te voorkomen dat ik tegen Bryan aan ren.

'Goed gestopt,' zegt hij met een glimlach. 'We hadden bijna weer een botsing.'

199

Ik móét wel glimlachen. 'Ik leer bij.'

'Waar ben je naar op weg?'

'Naar de jaarboekvergadering,' zeg ik, enigszins buiten adem.

'Wat goed van je,' zegt hij. 'Ik neem aan dat dat betekent dat je niet met me mee naar buiten wilt om van het prachtige weer te genieten? Ik heb een eigen bankje waar ik je graag kennis mee wil laten maken.'

'Is dat zo?'

'Dat is zo. Ik wil het graag met je delen.'

'Dank je,' zeg ik, 'maar ik kan niet.' Vanwege vele, vele redenen.

'Weet je het zeker? Misschien is dit wel een van de laatste mooie dagen,' zegt hij. 'En na schooltijd? Zullen we samen een ijsje gaan eten?'

'Bryan, ik...'

Hij glimlacht opnieuw. 'Een zuiver platonisch ijsje.'

Ik lach. 'Ik zou wel willen, maar ik heb toneelrepetitie.'

'Je hebt het wel druk, zeg. En wat ga je morgen doen? Voetbal?'

Denk snel, denk snel. 'Ik geef bijles in Amerikaanse geschiedenis.'

'Oké, maar als je van gedachten verandert, zou mijn bankje je graag willen leren kennen.' Hij knipoogt, zwaait en loopt naar de kantine.

Ja, ik weet dat ik nog geen toestemming van Ivy heb om bijles te geven, maar ik heb geen toekomstvoorspellend apparaat nodig om te weten dat ze liever heeft dat ik bijles ga geven dan dat ik een ijsje met Bryan ga eten.

Hoewel ik behoorlijk dol ben op... ijs.

39

Dinsdag 3 juni

Op weg naar de lunch valt mijn oog op Tom, die de voordeur uit komt. Ik wuif. Hij wuift terug. Hij is nog steeds erg lang. Ik heb absoluut hogere hakken nodig. Niet-rode.

'Ik heb je proberen te bellen!' roept hij over de hoofden van de andere leerlingen heen. 'Je telefoon doet het niet!'

O, echt?

'De limo komt mij vrijdag eerst ophalen en dan brengt hij me naar jouw huis voor de foto's, hè?'

'Eh… volgens mij wel! Ik overleg nog even met mijn vriendinnen en dan laat ik het je weten.'

Fantastisch. Galafoto's met iemand met wie ik nog nooit een fatsoenlijk gesprek gevoerd heb. Kan een meisje zich nog meer wensen?

Ik koop een bord macaroni met kaas en laat bijna mijn dienblad uit mijn handen vallen als ik Nick Dennings aan onze tafel zie zitten. Hoe heeft dat kunnen gebeuren?

Goed gedaan, Frosh! Hij zit tussen Joëlle en Tash in, dus Frosh moet dit op het feest voor elkaar gekregen hebben zonder het mij te vertellen.

Wie heeft er nog een limo nodig voor het gala? Misschien ga ik wel vliegen.

'Eerst Karin en Stevey en dan Tash en Nick – Nick, jij gaat toch eerst naar Tash, hè? – dan Tom en dan jij.'

Tash en Nick? Ik kijk heen en weer tussen hen beiden. Wie had dat gedacht? Hoe kan het dat dit me niet eerder is opgevallen? Ze passen perfect bij elkaar!

En Karin en Stevey? Blijkbaar is Mike weer buiten beeld.

'Denk maar niet dat je er eentje krijgt, alleen omdat we samen naar het gala gaan,' zegt Nick, terwijl hij op een frietje kauwt.

Tash geeft hem een por met haar elleboog. 'Dat mocht je willen.'

'Je weet dat je me wilt,' zegt Nick met een lach.

'Je hebt geluk dat je in mijn limo mee mag,' antwoordt Tash grijnzend.

Oké, misschien hebben ze nog geen verkering. Hoewel… ze klinken als een echtpaar dat al lang getrouwd is.

'Ik vrees dat ik moet accepteren dat Jeremy me niet gaat vragen, hè?' zegt Joëlle en ze laat haar kin op haar hand rusten. 'Misschien had ik toch ja moeten zeggen tegen Kellerman.'

'Daar is het nu te laat voor,' zegt Tash. 'Hij gaat met Ellen Mangerls.'

'Dan ben ik het zevende wiel.'

Arme Joëlle. Als je alleen gaat uit eigen vrije wil, dan is dat één ding, maar het ligt anders als je alleen moet omdat je wachtte tot Jeremy Cohen je zou vragen. Ik moet Frosh helpen onthouden dat ze Joëlle helpt om over hem heen te komen.

Ik steek mijn sleutel in het slot en ren naar boven. Ik weet zeker dat het nu beter is, ik weet zeker dat het nu beter is geworden. Ze heeft alle antwoorden, het móét wel beter zijn. Ik weet het, ik weet het, ik weet het, ik weet het. Is het de UCLA? Heb ik mijn toelating terug? Alsjeblieft, alsjeblieft, alsjeblieft, laat me mijn toelating teruggekregen hebben.

GEFELICITEERD! JE BENT TOEGELATEN OP HARVARD!

Harvard.

Harvard!

Harvard Harvard Harvard.

Jemig.

Vergeet de UCLA maar. Ik heb de UCLA overtroffen. Ik heb Maya verslagen. Ik ben toegelaten tot Harvard, de beste universiteit van het land! Dit is niet te geloven.

Ik zoek of ik ook informatie kan vinden over een beurs, maar ik kan niets vinden.

Oké, dus ik ben er nog niet helemaal. Ik bedoel: Harvard is fantastisch, maar ik heb natuurlijk wel een beurs nodig. Ik kan het niet goedvinden dat mijn ouders hun huis verkopen om mij daarheen te laten gaan. Dat kan gewoon niet.

Ik bel Frosh.

'We zijn toegelaten tot Harvard,' vertel ik haar buiten adem en daarna barst ik uit in een giechelbui.

'Maak je een grapje?'

'Nee.'

'Dat is te gek!'

'Ja hè. Zelfs Maya kwam niet verder dan de UCLA! We zijn nu officieel slimmer dan Maya!'

'O, wacht. Nu we het toch over haar hebben: ze wil dat ik bij haar kom logeren tijdens het lange weekend van Columbusdag.'

'Waar heb je het over?'

'Maya? Onze zus? Ze wil mij zien?'

'Ja, ik weet wel wie ze is, dank je. Ik heb alleen geen idee waar jij het over hebt. Jij gaat niet op bezoek bij Maya. Je gaat nooit op bezoek bij Maya.'

'Wil je mij vertellen dat ik in vier jaar tijd nooit, zelfs niet één keer, bij Maya op bezoek ga?'

Als ze het zo formuleert, klinkt het niet erg aardig van me. 'Je hebt het te druk!' zeg ik beledigd.

'Hoe kan ik het nu te druk hebben voor mijn zus?'

'Geen idee. Dat is gewoon zo.'

'Wat heb je eigenlijk precies gedaan in dat lange weekend in de derde?'

Ik vermoed dat er een bank, een stapel films, wat dekens en mijn toenmalige vriend bij betrokken waren. Maar dat hoeft zij niet te weten.

'Je was samen met Bryan, hè?' dringt Frosh aan.

'Misschien,' geef ik toe.

'Nou, voor mij ligt het anders. Het kan me niet schelen hoe druk ik het heb, ik ga bij Maya op bezoek.'

'We zullen zien.' Ze kan niet zomaar een weekend op stap gaan. Wat als ik haar hier nodig heb om dingen voor mij te doen? Wie weet wat er in Californië allemaal gebeurt? Ze zou het hele tijdreiscontinuüm in de war kunnen schoppen. En wat moet ik als het binnengaan van een andere tijdzone de boel in de war stuurt? Tot ik met een volledige beurs op Harvard zit, neem ik geen enkele risico meer. Nee, tot ik getrouwd ben en twee kinderen heb, neem ik geen enkel risico meer. Zolang de telefoon het doet, moet ze naar me luisteren. Het maakt niet uit hoe uitputtend het is – voor ons allebei.

'Ik ga,' zegt ze.

'Dat doe je niet als ik zeg dat dat niet mag,' bijt ik haar toe.

'Hallo, controlfreak.'

Ik ben geen controlfreak. Dat ben ik niet. Tenminste, dat wás ik nooit. Misschien heeft ze me tot een controlfreak gemaakt. 'Wat moet ik als je erheen gaat en er iets ergs gebeurt?' antwoord ik. 'Wat dan, hè?'

'Wat zou er kunnen gebeuren?' vraagt Frosh. 'Dat ik bruin word?'

'Je vliegtuig zou kunnen neerstorten.' Ik weet dat het gemeen is om dat te zeggen, maar dat maakt niet uit. Het zou kunnen gebeuren. 'Herinner je je de loterij nog? We hadden vooraf niet bedacht dat het winnen van acht miljoen zou leiden tot Alfonzo.'

Frosh haalt diep adem. 'Jemig, wat ben jij egoïstisch! Het interesseert je niet of ík neerstort! Je denkt alleen aan jezelf!'

'Luister je wel naar me? Jij bent mij. En trouwens, het zóú kunnen gebeuren,' zeg ik en ik laat mijn stem wat zachter klinken. 'Er kan van alles gebeuren. Daarom moet je de uitgezette koers volgen. Alles wat je ánders doet, kan grote gevolgen hebben.'

'Waarom is het gevaarlijk dat ik naar Maya ga, en het feit dat ik jouw proefwerken en werkstukken gebruik niet?'

'Omdat ik die proefwerken en werkstukken zelf geschreven heb. Dat is niet hetzelfde. Tenminste, dat denk ik.' Mijn hart begint te bonken. Ik kan nauwelijks nog bepalen wat goed en wat fout is.

'Misschien kan ik maar beter stoppen met het gebruiken van je oude proefwerken?' vraagt ze hoopvol. 'Voor het geval dat.'

'Geen sprake van,' zeg ik. 'We gaan niet terug van Harvard naar Hoftstra. Ik moet je de antwoorden op alles doorgeven. Vier volle jaren lang.'

'Je maakt toch zeker een grapje?'

'Nee! Bovendien moet je er nog een schepje bovenop doen.'

'Een schepje erbovenop? Hoe?'

'We zijn weliswaar toegelaten tot Harvard, maar we kunnen het nog niet betalen. We hebben een beurs nodig. Waar ben je nu?'

'Bij de toneelrepetitie.'

'Oké, mooi zo. Ik ga nu winkelen.'

'Waarom mag jij winkelen en zit ik vast op de toneelrepetitie? Ik haat dat repeteren! Ik heb niet eens tekst!'

'Omdat ík moet uitzoeken hoe we onze batterijsituatie kunnen oplossen en de telefoonwinkel zit in het winkelcentrum.' Bovendien heb ik nieuwe schoenen nodig voor het gala, maar dat kan ik maar beter voor me houden. 'Als je eerder thuis bent dan ik, probeer dan wat leeswerk te doen.'

'Waarom? Ik dacht dat dat niet meer hoefde nu ik alle proefwerken krijg.'

'Je moet wel bijblijven met je leerwerk,' antwoord ik. 'Wat als een docent je een beurt geeft tijdens de les? Weet je nog wat er maandag tijdens economie gebeurde? Wil je toch naar Stulen? Of wil je liever naar Harvard?'

'Eerlijk gezegd maakt het me niet uit.'

'Neem nu maar van mij aan dat het wel uitmaakt.'

Nou... er is me gevraagd of ik bijles wil geven. Denk je dat dat helpt?'

'Absoluut!' zeg ik. Devi Banks die bijles geeft! Wie had dat gedacht?

'Maar hoe moet ik bijles geschiedenis geven als ik het slechtste geheugen van de wereld heb?' vraagt ze. 'Misschien kan ik het maar beter niet doen.'

'Doe niet zo stom,' bijt ik haar toe. Jakkes. Dat was gemeen van me. Ben ik altijd zo gemeen geweest? Sinds het uit is met Bryan ben ik ... hard geworden. Frosh brengt het in me naar boven, ik krijg behoorlijke hoofdpijn van haar. Ziet ze niet hoeveel we op elkaar lijken?

'Misschien kan ik er wel niets aan doen,' zegt Frosh. '*Nature versus nurture* en zo.'

'Frosh, ik neem het terug. Je bent niet stom. Wíj zijn niet stom. En dit is een fantastische mogelijkheid.' We hebben zo'n innige band dat ik die bijna kan proeven. En die smaakt naar kaneelijs. Heerlijk kaneelijs. 'Op deze manier krijgen we zeker een beurs voor Harvard.'

'Krijg jíj een beurs voor Harvard, bedoel je.'

'Wíj. Het gaat om óns.'

'O ja? Het maakt míj niet uit of we nu wel of niet naar Harvard gaan. Ik wil gewoon gaan winkelen.'

'Probeer iets meer aan de lange termijn te denken, wil je?'

Frosh zucht. 'Maar hoe moet ik bijles geven als ik er niets van begrijp?'

'Ik help je wel.'

Bieieieiep!

Of niet. Het waarschuwingssignaal van de batterij gaat nu ongeveer elk halfuur. Griezelig. 'Het gaat je vast lukken. De toekomst hangt ervan af.'

In het winkelcentrum bel ik Maya om haar te laten weten dat ik toegelaten ben tot Harvard. Ze kan geen kritiek meer op me hebben als ik de beste van de school geworden ben, toch?

'Hallo, slimme meid,' zegt ze, zodra ze opneemt.

Ze weet het dus al. 'Hoi,' zeg ik tevreden, 'Hoe gaat het?'

'Weet je zeker dat je niet met me mee wilt? Ik hoorde dat je een zomercursus wilt volgen om alvast een voorsprong te hebben, maar zou je niet liever een tijdje vrij willen nemen?'

Allereerst: zomercursus? Serieus? En in de tweede plaats: heeft ze nog steeds kritiek op me? Ik ben toegelaten tot de beste universiteit en nu gaat ze me vertellen dat ik te hard werk? 'Ik heb geen vrije tijd nodig,' snauw ik.

'Weet je het zeker? Je klinkt alsof je dat juist wel kunt gebruiken. We zouden het samen zo leuk hebben! Er zijn in Italië heel veel pizza's die je ondersteboven kunt opeten.'

'Ik kan niet, oké? Ik heb te veel te doen.'

'Een beetje plezier maken kan geen kwaad,' zegt ze. 'Misschien een

Europese vriend... Je hebt je zes jaar lang uit de naad gewerkt en een vakantie verdiend! Een beetje balans in je leven is gezond.'

Ik begin er al spijt van te krijgen dat ik haar gebeld heb. Dit is de reden waarom we minder met elkaar zijn gaan praten toen zij ging studeren. Toen vertelde ze me steeds dat ik te veel tijd aan Bryan besteedde. Nu vertelt ze me dat ik te hard werk. Ze weet niet wat ze wil.

'Ik moet ophangen,' zeg ik als ik bij de telefoonwinkel ben.

'Devi...'

'Ik spreek je volgende week weer, oké? Doei.' Ik hang op voor ze nog iets kan zeggen. Ik loop snel naar de man achter de toonbank, leg mijn telefoon voor hem neer en vertel dat ik een oplaadprobleem heb.

Hij knikt en zegt dat hij zo terug is. Vijf minuten later komt hij terug met een vierkante doos. 'Alsjeblieft,' zegt hij met een brede glimlach.

'U hebt hem gerepareerd!' zeg ik opgelucht.

'Beter nog,' zegt hij. 'Omdat je deze telefoon al drie jaar hebt, kom je in aanmerking voor een nieuwe.'

Ik gooi de doos terug op de toonbank. 'Ik wil geen nieuwe telefoon! Ik wil mijn oude.'

Hij knippert een paar keer met zijn ogen en geeft me de doos weer aan. 'Maar deze heeft Bluetooth. En een camera. En een navigatiesysteem.'

'Dat kan me niet schelen.' Ik schuif de doos weer naar hem toe. 'Ik wil mijn eigen telefoon.'

'Maar die doet het niet.'

'Repareer hem dan!'

'Dat kan ik niet.' Hij haalt zijn schouders op. 'Sorry.'

Ik schud mijn hoofd en pak mijn Bluetoothloze, cameraloze, navigatiesysteemloze, batterijzieke telefoon van de toonbank. Er is nog maar een half streepje over. Wat nu?

40

Woensdag 21 september

Voor ik de school verlaat, loop ik even langs het bijleslokaal.

Ik klop tweemaal en open dan de deur. 'Mevrouw Fungas heeft me gestuurd,' zeg ik tegen de coördinator. Ik voel me belachelijk als ik haar naam hardop uitspreek. 'Ze vindt dat ik me moet aanmelden om bijles Amerikaanse geschiedenis te geven.'

De coördinator gebaart dat ik binnen moet komen. 'Fijn! Je kunt meteen beginnen. Tijdens lunchtijd wipte er een student binnen om zich aan te melden. Ik heb tegen hem gezegd dat hij na schooltijd moest terugkomen om te zien of we hem kunnen helpen.'

Wat? 'Vandaag?' Ik had niet verwacht dat ik meteen moest beginnen. Tuurlijk, ik heb de hoofdstukken waar het proefwerk over ging even doorgelezen, maar ik ken ze niet uit mijn hoofd.

Ze glimlacht, waarbij ze een perfect, wit gebit laat zien. 'Is dat niet geweldig?'

Mijn nek begint te tintelen. 'Maar eh, ik heb geen idee wat ik moet doen.'

'Ik weet zeker dat het je lukt, meisje, anders zou mevrouw Fungas je niet gestuurd hebben. Het is ook een derdeklasser, uit de andere klas van mevrouw Fungas. Hij wil graag het proefwerk nabespreken.'

'O, ik denk dat ik dat niet kan. Het spijt me, maar...'

'Daar is hij al,' zegt de coördinator.

Ik draai me om.

Bryan.

Hij glimlacht naar me. Mijn hele lichaam bloost.

'En, Devi, wat denk je ervan?' vraagt de coördinator. 'Gaat het lukken?'

'Ja,' zeg ik zonder aarzeling. 'Ik kan het.' Misschien hoeft Ivy dit niet te weten.

'Hallo?'

'Lieve hemel!' gilt ze.

'Jeetje, wat is er?' vraag ik. O nee, ze vermoordt me! Ik schuif mijn stoel achteruit. 'Het spijt me. Ik kan wel weggaan als je...'

'Het is gelukt! We gaan naar Harvard met een volledige beurs!'

'... denkt dat dat beter is, maar hij was alleen...' O. 'Wat gaan we?'

'Het heeft geholpen! De bijles! Een volledige beurs! Naar Harvard!'

'Echt?' piep ik.

'Ja! Het geven van die bijles heeft gewerkt! Hoera!'

'Fantastisch! Maar ik moet ophangen, ik ben op dit moment bijles aan het geven.' Ik aarzel. 'Er is toch niet iets anders ook veranderd?'

'Nee, waarom? De brieven van Harvard hangen hier. De foto's van mijn vriendinnen staan hier. Er is niets veranderd behalve de beurs. Wacht even, over wie had je het? Hij, wie?'

'Niemand,' zeg ik snel. 'Het hoofd van de bijlessen. Hij wist niet zeker of ik hier wel goed in was.'

'Zo te zien wel, want we hebben de beurs op zak! En...'

Ivy praat maar door over Harvard dit, Harvard dat, maar in plaats van naar haar te lusteren, staar ik naar Bryan. Lieve Bryan. Grappige Bryan. Bryan met de kuiltjes. 'Ik moet nu echt ophangen,' zeg ik opnieuw.

'O ja,' zegt ze. 'Veel plezier. Sorry dat ik je stoorde. Ik bel je nog wel.'

Ik hang op en zet mijn telefoon uit. 'Sorry,' zeg ik tegen hem.

Bryan zit tegenover me in een van de bijleslokalen. Hij ziet er net zo leuk uit als anders. Ik weet dat ik Ivy had moeten vertellen wie ik aan het helpen was, maar het verandert blijkbaar niets in de toekomst en dan maakt het toch niet uit? Als ik ons op de een of andere manier weer bij elkaar had gekregen, dan was het haar wel opgevallen. Ja. Dan was het haar zeker opgevallen. Bryan zou weer op alle foto's staan.

Niet dat we aan het vrijen zijn of zo, hoor. Nog niet. Ha ha. Grapje. Ik heb hem geholpen met zijn proefwerk. Hij had het zijne vergeten, dus heb ik het mijne als uitgangspunt gebruikt om de begrippen uit te leggen. Eerlijk gezegd is het wel leuk om te doen. Wie had dat gedacht? Ik kan lesgeven! Je hoeft echt niet alle details te weten om iets uit te kunnen leggen – het gaat er meer om dat je begrijpt wat er gebeurd is en waarom. Oorzaak en gevolg, iets waar ik tegenwoordig expert in ben.

Oorzaak: ik heb niet 'nee' gezegd tegen het geven van bijles aan Bryan en nu zit hij maar een halve meter bij me vandaan. Hij ruikt jammie, naar zoete popcorn.

Effect: telkens als ik inadem, heb ik het gevoel dat er door mijn hele lichaam maiskorrels gepoft worden, van mijn maag tot in mijn tenen. Op een positieve manier.

'Hoe gaat het met Ivan?' vraagt Bryan.

De naam maakt me aan het schrikken, maar dan realiseer ik me dat ik hem verteld heb dat mijn vriendje zo heet. 'Goed.'

'En waar ben je nog meer mee bezig?' vraagt hij. 'Behalve dat je nog steeds een vriend hebt.'

'O, je weet wel.' Ik haal mijn schouders op. 'Met van alles.'

'Je lijkt het nogal druk te hebben. Je ziet er gestrest uit.'

'Dat ben ik ook,' geef ik toe.

'Vertel,' zegt hij en hij steekt over de tafel zijn hand uit en legt die op mijn elleboog. 'Wat drukt er zo zwaar op je schouders?'

Plof, plof, plof! Zijn hand ligt op mijn arm! Hij raakt me aan! Ik moet kalm blijven, want het doet er niet toe. Ik mag niet verliefd op hem worden. Dat mag niet. Hij is niet goed voor me. Ik schuif achteruit, zodat zijn vingers op de tafel vallen. 'Ik sta behoorlijk onder druk,' zeg ik.

'Wat voor druk?' Hij vouwt zijn handen op de tafel.

Ik wil dat hij me nog steeds aanraakt. 'Nou, om eens iets te noemen: de druk om toegelaten te worden tot een goede vervolgopleiding.'

Bryan houdt zijn hoofd schuin. 'De universiteit? Maak je je nu al zorgen over de universiteit? In de eerste maand van de derde klas?'

Ik bijt op mijn lip. 'Als je het zo zegt, klinkt het wel een beetje vroeg.'

'Heb je ook al besloten welke vakken je gaat volgen? En welke baan je na je studie wilt? Betaal je al geld voor je pensioen?'

Ik lach. 'Maak jij je dan geen zorgen over je toekomst?'

Bryan haalt zijn schouders op. 'Ik maak me zorgen over het heden. Ik probeer te genieten, snap je? Van elke dag. Van de zon. Van mijn bankje.'

Ik giechel. 'Je bent dol op je bankje, hè?'

'Ja, natuurlijk. Hoewel ik moet toegeven dat het niet echt van mij is. Het hoort bij een tafel. Ik zou het graag met je willen delen, als je het wilt leren kennen.'

'O, dank je.'

'Graag gedaan. Het bevordert de ontspanning.'

'Eerlijk gezegd kan ik wel wat ontspanning gebruiken,' zeg ik. 'Ik ben zo bang dat ik grote fouten zal maken.'

'Je moet het gewoon wat kalmer aan doen,' zegt hij. 'En misschien wat meer slapen?'

Ik speel met een lok van mijn haar. 'Zie ik er moe uit?'

Hij bloost. 'Ik bedoelde niet dat je er niet goed uitziet. Je ziet er geweldig uit. Altijd.'

Plof, plof, plof!

'Alleen wat overbelast,' voegt hij eraan toe.

Ik bén overbelast! 'Het komt door alle buitenschoolse activiteiten. Ik doe aan te veel dingen mee.'

Hij haalt zijn schouders op. 'Laat er dan een paar vallen. Aan welke heb je een hekel?'

'Aan allemaal. Nee, dat is niet waar. Ik vind het leuk om de herinneringen en de foto's te verzamelen voor het jaarboek. Maar *Beauty and the Beast* is nogal stom. Het kost een heleboel tijd en ik heb niet eens tekst.'

Hij lacht. 'Ik denk dat je een hele schattige boom zult worden.'

'Dank je, maar ik word waarschijnlijk een stuk meubilair in het landhuis van *The Beast*. Ze hebben onder de koorleden nog geen rollen verdeeld. Meestal zitten we er gewoon bij en... fungeren als meubilair.'

'Ik weet zeker dat je ook een schattige bank zou zijn, hoewel ik hoop dat er niemand op je gaat zitten. Maar ik weet ook zeker dat ze wel een andere bank kunnen vinden als het moet.'

'Dat weet ik, maar als ik ermee stop, dan stopt Tash ook en het is echt goed voor haar, dus dat kan niet. Bovendien heb ik me ingeschreven voor vrijwilligerswerk en daar kan ik ook niet mee stoppen, want wie stopt er nu met vrijwilligerswerk? Dan zou ik een slechterik zijn. O, en ik golf ook nog.'

Bryan trekt verbaasd zijn wenkbrauwen op. 'Speel je golf?'

'Nee. Maar ik ga een meisjesteam oprichten.'

'Waarom wil je een team oprichten als je niet eens kunt golfen?'

'Mijn vader speelt golf. Min of meer...' Ik houd mijn mond, voordat het nog verwarrender wordt. 'Dus je ziet: er is niets wat ik kan laten vallen. Bovendien helpen al die activiteiten mee voor mijn toelating tot een universiteit.' Ik pers mijn lippen op elkaar. Genoeg over mij en mijn vervelende obsessie met mijn vervolgopleiding.

Wanneer ben ik zo saai geworden? Wanneer heb ik het vermogen verloren om van het bankje te genieten? En van de mensen die erop zitten?

'En jij? Doe jij aan buitenschoolse activiteiten? Ik zag dat je probeerde om in het honkbalteam te komen.'

'O, heb je dat gezien?'

Ik bloos.

'Dan heb je mijn buitengewoon spectaculaire, indrukwekkende prestaties met eigen ogen aanschouwd. Ik ben niet toegelaten. Maar ik speel vaak met een paar vrienden in de stad, dus het maakt niet uit. Als ik af en toe kan spelen, ben ik gelukkig.'

'Fijn voor je. Dat klinkt als een leuk onderwerp voor je toelatingsopstel voor de universiteit.' Fantastisch, daar ga ik weer.

'Ik heb nog niet zo over mijn vervolgopleiding nagedacht als jij,' zegt Bryan met een glimlach. 'Hoewel mijn vader het heerlijk zou vinden als ik in Montreal naar school zou gaan. Daar woont hij.'

'Zijn daar goede opleidingen?'

'McGill is een geweldige school. En ik heb het altijd leuk als ik terugga. Ik ben daar geboren.'

Ik laat mijn kin op mijn hand rusten. 'O ja? Dus je woont alleen bij je moeder? Of is ze hertrouwd?'

'Alleen mijn moeder.'

'Is dat moeilijk?' Snel voeg ik eraan toe: 'We hoeven er niet over te praten als je dat liever niet doet, hoor. Maar hoe ben je hier terechtgekomen als je in Montreal geboren bent?' Plotseling heb ik een heleboel vragen voor die leuke Bryan. Ik wil alles over hem weten.

'Mijn moeder is hier in Florence geboren. Maar ze ging naar school in Boston en daar heeft ze mijn vader leren kennen. Het was de bedoeling dat hij na zijn afstuderen het bedrijf van zijn vader zou overnemen, dus toen zijn ze getrouwd en naar Canada verhuisd. Daar kregen ze mij. We hebben daar met ons allen gewoond totdat ik van de lagere school kwam – of van de basisschool, zoals ze hier zeggen. Mijn vader en moeder gingen uit elkaar en mijn moeder besloot naar Florence terug te keren.'

'Ik wil wedden dat je op grond van de naam Florence iets chiquers verwacht had. Dat ze hier *gelato* en verse mozzarella zouden serveren in de kantine.'

Bryan lacht. 'Zoiets.'

'Zie je je vader vaak?'

Hij haalt zijn schouders op. 'Hij is inmiddels hertrouwd en ze hebben een baby.'

'Is dat een nee?'

'Ik ga er ongeveer één keer per jaar naartoe.'

Ik schud mijn hoofd. 'Ik kan me niet voorstellen dat ik mijn vader maar eens per jaar zou zien.'

'Grote afstand stinkt, niet?'

'Hè?'

Hij lacht. 'Dat is een gezegde in Montreal.'

Ik neem aan dat Ivy dat 'niet' van Bryan geleerd heeft.

'Vind jij het moeilijk dat Ivan en jij zo ver van elkaar wonen? Ik denk niet dat ik ooit een relatie op afstand zou willen.'

Aangezien ik niet over mijn denkbeeldige vriendje wil praten, zeg ik: 'Mijn vader is een workaholic, dus wij zien elkaar ook niet zoveel.'

'Dat is niet fijn.'

'Nee. Maar niet zo erg als moeten verhuizen als je naar de brugklas gaat, hè?'

Bryan glimlacht weer. 'Het was niet zo erg. Ik heb Jeremy leren kennen. Hij is een prima vent.'

'O! Jeremy.' Ik weet dat er van mij verwacht wordt dat ik ervoor zorg dat hij en Joëlle uit elkaar gaan, maar hoe moet ik dat doen als ik ze nog niet eens gekoppeld heb?

Hij lacht. 'Wat is er met hem?'

Ik weet niet wat ik moet zeggen zonder raar over te komen. 'Niks. Laat maar.'

'Gaat het om Joëlle?' vraagt Bryan.

'Nee,' zeg ik snel. 'Waarom? Wat is er met Joëlle?'

'Dat Jeremy verliefd op haar is. Ik denk dat hij haar mee uit gaat vragen. Wat vind jij? Is zij verliefd op hem?'

'Nee,' zeg ik snel, 'dat is ze niet.' Zo, klaar! Eitje!

'O,' zegt Bryan en hij knippert met zijn ogen. 'Dat is jammer.'

'Ja, ze is niet verliefd op hem,' zeg ik. 'Sorry. Je kunt hem maar beter vertellen dat hij haar niet mee uit moet vragen.' Ivy staat bij me in het krijt.

'Hij zal het vreselijk vinden,' zegt Bryan met een frons.

Ik maak een achteloos gebaar met mijn hand. 'Ze passen niet bij elkaar.' Hij maakt het toch weer uit. 'Nog even over jou. Als jij uit Montreal komt, hoe komt het dan dat je geen accent hebt?'

'Mijn vader spreekt Engels. Ik ben naar Franse les geweest toen ik daar woonde. Als je ooit hulp nodig hebt met Frans, ben ik de juiste persoon.'

Ik ga rechtop zitten. 'Ga je míj nu helpen? Ik word geacht jou te helpen.' Ik werp een blik op mijn horloge. 'We hebben nog maar tien minuten. 'Moeten we nog even aan het werk?' Niet dat ik over de Amerikaanse geschiedenis wil praten. Ik heb het liever over de geschiedenis van Bryan.

'Nee hoor,' zegt hij. 'Zo slecht heb ik dat proefwerk niet gemaakt. Ik had een acht.'

'Meen je dat? Waarom heb je je dan ingeschreven voor bijles?'

Zijn wangen kleuren rood. 'Ik wilde wat tijd doorbrengen met degene die bijles gaf.'

Plof! Plof! Plof!

41

Donderdag 5 juni

Ik sta te wachten tot ik word opgehaald. Ik wacht. En wacht. En wacht. Waar is Joëlle? Het is al tien voor acht. Ik hoop dat er niets akeligs gebeurd is.

Ik wacht nog vijf minuten en ren dan het huis in om hen te bellen. Waar blijven ze? De school begint al bijna! Ik moet echt een nieuwe telefoon voor mezelf kopen. Niet om mijn magische exemplaar te vervangen, maar om te kunnen communiceren met alle mensen die, eh, niet mij zijn.

Ik smijt mijn schooltas op de grond en toets gehaast Joëlles nummer in.

'Hallo?' zegt ze.

'Hoi! Wat is er gebeurd?'

Stilte.

'Joëlle?' zeg ik.

'Met wie spreek ik?' vraagt ze.

'Ik ben het! Devi!'

'Eh, hallo Devi. Hoe gaat het?' Joëlles stem klinkt nogal raar. Formeel.

'Ik maak me ongerust. Is alles goed met je? Normaal gesproken ben je al hier.' De lessen kunnen elk moment beginnen. We moeten naar school!

Ik hoor de schoolbel. Is ze al op school? Is ze gewoon vergeten mij op te halen?

'Waar is hier?' vraagt Joëlle.

Wat is er aan de hand? Waarom heeft ze me niet opgehaald? Waarom klinkt ze zo vreemd? Alsof ze niet begrijpt waarom ik haar bel.

Alsof we niet eens vriendinnen zijn.

O jee.

'G-geeft niet,' stamel ik. 'Sorry, Joëlle. Ik heb het verkeerde nummer ingetoetst.' Ik verbreek de verbinding, staar even naar mijn telefoon en ren dan de trap op, naar mijn kamer.

De foto's zijn weg. De lijstjes staan er nog, maar in plaats van foto's met mij, Tash, Joëlle en Karin zitten er foto's in van mij en... Celia King.

42

Donderdag 22 september

Heel, heel langzaam loop ik naar de kantine. Ik weet dat er iets vreselijk misgaat, maar ik weet niet wat of wanneer. Ik weet alleen dat het heel erg is.

Ivy heeft me vanmorgen ontzettend op mijn donder gegeven.

'Wat heb je gedaan?' riep ze woedend in mijn oor.

'Niks!' heb ik tegen haar gezegd. Ik heb echt niets gedaan. Toen de bijles voorbij was, heb ik Bryan gegroet en dat was alles.

En trouwens, ik geloof niet dat wat er gebeurd is iets met Bryan te maken heeft, want als dat wel zo was, hadden zijn foto's in de lijstjes gezeten en niet die van Celia.

'Nou, je hebt alles verpest,' zei Ivy kwaad. 'Morgen is het gala en ik heb geen idee wie er morgen in mijn limo zit. Waarschijnlijk rijd ik met Celia en Bryan mee. Heel erg bedankt.'

'Maar ik weet niet eens wat ik fout gedaan heb,' jammerde ik.

'Zoek het uit en herstel het.'

Pieieieiep.

'Ik kan niet alles!' gilde ik hysterisch. 'Ik kan niet voortdurend tienen halen en in de jaarboekcommissie zitten en bijles geven en aan het toneel meedoen en een golfteam oprichten en mijn vriendinnen houden! Ik ben moe!'

'Je doet je best maar,' blafte ze. 'Stel je niet zo aan.'

'Jij hebt makkelijk praten, jij hoeft niets te doen,' klaagde ik. 'Jij hoeft alleen maar leuke dingen te doen met je vriendinnen.'

'Totdat ze niet meer met me wilden praten.'

'Als ik er niet was geweest, had je niet eens vriendinnen gehad,' hielp ik haar herinneren.

'Zorg dat het goed komt,' snauwde ze voordat ze ophing.

Vanmorgen was alles nog normaal. Karin, Tash en Joëlle hingen bij onze kluisjes rond en waren vrolijk. Niets aan de hand.

Ik had Amerikaanse geschiedenis met Karin. We zaten naast elkaar. Alles normaal.

Ik vind dit een vreselijk gevoel – mijn hele wereld kan elk moment exploderen. Ik heb geen idee waar de bom verstopt is, maar ik weet dat hij ergens ligt en in mijn derdeklasgezicht kan ontploffen.

In de kantine zie ik mijn vriendinnen niet, wat me nerveus maakt. Daarom koop ik een cheeseburger, chips en vruchtensap en begeef me op weg naar de jaarboekvergadering.

Boem.

Tash, Karin en Joëlle staan met hun hoofden bij elkaar voor de deur met elkaar te fluisteren.

Tash heeft haar armen over elkaar, Karin ziet eruit of ze elk moment in huilen kan uitbarsten en Joëlles ogen spuwen vuur.

'Hallo,' zeg ik op mijn hoede.

'We moeten met je praten,' zegt Karin en ze wenkt me dichterbij.

'Vertel me de waarheid,' snauwt Joëlle. 'Ben jij verliefd op Jeremy Cohen?'

Mijn mond valt open. 'Wat? Nee!'

'Sta niet te liegen,' zegt ze met trillende stem.

'Echt niet! Ik zweer het!'

Joëlle zet haar handen in haar zij. 'Waarom heb je dan, toen je ontdekte dat hij verliefd op me was, tegen Bryan gezegd dat hij me niet mee uit moest vragen?'

O jee. Er komt een knoop in mijn maag. Ik open mijn mond opnieuw, maar ik weet niet wat ik moet zeggen. Wat zou ik in vredesnaam voor reden kunnen aanvoeren?

'Bryan heeft het tegen Jeremy gezegd en Jeremy heeft het aan Donovan verteld, die het aan Carla heeft verteld die het aan mij verteld heeft, dus doe nu niet net of het niet gebeurd is.'

Ik probeer het niet te ontkennen, dat kan ik niet.

'Ik denk dat je het gedaan hebt omdat je zelf verliefd op hem bent,' gaat Joëlle verder. 'Daarom bleef je maar proberen om mij zo ver te krijgen dat ik Nick Dennings leuk zou gaan vinden. En daarom wilde je geen afspraak maken met Bryan. Dat is zo misselijk, Devi. Je had me toch gewoon kunnen vertellen dat je verliefd op hem was. Dan had je ook niet hoeven liegen tegen Bryan.'

Mijn mond is droog. Ik weet niet wat ik moet zeggen. Dit vergeeft ze me nooit.

Ik kijk Karin aan, in de hoop dat die het voor me opneemt, maar de pijn in haar ogen vertelt me iets anders: dat ze het gelooft. Dat ze aan Anthony Flare moet denken – de jongen met wie ik in de brugklas uitging, ook al wist ik dat Karin verliefd op hem was.

Ik weet niet wat ik moet zeggen. Ik heb Ivy nodig, om me te vertellen wat ik moet doen.

Daarom zeg ik niets.

Joëlle schudt haar hoofd. 'Ik denk dat ik vandaag niet naar de jaarboekvergadering ga, ik ben er niet voor in de stemming.' Ze loopt de gang in, met Tash en Karin achter haar aan.

43

Donderdag 5 juni

'Je moet me vertellen wat ik moet doen,' zegt ze als ze het hele trieste verhaal verteld heeft. Het is na schooltijd en ik ben weer thuis, op mijn kamer. Frosh moet eigenlijk bij de toneelrepetitie zijn, maar in plaats daarvan zit ze op school op het toilet met me te praten.

Pieieieiep!

Tuurlijk, nu vraagt ze me om raad, als we bijna helemáál zonder stroom zitten. De telefoon kan het elk moment begeven, er is geen streepje meer over. Niks.

Ik kan nog niet geloven dat ze me niet meteen verteld heeft dat Bryan zich stiekem voor bijles opgegeven had. Waarom wilde hij trouwens bijles? Bryan heeft tijdens zijn hele middelbareschooltijd nog nooit één bijles gevolgd. Hij wilde natuurlijk gewoon dicht bij haar zijn. Bij mij.

'We hebben geen tijd voor dit soort mislukkingen,' bijt ik Frosh toe. Ik zit met gekruiste benen op mijn vloerbedekking, met al mijn proefwerken als een waaier om me heen uitgespreid. 'Je moet je concentreren – we hebben bijna geen tijd meer.'

Ik heb alles geprobeerd. Ik heb de fabrikant gebeld, ik heb de provider gebeld, niets helpt. De telefoon laadt niet meer op. Onze tijd is op.

'Maar waar moet ik me op concentreren?' vraagt Frosh paniekerig. 'Op school? Op mijn vrienden? Uit de buurt blijven van Bryan?'

Mijn hart bonkt achter mijn ribben, alsof ik net de marathon gelopen heb. 'Op school! Je moet je op je schoolwerk oncentreren!'

'Maar Karin dan, en mijn andere vriendinnen?'

Pieieieiep!

'Denk even niet aan hen,' zeg ik gehaast. 'Voordat de telefoon uitvalt, moet ik je alle antwoorden op alle proefwerken geven.'

'Maar wat moet ik doen?'

'Je moet je afvragen: wat zou Ivy doen? Oké? Kun je dat?'

'Ja,' zegt ze.

'Goed zo. Nu moet je niet meer praten, alleen schrijven.'

'Maar…'

Pieieieiep!

'We beginnen met de belangrijkste proefwerken. Het wiskunde-examen in de vierde. Dat is een multiplechoicetoets, dus ik lees je alleen de antwoorden voor. Klaar? C, B, A, D, A…'

'Wacht even! Ik kan zo'n berg letters nooit onthouden! Ik moet de vragen erbij hebben!'

'Daar is geen tijd meer voor! Schrijf de antwoorden nu maar op!'

'Maar ik… ik heb iets nodig waarop ik kan schrijven.'

Houdt ze me voor de gek? 'Schiet nou op!'

'Ik zit op de wc! Ik heb geen pen bij me! Ik heb alleen eyeliner!'

'Gebruik die dan!'

'En waar moet ik op schrijven? Op wc-papier?'

Pieieieiep!

Ik heb de neiging om met de telefoon tegen mijn hoofd te slaan. 'Daarom wilde ik dat je altijd een schrift bij je zou hebben. Heb je niet naar me geluisterd?'

'Het spijt me, het spijt me – het zit in mijn schooltas, in mijn kluisje! Hou alsjeblieft op met schreeuwen! Ik doe mijn uiterste best!'

Ik haal diep adem. 'Gebruik het wc-papier.'

'Meen je dat?'

'Als dat je enige optie is: ja. Ik begin opnieuw. Ben je er klaar voor?'

'Ja.'

Pieieieiep!

'C, B, A, D…'

Ik race door het wiskunde-examen, doe dan het scheikunde-examen en nog vier andere examens, tot het gepiep elke twee seconden klinkt en we elkaar nauwelijks meer kunnen verstaan.

'En het proefwerk Frans van morgen?' roept Frosh. 'Hebben we daar nog tijd voor? Ik ben nog steeds een ramp in dat vak en ik heb je hulp nodig.'

Ik zoek tussen de berg papier op mijn vloer. 'Wacht even, ik moet het even zoeken. Hier heb ik het, hier heb ik het. Klaar? Het antwoord op de eerste vraag is…'

Pieieiep! Pieieiep! Pieieiep!

De telefoon valt uit.

44

Donderdag 22 september

Alles wat ik hoor, is stilte.

O nee. 'Hallo?' piep ik. 'Hallo?'

'Heb je het tegen mij?' vraagt iemand aan de andere kant van de wc-deur.

'Nee. Sorry!' Ik zit op het neergeklapte toiletdeksel, met een berg wc-papier vol krabbels slordig op mijn schoot.

Ivy is weg.

Wat moet ik nu doen? Hoe weet ik met wie ik vrienden moet worden? Met wie ik uit moet gaan? Wat gaat er nu gebeuren? En wat moet ik doen aan het proefwerk Frans van morgen?

De telefoon trilt in mijn hand. Yes! Daar is ze weer! Ze is weer terug! Ze heeft uitgevonden hoe ze ons kan redden! Ik neem op. 'O, wat heerlijk!' roep ik enthousiast.

'Wat een aardig welkom,' zegt de stem. Niet die van Ivy. Een jongensstem. Bryan.

'Hoi,' zeg ik geschrokken.

'Hoi,' zegt hij en ik kan door de telefoon horen dat hij glimlacht. 'Wat ben je aan het doen?'

'O, ik ben...' Ik kijk rond in het toilethokje. 'Ik ben nog op school.'

'O ja? Ik ook. Ik liep je te zoeken, maar ik zag je niet.'

'Ik sta bij mijn kluisje,' lieg ik.

'Ik sta ook bij je kluisje.'

Mislukt. 'Je hebt me betrapt. Ik zit op de wc.'

Hij lacht. 'Wat ga je vanmiddag doen?'

Toekijken hoe mijn leven in duigen valt? Ik vraag me af of hij me kan helpen met de situatie met Jeremy. Maar hoe kan ik hem dat in vredesnaam uitleggen? 'Ik hoor bij de toneelrepetitie te zijn,' zeg ik, 'maar eigenlijk moet ik leren voor het proefwerk Frans van morgen.'

'Heb je hulp nodig?' vraagt hij. 'Ik bén tweetalig.'

'O, eh...' Ik weet het niet! Zou ik zijn hulp op prijs stellen? Hoe moet ik nu weten wat ik moet doen?

'Kom maar naar me toe in de mediatheek,' zegt hij. 'Ik help je wel.'

'Nu meteen?'

'Zit je liever de rest van de middag op de wc?'

Ik giechel. 'Neu, het is hier nogal benauwd.'

Ivy heeft gezegd dat het allerbelangrijkste was dat ik goede cijfers haalde. Ik bedoel: wat moet ik anders? Zonder de antwoorden voor het proefwerk zou ik best weer een één kunnen halen. En Bryan is de enige persoon tot wie ik me kan wenden, nu ik niet meer met Ivy kan praten en mijn vriendinnen mij niet meer willen zien... Wie anders kan me nog helpen?

'Hallo? Devi? Kom je?'

Ik geloof dat ik vanaf nu mijn eigen beslissingen moet nemen. Ik scheur mijn extra lange, met eyeliner besmeurde bedrogpapier van de rol.

'Geef me twee minuten.'

45

Donderdag 5 juni

Ah! Mijn toelatingsbewijs veranderde zodra de telefoon uitviel. Harvard is weg. Ik ben aangenomen op New York University, wat weliswaar een topopleiding is, maar niet de nummer één van het land en erger nog: ik krijg er geen beurs voor.

Ik krijg hier geen lucht. Het is te heet. De kamer voelt kleiner aan. Is hij gekrompen? Heeft Frosh iets gedaan waardoor mijn kamer is gekrompen? Ik heb frisse lucht nodig. Ik pak mijn telefoon en mijn tas, roep naar mijn vader dat ik een eindje ga wandelen en sla de deur achter me dicht.

Ik ga even op de trap bij de voordeur zitten en adem diep in. Wat moet ik nu doen? Handenwringend denk ik na.

Bryans helderblauwe Jetta rijdt de oprit op. Ik krijg een knoop in mijn maag. Wat doet hij hier? Ik sla mijn armen om mijn knieën.

Hij draait zijn raampje open. 'Ik heb geprobeerd je te bellen. Wat is er met je telefoon aan de hand?'

Hij praat tegen me. Wat betekent dat? Waarom praat hij tegen me? Waarom is hij hier?

'Hij is kapot,' zeg ik.

'Ik probeerde je na schooltijd te vinden, maar je was ervandoor gegaan.'

'Ik moest nog van alles doen,' zeg ik. Ik weet niet waar ik moet kijken, ik begrijp niet wat hij hier doet.

'Kom, dan gaan we een eindje rijden,' zegt Bryan.

Hè? 'Ik weet het niet.'

Hij fronst verward zijn voorhoofd. 'Waarom niet?'

Ik kijk naar mijn pols. Daar glinstert mijn armband weer. Wat heeft dit te betekenen? Wat heeft Frosh gedaan? Is ze voor hem gevallen? Hebben we verkering gekregen? Zijn we nog steeds – mijn hart maakt een sprongetje – samen?

Ik haast me de trap af en stap in Bryans auto.

46

Donderdag 22 september

Hij is zó leuk. Echt leuk.

We zitten tegenover elkaar in de mediatheek en ik kan niet ophouden met glimlachen. Dan krijg ik maar geen tien, dat kan ik wel accepteren. Maar ik weet ook zeker dat ik niet nog eens een één zal halen. Bryan heeft me echt goed geholpen en ik begrijp min of meer wat hij zegt. Als ik tenminste niet naar zijn lippen zit te staren.

Lieve lippen.

Aantrekkelijke lippen.

Goed, misschien word ik niet op Harvard toegelaten, maar dat weet ik nu nog niet. Ga maar na: dat weet ik pas over drie jaar. Moet ik me daar nu al zorgen over maken?

Nee, dat hoeft nog niet.

Zonder Ivy aan de telefoon hoef ik me nu nog geen zorgen te maken over Harvard. Of over morgen. Of over iets anders dan wat zich aan de andere kant van de tafel afspeelt.

'Hoi,' zeg ik en ik glimlach. Ik kan er niets aan doen. Hij laat me glimlachen.

Hij grijnst terug. 'Bedoel je soms *bonjour*?'

47

Donderdag 5 juni

We rijden de straat uit. Bryan stopt voor de ingang van Hedgemonds Park. Fijn. De plek van onze eerste zoen.

'Wat is er precies aan de hand met je telefoon?' vraagt hij. 'Is hij eindelijk naar de telefoonhemel gegaan?'

In plaats van hem aan te kijken staar ik door het raam naar de schommels. 'Ik denk het. Hij laadt niet meer op.'

'Wil je dat ik er even naar kijk?' vraagt hij.

'Ja, graag. Dank je.' Waarom niet? Ik steek mijn hand in mijn tas en haal mijn telefoon eruit en geef die aan Bryan.

Onze handen raken elkaar en er schiet een vonk door mijn arm.

Voor ik het weet, buigen we ons naar elkaar toe en zijn we aan het zoenen. Zijn lippen zijn lief en zacht en alles voelt goed en veilig. Hij is weer de mijne.

Het is perfect. Wij zijn perfect. Alles is weer zoals het moet zijn. Alles is weer zoals het was.

Blijkbaar is hij van mening veranderd. Er moet iets gebeurd zijn waardoor hij van gedachten veranderd is. Misschien heeft Frosh iets gezegd of gedaan om ervoor te zorgen dat hij genoeg van me houdt. En nu blijft hij, al zijn gedachten aan de universiteit en aan vrienden zijn allang weer vergeten.

'Ik hou van je,' zeg ik tegen hem.

'Ik hou ook van jou,' zegt hij. 'Je moet me wel komen opzoeken, hoor.'

Wát? Ik deins terug, mijn lichaam voelt plotseling koud aan. 'Ga je nog steeds naar Montreal verhuizen?'

Hij knippert met zijn ogen. 'Ja.'

Ik krijg geen lucht meer, alsof er iemand op mijn keel staat. 'Dus je gaat me verlaten?' fluister ik.

Zijn gezicht vertrekt. 'Ik… ja. We hebben het hier al vaak over gehad. Je weet dat ik naar Montreal ga. Dit is het beste.'

Een tsunami van misselijkheid spoelt over me heen. 'Ik kan niet geloven dat je toch gaat. Ben je dan helemaal niet veranderd?' Plotseling ben ik woedend op hem. Maar ook woedend op mezelf. Hij zoent me en dan vergeet ik meteen alles waar ik zo hard mee bezig ben geweest? Al mijn plannen? En ik dan? Wat is het beste voor mij?

Bryan pakt me bij mijn schouder. 'Maar we waren het er toch over eens dat het het verstandigste was om het uit te maken? Jij wilde…'

'Jíj was het ermee eens! Ik was het nergens mee eens!' De tranen rollen nu over mijn gezicht, ze branden op mijn wangen. Ik moet hier weg. Nu meteen. Mijn handen trillen als ik het portier probeer te openen. Ik ruk de deur open en begin naar huis te rennen.

'Devi, wacht even,' roept Bryan. 'Laten we erover praten. Alsjeblieft?'

In plaats van antwoord te geven blijf ik doorlopen.

'En morgen dan? Kunnen we er morgen over praten? Dan is het gala!'

Ik ga niet met hem naar het gala, ik ga nog liever met Tom. Iemand die me helemaal niets zegt. Iemand die me nooit pijn zal doen. Ik pruts aan de sluiting van mijn armband en deze keer lukt het me om hem af te doen. Voorgoed. 'Verdwijn uit mijn leven,' snauw ik.

'Kom op, Devi. Praat alsjeblieft met me.'

Ik luister niet. Ik kijk niet om.

Ik had nooit om moeten kijken.

48

Vrijdag 23 september

Ik sta bij mijn kluisje als ik zie dat ik een sms'je van Bryan heb gekregen.

Wanneer prfwrk?

Ik sms terug: 4de.

Hij sms't: *Strkte. Zin om met z'n 2en te lnchn? Mijn bankje wil je leren kennen.*

Hi hi. Ik sta op het punt om 'yes' te typen, maar mijn hand blijft aarzelend boven de toetsen zweven.

Dit zou Ivy niet leuk vinden. Maar ík vind Bryan leuk! Trouwens, waarom zou ik nog langer doen wat zij wil? Hoe weet ik of ze nog steeds gelijk heeft? Dingen veranderen. Als er dingen voor haar slecht zijn afgelopen, wil dat nog niet zeggen dat ze ook voor mij slecht zullen aflopen. Wat als Bryan deze keer niet vreemdgaat? Dat zou best kunnen, misschien doet hij het nu wel niet. Dat hij het één keer gedaan heeft, hoeft nog niet te betekenen dat hij het nog een keer doet...

Ik slik moeizaam. Ja, ik weet het, iedere verstandige tv-film zou me iets anders vertellen. Maar dit is anders. Ik ben anders.

Is het eerlijk om iemand te straffen voor iets wat hij nog niet gedaan heeft? Bryan heeft míj nog nooit bedrogen. Dat doet hij pas in de toekomst. In één versie van de toekomst. En als ik in de afgelopen twee weken íéts geleerd heb, dan is het wel dat er meer dan één versie is.

Yes! sms ik eindelijk terug.

49

Vrijdag 6 juni

'Wat is er met jou aan de hand?' Celia staat voor mijn kluisje, ze glittert aan alle kanten. 'Je moet er vanavond niet zo ellendig uitzien. Wees blij! Vanavond is het gala. En we zijn vanmiddag al vrij! Je hebt die tijd absoluut nodig om je haar en je nagels te laten doen.'

Ugh. Wil dit zeggen dat ik een limo deel met Celia? En met wie nog meer? Met wie ga ik? Of ga ik als vrijgezel, nu ik Bryan heb gedumpt? En gaat Celia met Bryan? Ik heb hoofdpijn.

'Ik heb hoofdpijn,' zeg ik tegen Celia.

Om eerlijk te zijn voel ik me niet zo waardeloos als ik verwacht had. Toen ik thuiskwam, waren mijn tranen al gedroogd en voelde ik me alleen leeg. Moe en leeg.

Hoewel de foto van Bryan weer in zijn lijstje zat en de toelatingsbrief van Harvard weg was, heb ik niet gehuild. Ik moet het doen met wat ik heb. Als de batterij van de telefoon leeg is, dan zijn de veranderingen die Frosh heeft aangebracht ook weg.

Dus Bryan gaat me verlaten. Hij heeft me niet langer nodig. Niemand heeft me nodig. De enige die me nodig heeft – Frosh – is verleden tijd.

Wat kan ik eraan doen? Niets. Absoluut niets. En New York University is nog steeds een fantastische opleiding. Ik heb dus geen beurs, maar ik kan wel een lening krijgen. Of ik kan een jaar gaan werken en ervoor sparen. Ik verzin wel iets.

'Dev?' hoor ik.

Ik schrik op uit mijn gepeins en zie Bryan voor mijn kluisje staan.

Wat wil hij? Was ik niet duidelijk genoeg?

'Kunnen we even praten?' vraagt hij. 'Ik begrijp niet wat er gister-avond gebeurde. Ik dacht dat we het erover…'

'Ik weet niet wat we besproken hebben,' flap ik eruit en dan klap ik mijn mond dicht. Ik weet helemaal niets, behalve dat ik wil dat hij weg-gaat. Ik wil hem een stomp geven. Ik wil hem naar me toe trekken en hem als een wilde gaan zoenen.

'Ik heb je telefoon gerepareerd,' zegt hij en hij rommelt in zijn tas. 'De batterijen van de digitale camera die je voor me gekocht hebt, lij-ken te passen. Er zit niet veel stroom meer in, maar de oplader doet het wel. Je mag ze houden.' Hij geeft me mijn telefoon terug en een zware zwarte oplader.

Mijn hoofd tolt. 'Wacht. Doet mijn telefoon het weer?'

'Ja.'

Frosh. Haar proefwerk Frans. Vandaag. Ik moet haar bellen. Nu met-een. 'Wauw,' zeg ik en ik gris het ding uit Bryans hand. Ik voel de vonken nog steeds, maar deze keer negeer ik ze.

Bryan kauwt op zijn onderlip. 'Kunnen we dan later een keer pra-ten?'

'Best. Later. Prima.' Ik draai hem mijn rug toe, negeer zijn gekwetste blik en druk op ok. De telefoon gaat over. Hoera, hij gaat over!

En hij gaat over.

En hij gaat over.

'Hey, dit is Devi. Ik ben er niet en kan even niet opnemen…'

Aaaaah! Waarom neemt ze niet op? Voelt ze niet hoe belangrijk dit is?

Nu gaat de bel. Shit. Ik móét haar vertellen wat ze op het proefwerk moet antwoorden. Ik bel nog eens. Weer de voicemail.

Dan moet ik haar de antwoorden maar sms'en.

50

Vrijdag 23 september

Ik sta op het punt om mijn kluisje dicht te doen en naar Frans te gaan, als ik op mijn telefoon kijk.

Twee gemiste oproepen, drie voicemails en zeven sms'en.

De eerste voicemail is Ivy die gilt: 'Hij doet het weer!' Dat verklaart alles.

O.

Hoera.

Dit zou ik fijn moeten vinden. Maar waarom heb ik dan het gevoel dat er in mijn borstkas een ballon is leeggelopen?

Een van de sms'jes is alleen maar een serie letters. B.C.D.B.A.D. enzovoort.

Hè?

Ik kijk naar het kopje. ANTWOORDEN FRANS.

O.

De telefoon trilt in mijn hand en ik neem op. 'Ik heb ze niet nodig,' zeg ik.

Ivy lacht. 'Ook hallo.'

'Hoi,' zeg ik en ik leun tegen mijn kluisje.

'De telefoon doet het weer,' juicht ze. 'Hij is gerepareerd! Ben je niet opgelucht?'

'Natuurlijk,' zeg ik, maar ik vraag me af of het waar is. Ja. Dat moet wel. Wie zou er niet met zichzelf in de toekomst willen kunnen praten? 'Ik ben erg opgelucht. Het is alleen... ik heb je antwoorden niet nodig. Ik heb voor het proefwerk geleerd.'

'Nee, nee, nee,' zegt Ivy, 'dan haal je maar een acht en dan verlies je je toelating tot Harvard.'

Ik schop met mijn hiel op de grond. 'Vanwege één proefwerk in de derde? Hoe kan dat nou?'

'Misschien is het net als met de toelatingsexamens. Je weet wel: je antwoorden op de eerste vragen bepalen de moeilijkheidsgraad van de volgende vragen, die weer bepalen wat je uiteindelijke score wordt. Ik denk dat het zoiets is.'

Ik antwoord niet.

'Ik heb je de antwoorden ge-sms't. Neem je telefoon mee naar de les, dan heb je alles bij de hand en haal je een tien. Je hebt mijn hulp nodig, geloof me. Je hebt me nodig.'

'Ik mag de antwoorden niet meenemen naar de les,' fluister ik. 'Dat is écht fraude.'

'Het is niet erger dan wat we al deden. Doe het nu maar gewoon. En Frosh – wat je ook met Bryan aan het doen bent, stop ermee, oké?' Ze gaat er niet verder op in. Ze hangt gewoon op.

Ik slik moeizaam en knijp in de telefoon tot mijn knokkels wit worden. Ik heb alle antwoorden. Ik wil geen acht. Ik wil naar Harvard. Denk ik.

Ik móét naar Harvard, anders wordt Ivy boos op me. Anders word ík boos op me. Dus ik heb geen keus. Toch?

Ik laat mijn telefoon in mijn etui glijden en doe mijn kluisje op slot. Ik kan dit. Ik moet dit doen.

Ivy zegt dat we een tien nodig hebben, dus ik heb een tien nodig. Ze gaan me niet betrappen, toch? Als ik haar was, zou ik het weten.

Van nu af aan wordt alles goed. Bij alles wat ik doe, bij iedere keuze die ik maak, zal zij me vertellen wat ik moet doen.

Ik recht mijn rug en houd het etui de hele weg naar het lokaal stijf tegen me aan.

Ik ga achter in het lokaal aan een tafeltje zitten, ik open de sms met alle antwoorden en zet de telefoon zo in mijn etui, dat ik hem kan zien, maar madame Rita niet.

Ik pak mijn potlood en trommel ermee op mijn tafel.

De leerling voor me geeft het proefwerk naar achteren door.
Ik kijk op mijn telefoon naar het antwoord op vraag 1.
Ik vul de letter B in.

51

Vrijdag 6 juni

Ik ben op weg naar huis als mijn wereld verandert. Net stond ik nog voor het stoplicht te wachten tot het op groen zou springen, nu sta ik voor rekken met spijkerbroeken en shirts. Waar ben ik? Ben ik door een auto geschept en in coma geraakt?

En waarom sta ik een spijkerbroek op te vouwen?

Ik kijk opnieuw om me heen. Wacht eens, ik weet waar ik ben. Ik ben in Boetiek Bella. In het winkelcentrum. Hè? Waarom ben ik niet op weg naar huis om me op het gala voor te bereiden? Niet dat ik weet door wie ik straks word opgehaald. Of hoe laat.

Misschien heeft Frosh in het verleden iets gedaan waardoor ik hier nu mijn schoenen kom ruilen? Ik kijk om me heen om te zien of er iemand in de winkel is aan wie ik het kan vragen, maar ik ben alleen.

'Hallo?' roep ik, maar niemand geeft antwoord.

'Hallo?' herhaal ik, als ik naar het midden van de winkel gelopen ben.

'Hallo?' antwoordt een vrouw met een nasale stem.

'O, gelukkig! Hallo!' Er is iemand achter in de winkel. Misschien kan zij me vertellen wat er aan de hand is.

'Kunt u even een maat 38 voor me halen?' vraagt de vrouw met de nasale stem.

Ze praat ongetwijfeld tegen iemand anders. Niet dat ik iemand anders zie, maar dat moet het zijn. Ik werk vandaag niet. Het is nog niet eens zomervakantie. Ik moet alleen even mijn schooltas zoeken.

'Haaaallo?' zegt de vrouw met de nasale stem opnieuw. 'Hebt u mij gehoord? Ik heb maat 38 nodig.'

Waar is mijn schooltas?

De deur van het pashokje zwaait open en een oudere vrouw, die veel te veel botox ingespoten heeft gekregen, knijpt haar ogen tot spleetjes en schreeuwt tegen me: 'Werk jij hier of niet?'

Veronica, de eigenaresse van de winkel, steekt haar bleekblonde hoofd om de deur van haar kantoortje. 'Devi, is er een probleem? Kun jij even maat 38 halen voor deze klant, alsjeblieft?'

Jemig. Ik werk hier. En het is nog niet eens zomervakantie.

Maar waarom werk ik op de dag van mijn gala?

'Aarde aan Devi!' zegt Veronica. 'Deze klant wil de spijkerbroek van Dolly in maat 38.'

'Juist. Sorry.' Ik kom bij mijn positieven. 'Mevrouw, de spijkerbroeken vallen erg klein uit, wilt u misschien een grotere maat proberen?'

'Nee!' zegt ze beledigd.

Oké dan. Mijn hoofd tolt als ik naar de goede maat aan het zoeken ben en dan geef ik de broek aan over de deur van de paskamer. Als ik me weer omdraai, valt mijn oog op mijn spiegelbeeld.

Mijn haar is helderroze en kortgeknipt. Bovendien heb ik een tatoeage van een mobiele telefoon op mijn pols.

Mijn maag draait om.

Waar is mijn haar? Wie ben ik? Ben ik overgeplaatst in het lichaam van iemand anders? Wat is er aan de hand? Aaaaaaaah! Ik moet mezelf nú bellen. Mijn telefoon moet in mijn schooltas zitten. Waar is mijn schooltas in vredesnaam? In de personeelsruimte – dat moet wel.

Ik trek het gordijn opzij. Veronica zit een kop koffie te drinken en in een tijdschrift te bladeren.

'Weet jij waar mijn schooltas is?' vraag ik met bonkend hart.

'Waarom zou je een schooltas bij je hebben?' vraagt ze.

'Kom ik niet net uit school?'

Ze kijkt me niet-begrijpend aan. 'De secretaresseopleiding?'

Nu voel ik me misselijk worden. 'Ben ik gestopt met school?'

'Dat heb je mij verteld.' Ze slaat een bladzij om van haar tijdschrift. 'Je had toch een hekel aan Heken?'

Mijn benen voelen alsof er pap in zit. De school voor criminelen?

'Wanneer ben ik op Heken begonnen?'

'Dat weet jij toch beter dan ik?'

'Waarschijnlijk wel, maar ik heb een verschrikkelijke hoofdpijn, dus kun jij het me vertellen?'

'Je moet echt wat minder gaan drinken, Dev.' Veronica slaat opnieuw een bladzij van haar tijdschrift om. 'Je bent toch op Heken begonnen toen je op Florence West geschorst bent vanwege het plegen van fraude?'

Ik hap naar lucht en houd me aan het gordijn vast om niet om te vallen. Frosh is betrapt. Met haar mobiele telefoon. En daarom ben ik nu hier.

Ik kan haar wel wurgen. Ze heeft het totaal verknald en mij in deze narigheid gebracht. Waar is mijn telefoon?

'Deze is te klein!' gilt de klant. 'Waarom breng je me iets wat niet past? Ben je niet goed wijs?'

'Devi, kun jij je even bezighouden met mevrouw Arnold, alsjeblieft? Ik heb pauze.'

Ik probeer te knikken, maar mijn hele lichaam voelt gevoelloos. Ik loop de personeelsruimte uit en klop op de deur van de paskamer.

Gewoon volhouden, zeg ik tegen mezelf. Dan zoek je straks je telefoon en zet je alles weer recht.

Mevrouw Arnold gooit de deur open, slechts gekleed in haar beige panty en een rode bloes. 'Probeer je me het gevoel te geven dat ik dik ben?'

Ik schud mijn hoofd. 'Ik zei toch dat de broeken klein uitvallen.'

Ze knijpt in mijn arm. 'Dus jij vindt dat ik dik ben?'

Ik kan hier nu echt niet mee omgaan. Ik ruk mezelf los. 'Nee, dat vind ik niet. De spijkerbroek is te klein. Ik wilde u een maat 40 geven, maar u wilde dat niet.'

'Dus dit is mijn schuld?'

Nu is het afgelopen. 'Ja! Dit is uw schuld!'

'Devi!' zegt Veronica en ze schuift het gordijn van de personeelsruimte open.

'Nou, het is toch zo! Het is haar schuld!' schreeuw ik. 'Het is allemaal haar schuld! Haar schuld, haar schuld! Haar schuld!'

Veronica en de klant staren me met open mond aan.

Niets hiervan is mijn schuld. Het is haar schuld. En de schuld van Frosh. En de schuld van Bryan. Haar schuld omdat ze betrapt is en Bryans schuld omdat hij mijn leven verwoest heeft.

'De klant heeft altijd gelijk,' zegt Veronica zacht tegen mij.

'Dus dat betekent dat ik altijd ongelijk heb?' Toen ik tegen Frosh zei dat ze de telefoon moest gebruiken? Toen ik Bryan mijn leven heb laten bepalen? Ik weet dat dit allang niets meer met de klant te maken heeft. Het gaat over mij.

'Het spijt me,' zeg ik en ik krijg tranen in mijn ogen.

Veronica zucht. 'Devi, ik moet je helaas vragen om onmiddellijk te vertrekken.'

Fantastisch, nu word ik ook nog ontslagen! Ik knipper een paar keer om te voorkomen dat de tranen over mijn wangen rollen en been de winkel uit.

Ik moet mijn telefoon hebben. Ik moet écht mijn telefoon hebben. 'Devi, je vergeet je tas,' roept Veronica me na.

Natuurlijk! Als ik niet meer naar school ga, heb ik ook geen schooltas meer. Dan heb ik een gewone tas. Yes! 'Dank je,' mompel ik, als ik de winkel weer in ren en dan ren ik mét de tas weer naar buiten.

Alsjeblieft, zit erin, alsjeblieft, zit erin. Ik kijk onder mijn portemonnee. Geen telefoon. In de zijvakken. Geen telefoon. Hij móét ergens zijn.

Ik loop naar de fontein en gooi de complete inhoud van mijn tas op het bankje.

Geen telefoon. Ik heb geen telefoon.

Waar is hij? Heb ik hem ergens laten liggen? Of – ik val bijna flauw bij de gedachte – is hij in beslag genomen toen mijn fraude ontdekt werd?

Wat heb ik gedaan?

Ik krijg geen lucht meer. Ik heb frisse lucht nodig. Ik kan hier niet meer tegen. Er zweven zwarte vlekken als rook voor mijn ogen en ik val… De fontein komt snel dichterbij…

52

Vrijdag 23 september

Er komt een nieuwe sms binnen.

Ur gonna do gr8.

Van Bryan.

Mijn maag maakt een salto. Straks moet ik op mijn proefwerk overgeven. Ik word misselijk van mezelf.

Ik wil niet oneerlijk zijn. Ik hóéf niet te spieken. Ik kan dit zelf wel aan.

En ik wil dit met Bryan ook niet afbreken. Ik wil dat hij trots op me is. Ik wil dat ik trots op mezelf kan zijn. En ik wil mezelf niet misselijk maken.

Maar je moet een tien halen! gilt Ivy's stem in mijn hoofd. Zelfs als ze niet in mijn oor schreeuwt, hoor ik haar nog. *Je moet een tien halen!*

Nee, zeg ik tegen haar. *Dat hoef ik niet.*

Ik zet mijn telefoon uit en schuif hem weer in mijn etui.

Dit is mijn leven. Dit zijn mijn beslissingen. Als er iets is wat ik van Ivy geleerd heb, dan is het dat zij haar eigen beslissingen heeft genomen – nu is het mijn beurt om mijn beslissingen te nemen.

53

Vrijdag 6 juni

Ik ben nat. Kletsnat. Stromend water klettert op mijn haar, mijn gezicht en in mijn mond. Ik lig in de fontein. Ben ik aan het verdrinken? Ben ik dood?

Wacht. De fontein smaakt naar shampoo. Ik knipper met mijn ogen en doe ze open.

Ik sta onder de douche. Mijn haar schuimt.

Zou het?

Ik denk het wel.

Ik ben in mijn eigen huis, ik sta onder de douche om me klaar te maken voor het gala.

54

Vrijdag 23 september

Ik maak het proefwerk. Ik heb geen tien – lang niet – maar ik heb wel heel wat antwoorden goed. Ik denk dat ik een... acht heb gehaald.

Geen tien, maar toch. Ik heb het wel zelf gedaan. Nou ja, niet helemaal zelf – Bryans bijles heeft me zeker geholpen.

Ik zoek de hele school af naar Bryan, maar zie hem nergens. Ik beantwoord zijn sms: *It went gr8. Ontzettend bedankt voor je hulp. Je bent goed. Kan niet tijdens lnch. lets belangrijks te doen. Kun je na schooltijd?*

Als ik de sms verzonden heb, zet ik mijn telefoon uit. Volgens mij heb ik even pauze verdiend. Ik weet dat ik eigenlijk naar golfen moet, maar... het draait in het leven toch om keuzes?

In de kantine zie ik de drie meiden aan onze tafel zitten en ik loop er regelrecht naartoe.

Zij houden op met praten als ze mij zien.

'Hoi,' zeg ik en ik ga op de bank zitten. 'Ik weet dat jullie kwaad op me zijn en daar hebben jullie volkomen gelijk in. Ik weet dat ik fout zat. Dat komt niet omdat ik verliefd ben op Jeremy. Dat ben ik niet. Ik ben verliefd op Bryan.'

Joëlle schudt haar hoofd. 'Maar waarom heb je dan...'

'Ik heb tegen Bryan gezegd dat jij niet verliefd was op Jeremy omdat ik dacht Jeremy jou niet waard was. Maar dat was fout van me. Het gaat me niets aan met wie jij uitgaat. Het is jouw beslissing, niet die van mij. Het spijt me. Het spijt me heel erg. Wil je het me vergeven?'

Joëlle knikt. Langzaam, maar ze knikt. 'Natuurlijk. Dus je vindt hem niet goed genoeg voor mij, hè?' Vraagt Joëlle. 'Wat vind je van Kellerman? Hij is ook wel leuk.'

'Hij is zéker leuk,' zeg ik. Mijn schouders ontspannen zich.

Tash knipoogt naar me vanaf de andere kant van de tafel. 'Hij ziet er goed uit.'

Onder de tafel pakt Karin mijn hand en geeft er een kneepje in.

55

Vrijdag 6 juni

Om vijf uur neemt ze eindelijk de telefoon op. 'Gaat het goed met je?' vraag ik. Ik sta in mijn ochtendjas in mijn kamer.

'Ja hoor. Ik had even wat tijd nodig om na te denken. Ben je boos over het proefwerk Frans?'

Ik lach. 'Ben je mal? Je verdient een prijs!' Ik vertel haar wat er vanmiddag gebeurd is – hoe we bijna alles waren kwijtgeraakt. 'Je bent een genie dat je die telefoon hebt weggelegd, Frosh. Anders waren we geschorst.'

'Ik kan het niet geloven,' zegt ze zacht.

Pieieieiep!

'Nu al?' vraagt ze.

'Hij was niet helemaal opgeladen,' leg ik uit. 'Trouwens, Frosh, ik heb ook even nagedacht. En ik –' Ik haal diep adem '– ik denk dat het voor ons allebei het beste is als we de batterijen naar de batterijenhemel laten gaan.'

Ze zwijgt even. 'Echt?'

'Ja. Ik kan niet bezig blijven met jou de schuld te geven van mijn eigen fouten. Ik moet mijn leven onder ogen zien en dat is onmogelijk als ik de hele tijd achterom kijk.' Het valt me zwaar om het te zeggen, ook al is het de waarheid. 'En ik moet jou de kans geven om je eigen leven te leiden. En om je eigen fouten te maken.'

'Wil dat zeggen dat je niet door het lint gaat als ik een paar buitenschoolse activiteiten laat vallen? Ik heb golf vandaag min of meer al afgezegd. En ik ga proberen Tash ervan te overtuigen dat ze zonder mij toch bij de toneelclub moet blijven. Maar het jaarboek en de bijles blijf ik doen. Het jaarboek is leuk en volgens mij ben ik goed in uitleggen en zo.'

'Best,' zeg ik. 'Hoewel ik de golfrokjes wel zal missen. Of nog belangrijker: de leuke tijd met mijn vader. En pap ziet er zo goed uit sinds hij weer is gaan golfen. Maar ik denk dat ik hem wel kan vragen om dit weekend een balletje met me te slaan. Beter laat dan nooit, toch?'

'Klinkt leuk, misschien ga ik dat ook wel proberen.'

'En misschien moet ik voor onze ouders maar eens een etentje in een romantisch restaurant of zo organiseren. Ze kunnen wel een uitje gebruiken.'

'Dat vind ik een heel goed idee,' zegt ze. 'Dan doe ik dat ook.'

'Dus.' Ik haal diep adem.

'Dat was het?' vraagt ze met een klein stemmetje.

Ik slik de brok in mijn keel weg. 'Ik denk het wel.'

'Gaan we afscheid nemen? Voor altijd? Dat vind ik eng.'

'Zo erg is het niet. We zijn een en dezelfde persoon. Je kunt onder de douche altijd met jezelf praten.'

Ze giechelt. 'Maar op wie kan ik nu terugvallen?'

'Je zou Maya kunnen bellen.' Misschien was het toch wel een goed idee van mijn zus om mij een beetje te coachen.

'En wat moet ik met het schrift doen? Met alle adviezen? Wat moet ik doen met alle manieren waarop we de wereld zouden redden?'

Ik open mijn la en het groene schrift staart me aan.

'Volgens mij moet je het weggooien,' zeg ik.

'Echt?' vraagt ze.

'Ja. Wie weet waartoe het zou leiden als we die dingen gaan veranderen? We willen toch niet per ongeluk de oorzaak zijn van een wereldoorlog?'

'Oké,' zegt ze.

Ik knipper met mijn ogen en dan is het schrift weg.

'Heb je nog een laatste goede raad?' vraagt ze.

'Ja, eigenlijk wel.' Nu giechel ík. 'Onthoud goed dat spijkerbroeken van Dolly vrij klein uitvallen en dat er geen rek in zit. Als je er een koopt, koop hem dan een maat groter.'

Piep!

'Dat is een telefoontje voor mij,' zegt Frosh.

Ik krijg kippenvel, want ik weet wie dat is. 'Bryan,' zeg ik.

'Ja.' Ze aarzelt. 'Hij is op weg hiernaartoe. Maar ik wil wel zeggen dat hij niet moet komen, als jij denkt dat dat beter is. Echt, jij kent hem beter dan ik. En ik weet dat je me verteld hebt dat hij in de toekomst vreemdgaat, maar misschien doet hij dat deze keer niet? Is dat niet mogelijk?'

Ik slik moeizaam. 'Ik moet je iets vertellen. Bryan is nooit vreemdgegaan. Ik heb dat verzonnen om te voorkomen dat je verkering met hem kreeg. In werkelijkheid hebben we het uitgemaakt omdat hij gaat verhuizen naar Montreal om bij zijn vader te wonen, en omdat hij vond dat we moesten proberen om op eigen benen te staan.' Ik zet me schrap voor Frosh' reactie.

'Nou, dat is een hele opluchting.'

'O ja?' Ik had verwacht dat ze woedend zou zijn.

'Ik bedoel… het is geen opluchting dat hij het met je uitgemaakt heeft, maar dat hij tijd met zijn vader wil doorbrengen. En Ivy, eh, is het misschien mogelijk dat we, nu ik me niet volledig op hem ga richten, het niet uit zullen maken?' Haar stem klinkt hoopvol. 'Misschien wordt onze relatie, nu ik andere dingen ernaast houd – mijn vriendinnen, jaarboek en bijles – wel heel anders.'

Nu klinkt ze ook nog als Maya. 'Misschien houdt het dan stand,' gaat Frosh verder. 'Misschien proberen we het wel op afstand. Of wie weet: misschien komen we uiteindelijk toch op dezelfde universiteit terecht!'

Ik kijk naar de toelatingsbrief aan de muur. Daarop staat nog steeds New York University. En als wat Bryan me gisteren vertelde nog steeds geldt, dan verhuist hij toch naar Montreal. En ik ga naar New York. En we maken het nog steeds uit.

Ik open mijn mond om haar de waarheid te vertellen. Dat het niet gaat werken, dat ze het toch uit zullen maken, dat ze er kapot van zal zijn.

Het is verschrikkelijk als je het uitmaakt. Hoewel… toen ik gisteren met Bryan praatte… nou ja, het deed wel pijn, maar niet zo veel pijn als twee weken geleden. Misschien betekent dit niet het einde van de wereld?

Ik kijk naar de foto's op mijn nachtkastje. De foto's van Bryan zitten nog in hun lijstjes. Maar er staan nu meer fotolijstjes. Foto's van mij, Karin, Tash en Joëlle. En een van Maya en mij op wat eruitziet als een studentenfeestje. Wanneer heeft dat plaatsgevonden?

Ik vraag me af… misschien is balans wel de sleutel. Misschien moet ik wel in het nu leren leven en toch het grote geheel in het oog blijven houden – zoals op de foto's te zien is.

En misschien is het niet erg als Bryan en Frosh – als Bryan en ik – het uitmaken. Onze relatie heeft wel een belangrijke rol in mijn leven gespeeld – en meegeholpen om me te maken tot wie ik nu ben. Niet Ivy, de persoon die ik graag had willen zijn, maar Devi, de persoon die ik ben.

'Wat vind je?' vraagt ze opnieuw.

Alleen het feit dat er een einde komt aan een relatie betekent nog niet dat het niet de moeite waard was om die relatie te hebben.

Pieieieiep!

'Wie weet,' zeg ik. 'Misschien gaat het deze keer wel anders.'

De telefoon in mijn hand valt uit.

Ik blijf even zitten, met de warme telefoon nog in mijn hand. Dan leg ik hem op de tafel.

Ik ben een beetje in de war. Geen Frosh meer. En geen Ivy meer. Geen probleem – ik ben er klaar voor om Devi te zijn.

Ik kijk om me heen om me te oriënteren.

Naast mijn toelatingsbrief hangt een brief van de Onderwijsfaculteit van de Universiteit van New York, waarin ik gefeliciteerd word met mijn studiebeurs.

Cool.

Misschien had ik wel gelijk. Misschien wordt het nu anders. Dat zal ik moeten afwachten.

De bel gaat en ik bereid me erop voor om de toekomst onder ogen te zien.

56

Vrijdag 23 september

De bel gaat en ik spring op om mijn heden onder ogen te zien.

'Ik kom!' gil ik. Ik ren met twee treden tegelijk naar beneden en zwaai de deur open. 'Hoi!'

'Hoi,' zegt Bryan. 'Het is buiten zo lekker, laten we een eindje gaan lopen. Ik wil wedden dat het een van de laatste mooie dagen is.'

'Zei je dat vorige week niet ook al?'

Zijn ogen twinkelen. 'Is mogelijk.'

Ik schiet in mijn sandalen. 'Heb je zin om naar Hedgemonds Park te lopen? Het is hier direct om de hoek.'

'Graag,' zegt hij en hij pakt mijn hand. 'Dan kunnen we de schommels daar een cijfer geven.'

We houden de hele weg elkaars hand vast en daarna rennen we naar de schommels.

Zodra we erop zitten, beginnen we tegen elkaar op te bieden en hoger en hoger te schommelen. Totdat mijn sandaal met een boog door het park vliegt.

Bryan lacht en springt van de schommel om hem te halen.

'Sandaal gevonden!' roept hij en hij houdt hem als de prins in *Assepoester* voor me. Langzaam kom ik tot stilstand.

Natuurlijk weet ik wat er gaat komen. En weet je wat? Het verandert niets aan de magie van het moment.

Hij legt zijn hand op de mijne, buigt zich naar me toe en kust me.

Zijn lippen zijn zacht en zoet en al het andere verdwijnt, behalve de kus en het moment. De perfecte kus op het perfecte moment.

57

Vrijdag 6 juni

De bel gaat opnieuw en ik ben nog niet eens aangekleed. Maar hoera! Er zijn galamensen voor me! Rillingen van opwinding lopen over mijn rug naar mijn tenen. Ik vraag me af wie het zijn. Mijn vriendinnen? Tom? Mike? Bryan?

Wie het ook is, ik ga vanavond een geweldige avond tegemoet. Ik ga het nemen zoals het komt en genieten van het moment.

Zelfs als Celia voor de deur staat. Maar eerlijk gezegd hoop ik dat zij het niet is.

'Mam, pap, kunnen jullie even opendoen?' roep ik. Ik trek mijn prachtige zilverkleurige jurk aan en zoek mijn zilverkleurige pumps. Hmmm. Nergens te vinden. Mijn rode pumps staan er wel. Nou, wat dacht je daarvan? Ze staan prachtig bij mijn jurk. Wie had dat gedacht?

Wat voor sieraden zal ik erbij dragen?

Ik denk aan de gouden armband die ik in mijn tas gestopt heb. Ook al is Bryan er niet – ik weet dat hij precies goed zal staan.

Onder aan de trap staat Bryan op me te wachten. Ik houd mijn adem in. Hij ziet er absoluut aanbiddelijk – absoluut *kuiltjes* – uit in zijn smoking.

'Hallo,' zegt hij en hij trekt me naar zich toe voor een knuffel. 'Je ziet er schitterend uit.'

'Dank je,' zeg ik en ik adem zijn geurtje in. 'Jij ook.'

'Jullie zien er allebei prachtig uit,' zegt mijn moeder. Ondertussen kan ik niet geloven hoe fantastisch zíj eruitziet. Niet zo glamourachtig als toen we miljonair waren, maar haar haar zit in een leuke paardenstaart, haar huid glanst en ze heeft weer maatje 36. 'Ongelooflijk hoe snel de tijd voorbij is gegaan,' gaat ze verder. 'Het lijkt wel gisteren dat Bryan aanbelde en ik hem mijn appelbrownies gaf.'

'Ik ben nog steeds dol op die brownies,' zegt Bryan verlangend.

'Dan heb je geluk dat ik een hapje voor jullie heb ingepakt,' zegt mijn moeder en ze overhandigt me een doos. Een doos van het merk Banks Bakkerij.

Hè?

'Dank u, mevrouw Banks, u bent de beste. Dev, iedereen zit al in de limo, we moeten gaan. Mevrouw Banks, wilt u samen met meneer Banks buiten wat foto's maken?'

'Natuurlijk,' zegt mijn moeder, 'maar ik denk dat hij even naar buiten is met Maxie. We proberen haar uit de buurt van Devi te houden.'

Maxie? Ik neem aan dat het geen kat is. Misschien hebben we een hond?

Bryan neemt mijn hand en leidt me naar buiten.

De chauffeur staat naast de auto en draagt een uniform en een zwarte pet. Hij is lang, donker, Italiaans, knap. Hij komt me bekend voor. Waar ken ik hem van?

Jemig. Het is Alfonzo! O nee, ik moet hem verstoppen voordat mijn moeder naar buiten komt! 'Neemt u mij niet kwalijk,' zeg ik tegen hem. 'Eh, dit gaat wel even duren. U kunt wel vast in de auto gaan zitten en wachten, het is niet nodig dat u hier blijft staan.'

Hij glimlacht naar me en geeft me een knipoog voordat hij weer in de auto verdwijnt.

Ja, ik weet dat ik opgehouden ben met het manipuleren van andermans leven, maar ik hoef het lot ook weer niet te tarten.

Karin en Stevey, Tash en Nick en Joëlle stappen uit de limo. Ze zien er allemaal fantastisch uit. Joëlle draagt een schitterende paarse jurk die ze zelf gemaakt heeft, Tash is werkelijk oogverblindend mooi in een slanke zwarte jurk en Karin ziet er adembenemend uit in een laaggesneden roodzijden exemplaar. Hoewel haar neus veranderd is, zijn haar lippen en borsten absoluut *au naturelle*. Ik denk dat het mijn taak is om ervoor te zorgen dat het zo blijft.

Nadat we allemaal bewonderend gegild hebben, neemt Joëlle me even apart en fluistert: 'Ik zag Tash en Nick net zoenen! Ongelooflijk, hè? Eindelijk! Het heeft ze maar vier jaar gekost!'

Ik zie dat Tash naar ons staat te staren en steek mijn duim op. Ze wordt vuurrood.

'Dus nu ben ik hier officieel in mijn eentje,' gaat Joëlle verder. 'Ik wist zeker dat Kellerman me zou vragen, maar nu is het te laat.'

Tash laat Nick los en slaat haar arm om Joëlle heen. 'Genoeg over Kellerman,' zegt ze streng. 'Jullie hebben het twee jaar geleden uitgemaakt. Je moet verdergaan met je leven.'

'Je meent het! Maar jij weet ook dat dat de grootste vergissing in mijn leven was!'

Ik giechel, ik kan er niets aan doen.

'Daar komen je vader en Maxie,' zegt Karin en ze wijst naar de voorkant van het huis.

Ik draai me om en zie mijn vader een klein meisje met een roze jurk en vlechtjes de trap af helpen. Blijkbaar passen we op een kind van de buren – dat ik niet herken. Mijn vader ook niet, trouwens. Hij straalt en is gebruind en draagt een moderne spijkerbroek en een t-shirt. Geen ochtendjas meer, maar nog wel zijn Mickey Mouse-slippers. Ik vraag me af wat er wat hem betreft veranderd is? Hij ziet er zo gelukkig uit. En wanneer hebben mijn ouders besloten om een bakkerij te openen?

'Je zusje is echt schattig,' zegt Joëlle.

Mijn... wat?

58

Vrijdag 23 mei

Drieënhalf jaar later.

'Maxie, pas op!' zeg ik. Ik houd de hand van mijn drie jaar oude zusje stevig vast. Ze is ongeveer dertig seconden verwijderd van het over alles heen knoeien van haar ijsje. Ik vraag me af van wie ze haar onhandigheid geërfd heeft.

'Sorry,' zeg ik in mijn mobiele telefoon. 'Karin, ben je daar nog?'

Ik sta in het winkelcentrum, bij de oude fontein. Ik heb mijn ouders beloofd dat ik samen met Maxie vanmorgen een speelgoedgolfset ga kopen. Ze praat over niets anders.

Karin zucht in de telefoon. 'Ik zei dat ik niet kan geloven dat jullie het uitgemaakt hebben! Ik wist zéker dat jullie zouden gaan trouwen. Het is zo deprimerend!'

'Klopt,' beaam ik. 'We houden nog steeds van elkaar. Maar we zijn al bijna vier jaar samen! En nu hij naar Montreal gaat en ik naar New York, vinden we dat de tijd gekomen is om onze vleugels uit te slaan. Je weet wel: het leven zonder elkaar uitproberen.'

'Maar waarom? Jullie vinden het leven samen geweldig!'

'Klopt,' zeg ik. 'Ik dacht alleen... Ik weet niet, ik dacht dat het goed voor ons zou zijn. Dat het ons zou helpen om volwassen te worden. En uiteindelijk was Bryan het met me eens. Maar we maken het niet metéén uit, pas als hij weggaat. En ik ben nog steeds van plan om bij hem op bezoek te gaan...'

'Maar jullie gaan wel samen naar het gala?'

'Natuurlijk! Ik wil het gala niet missen! Ben je mal?'

'Weet je zeker dat het de juiste beslissing is?' vraagt ze.

'Ik hoop het. Het voelt wel zo. Maar ik weet het natuurlijk niet zeker.'

Gelukkig heb ik als afleiding een drukke zomer voor de boeg. Ik ga werken bij Boetiek Bella en zoveel mogelijk tijd met de meiden doorbrengen voor we uit elkaar gaan, inpakken voor New York City en dan met Maya een week op vakantie in Italië. En mijn vader en moeder gaan zelfs de bakkerij een week sluiten om samen met Maya en mij een tweekamerappartement in New York te zoeken, want zij gaat rechten studeren en ik ga met mijn eerste jaar beginnen. We worden huisgenoten!

'Je klinkt alsof je weet wat je doet,' zegt Karin. 'De tijd zal het leren, denk ik.'

Dat is waar. Ik wou dat ik het kon vragen aan mezelf als student. Grapje! De weken waarin ik met Ivy kon praten lijken eeuwen geleden. Soms voelen ze heel wazig, als een droom.

'Ben je bijna klaar in het winkelcentrum?' vraagt Karin. 'We moeten vandaag naar allerlei feesten.'

'Over twee minuten gaan we naar huis,' beloof ik.

Maxie trekt aan mijn shirt. 'Devi, ik kan niet... ik kan niet...' Haar ijsje helt vervaarlijk over naar één kant. Dat ziet er niet goed uit. Ik kijk toe hoe het als in slow motion begint te vallen...

'Nee!' roep ik en ik probeer met mijn handen het ijs op te vangen.

Mijn mobiele telefoon duikt in de fontein. Oeps.

Ik zucht. Ik probeer hem te pakken, maar hij ligt te ver weg. Shit.

'Blijf hier,' waarschuw ik haar. Ik rol de broekspijpen van mijn spijkerbroek op, schop mijn slippers uit en klim erin.

Maxie giechelt hysterisch.

'Vind je het grappig?'

'He-he-he-he-he-he-he!' gaat ze door met giechelen, terwijl haar korte bruine vlechtjes heen en weer zwaaien.

'Hier is hij al,' zeg ik. Ik raap mijn telefoon op en veeg hem af aan mijn shirt.

Ik druk op de AAN-knop, maar hij doet het niet. En de één, de twee, de drie, de vier... doen het ook niet.

VERZENDEN. Hij gaat over.

'Hallo? Hallo?' zegt een stem.

'Hallo?' zeg ik. 'Met wie spreek ik?'

'Met Devi,' zegt de stem.

Jemig! Ik ben het! Ik bel mezelf als derdeklasser! Vandaag is de dag! Hoe heb ik dat kunnen vergeten?

'De veertienjarige Devi?' vraag ik ongelovig.

'De eenentwintigjarige Devi,' zegt het meisje langzaam. 'O jee. Niet te geloven.'

Dat kan niet. Toch? Mijn hart maakt een sprongetje. 'Ivy?' vraag ik. 'Ben jij dat?'

'Ja!' roept ze. 'Ik liep net aan je te denken! Ik zit in een café en je gelooft nooit wie ik net...'

'Wacht!' roep ik. 'Vertel me maar niets. Ik denk... ik denk... ik denk dat ik het verkeerde nummer heb gebeld,' stotter ik. En dan hang ik op. Jeetje. Dat was op het nippertje. Eigenlijk moet ik de telefoon gewoon weer in het water gooien. Hem voorgoed wegdoen.

Of...

Ik laat hem in mijn tas glijden. Je weet maar nooit. Misschien wil ik op een dag graag met haar praten.

Alles is mogelijk.